梦游者

（美）克利斯·波杰里安 ◎著
（Chris Bohjalian）

刘华 ◎译

青岛出版社

图书在版编目（CIP）数据

梦游者 /（美）克利斯·波杰里安著；刘华译. —青岛：青岛出版社，2019.1
ISBN 978-7-5552-5930-5

Ⅰ.①梦… Ⅱ.①克… ②刘… Ⅲ.①长篇小说-美国-现代 Ⅳ.①I712.45

中国版本图书馆CIP数据核字（2017）第263712号

The Sleepwalker by Chris Bohjalian
Copyright © 2017 by Yellow Barn Books Inc.

山东省版权局著作权合同登记 图字：15-2017-156号

书　　名	梦游者
著　　者	（美）克利斯·波杰里安
译　　者	刘　华
出版发行	青岛出版社（青岛市海尔路182号，266061）
本社网址	http://www.qdpub.com
邮购电话	13335059110　0532-68068026
策划编辑	刘　坤
责任编辑	刘　冰
封面设计	末末美书
照　　排	戊戌同文
印　　刷	山东临沂新华印刷物流集团有限责任公司
出版日期	2019年1月第1版　2019年1月第1次印刷
开　　本	32开（880mm×1230mm）
印　　张	10.25
字　　数	210千
书　　号	ISBN 978-7-5552-5930-5
定　　价	49.00元

编校印装质量、盗版监督服务电话　4006532017　0532-68068638

谨以此书献给

安德鲁·福尔奇及埃里克·纳扎瑞安

平静的,
　淡漠的河面,
　　向我索一个吻。
　　　　——兰斯顿·休斯

有一种黑暗的东西,
　它在我身体中沉睡,
　　它让我恐惧不已。
　　　　——西尔维娅·普拉斯

卷一

∽❧∽

事情说起来并不古怪。你在夜里醒来,闻到一股烟味,起身一看,床脚睡着的猫着火了。你一把抱起猫,冲进卫生间,拧开浴缸的水龙头,紧紧却又温柔地搂住这个小家伙,把它放到水龙头下边,开始给它冲水,一边冲,一边心怦怦直跳,担心猫咪会不会烧伤了,于是不住地安慰它,告诉它没事,一切都会好起来的。

蹊跷的是,你此时明明是在沉睡之中,可又不是在做梦,因为次日清晨,你发现,就在自己搂着小猫回去睡觉的那张床上,身体下面有块地方湿漉漉的,浴缸里也还有猫身上掉落下来的毛;再看自己的胳膊和手背上,竟然布满一道道伤痕,自然是被半夜里不愿冲澡的猫咪挣扎时抓伤的;再仔细一看,原来并没有动物着过火,房里的东西都没着过火。你又不傻,知道猫狗之类的不会莫名其妙烧起来。可是问题在于,半夜里你确确实实起过床,也的确救过小猫一命,这该如何解释呢?

再举个例子。你在漆黑的夜里睁开眼,觉得肚子饿了,于是慢悠悠地走进厨房,往平底锅里打了两个鸡蛋,再撒上一点儿干酪和一把小剂量的阿司匹林——做法与中世纪某些药剂师在铁罐里捣碎橙子用来治病颇为相似——这样做的原因很简单,原来是你想念圣约瑟夫橙汁店里那酸酸甜甜的味道了。

或者，你想去游泳，于是走到了河里。

又或者，你觉得下身一阵发热，有种遏制不住的冲动，于是伸出手摸索旁边的人。可旁边要是没人呢？你便掀开被子下了床，去找个陌生人满足自己；如果没找到就醒了过来，算是万幸，可谁能保证每次都那么好运呢？

这样的你被叫作"夜游神""吸血僵尸"，贪得无厌、欲火难耐。不过这样说其实不够准确，因为在你的灵魂深处，燃烧的欲火正是在沉睡之中得到了满足，而且是真正的满足。

然而，问题恰恰就出在这里……

第一章

县里的人都认为,盖尔河底下,妈妈的身体正在日渐腐烂——确切地说,正在变成一堆稀泥。那年正好是公元2000年,大家刚从"千年虫"的事件中缓过气来,对几个月前数字化时代所造就的惊惧和恐慌依然记忆犹新。那一年,世贸双塔还巍然屹立在曼哈顿的市中心,"自拍""刷屏"和"网红"这些热词还要等好多年后才会出现。不过,要不了几个月,词典中就会增加一个新词,叫"挂孔"①。

那年夏秋,我刚满二十一岁,妹妹十二岁。在我们内心深处,失去亲人的伤痛久久不能褪去。

连专家都觉得奇怪,安娜丽·阿赫博格的尸体为何总也找不到——不是说溺水死亡者的尸体通常都会在落水地点附近浮出水面吗?当然,"附近"只是相对而言。考虑到这一点,警局派来的蛙人搜索了相当长的一段河道,甚至在公路大转弯的防洪河堤下挖开了一大截淤泥,那河堤可是为了防止每二十年就暴发一次

---

① 指2000年美国总统选举中出现的一类选票,由于投票人打孔力度不够,小孔上的纸片未能完全脱落,导致点票机漏点。该情况直接导致竞选人戈尔和布什之间的选举纠纷。

的洪水冲垮道路而建的。树林里那口小池塘也找过了，还是一无所获；池塘水很浅，住着一群河狸，离我家那幢红色的维多利亚老式房子也就四百多米。尽管如此，我和妹妹一致认为，妈妈肯定还停留在佛蒙特州那条河的某个地方。我俩也还没有完全放弃希望，觉得她一定会活着回来，至少我是这样想的。可是日子一天天过去，爸爸越来越难假装乐观，或者在人们问起家里情况时保证言辞得体。

最后，所有的消息都化为泡影。警察撤走了流动犯罪实验室和充气船。两周后的一天下午，妹妹派格放学回来，拿上她的潜水脚蹼、呼吸管和防水面罩，径直朝河边去了。我跟过去，告诉她这是在浪费时间。她不听，看样子是要来真的，跑到离河面五米多高的一块石头上坐了下来。派格身上穿着一件海军蓝泳衣，泳衣的大腿处印着一个海马图案，派格每次去爸爸的大学校园练习游泳时都穿着它——爸爸在大学里当教授。派格那时上七年级，是名体育健将，滑雪的时候又快又猛。夏秋两个季节，教练都给她布置了任务，要她争取每天到泳池游上几圈。派格还小，初生牛犊不怕虎，还在做白日梦的年龄。

我挨着派格坐了下来。"知道吗？水现在很浅，脚蹼还真的用不上。"我装作满不在乎地说。心想，派格是不是有点儿傻啊，居然认为脚蹼可以用起来——现在是9月中旬，佛蒙特州已经一个月没下过雨了，自从妈妈失踪开始就没下过一滴雨（在我们看来，这只是气象上的巧合而已，不是什么星象学意义上的预兆，更不是什么天意）。河水流到这一段，大概只有十几米宽，水深也就大约到人的肩膀。派格体格健壮，穿着副脚蹼，又笨又重，反倒会误事。

"那我不穿行了吧。"派格咕哝了一句。

"水潭那边倒是可以。"我讨好地说。我说的水潭,就在离此处不远的下游,是盖尔河的一个小瀑布冲积形成的,四米多深,派格可以穿着脚蹼潜入水底看看。

"也许吧。"她说。

河岸又陡又斜,坡上密密麻麻长满橡树和枫树,树不大,叶子却都红的红、黄的黄了。树林中偶尔点缀着几丛矮小的覆盆子,果子早就给过路的人或野鹿吃光了。河边到处是大鹅卵石、苔藓以及淤泥,因为干旱了好久,泥土都能捏成干粉。七天前的劳动节,河边还挤满了一群群大大小小的孩子和青年人,年龄跟我差不多的女孩子们身穿比基尼,躺在意外从河面冒出来的大石头上晒太阳。和往年夏天相比,今年来这里游泳的人少了一些,原因很简单,毕竟也就十几天前,夏季快要收尾的日子里,盖尔河中游曾是搜救人员和警察行动的地方。每个来这里游泳或躺在石头上晒太阳的人或多或少都有点儿担心,怕一不小心撞上我妈的尸体。尽管这样,也还是有人来此光顾,游泳的游泳,晒太阳的晒太阳,家长们依然带上子女来到河边。

那天傍晚,河水清澈,水浅的地方足以看见底下的石头,其中一些酷似海龟,另一些在外形和颜色上倒是跟人的头盖骨有点儿相似。同样的石头,我想,换在妈妈失踪之前,大概是不会让人联想起头盖骨的,可如今呢,却好像在所难免。沉默不语的时候,能听到河水往西流去的汩汩声,听得见卵石缝里噗噗的水花声,甚至听得到岸上枫叶飘落在水上的刷刷声。

我伸直双腿,脚抵住岸上的一截树根,提醒妹妹:"还有你知道的,这几天的水比两个周之前凉了好多。这一段虽然还好,可是昨晚温度都降到四十华氏度了。"

"今天午饭时还六十五度呢。"派格反驳我,"我在学校量过。"

"太阳都下山了,现在可能也就五十五度吧。你看看,胳膊上都起鸡皮疙瘩了,到了水下你也就只能坚持五分钟,五分钟后不上岸肯定会发高烧的。我得跟着你潜下去。"

"我才不会发高烧呢。"她气呼呼地回答我,"你也不会跟着我潜水,丽安娜,你就是不想我下去找罢了。"

"对,就是不想让你下河去找。"

"我俩都知道……"

"河里要是真有线索的话,警察早就找到了。不是什么都没发现吗?"我说。嘴上虽这么说,其实我心底里还是相信,河里肯定是能找到线索的,不止是线索,说不定妈妈还在下面呢。换句话说,尸体一定还停留在盖尔河巴特勒河段以下、尚普兰湖入口以上的某个地方,多半是河底有石笋一样竖着的大石头,边缘跟锯齿似的,把尸体给勾住了。还有一种可能,把尸体拦下来的或许是一副生锈的车罩、一张废弃的弹簧床垫、一艘小船、一堆石块,也或许是从一架破旧的手推车上散落下来的一圈金属网,总之是在水深的地方。不过,既然蛙人都没找到妈妈——准确地说是一无所获——派格就更别想找到什么线索了。

"那总得做点儿什么吧。"派格不肯罢休,闷闷不乐中带了些恼怒,"我知道,除了给你那些大学的朋友打电话、玩魔术和吸大麻,其他的管它是不是正事,有没有用,你都不感兴趣是吧?我可跟你不一样。"

"我这不是干正事吗——我在劝你不要鲁莽,别一不小心把自己给冻死了。至少也是在劝你别浪费时间啊。"

派格伸直活像两根木棒的胳膊,长长地躺倒在河岸上,样子有点儿像耶稣受难时的姿势。妹妹年纪虽小,在奥运会标准泳池里游上几圈对她来说已经是小事一桩了。那天她是突发奇想,跑到河里找人,之前一直是在家后面的池塘和树林里搜索,一无所获,只好放弃。有一次我看见她穿着高筒防水靴,从池塘这一头摸索到那一头,再从那一头摸索到这一头,有条不紊,好像要把整个池塘切割成若干条均匀的跑道。最后,除了一只男式网球鞋,什么特别的东西也没找到。另外一次是在树林里,她弯着腰,像个小人书里的巫婆,一边走,一边仔细研究地上的落叶和腐烂的植被,一心想找到妈妈留下的足迹。可是这两处都是专业人士和志愿者搜了又搜、看了又看的,大家肩并肩,头碰头,一寸地方都没放过,结果依然是两手空空。派格也一样,别人去过的地方她都去过,包括靠近大路一边的河岸,连续走了好几个小时,一边走,还一边抬起球鞋踢路边的灌木丛,可除了些空啤酒瓶、糖纸和塑料咖啡罐的盖子,什么都没找到。

过了一会儿,派格问:"晚饭你给我们做点儿什么?"她问得很突然,像条飞鱼啪地掉落水面一样打破了沉默。

"你问这个,是不是说要干点儿正事,不会再打算下河了?"

"应该是吧。"

"谢谢你能这么想。"我说,"真要我下到水里把你给扯上来,我得气死。"

"你还没回答我的问题呢。"

快到 5 点了。我刚才正在去小超市的路上,想去买一瓶无糖可乐和一包巧克力饼干,忽然看见派格往这边走,于是便跟了过来。这会儿我虽然有点儿迷糊,可肚子是真的很饿了。去超市也是希望能在那只冰柜里找到点儿合适的食材,我爸看得上眼,端上桌子能当晚饭,比如土豆沙拉、墨西哥肉卷什么的。我家住在一个小村庄,唯一的小超市规模虽小,店里的冰柜可是令人大开眼界。每次吸大麻吸得晕乎乎以后——比那天下午还要飘飘然——看到店里摆出来的那些熟食，马上就想起自己玩过的一个魔术。那时候我比派格年纪还小，当时也是第一次突发奇想，盘算着将来长大了会不会做一名魔术师。那个魔术用的是一只红色的塑料花瓶，高十几厘米，里面装了水，仿佛永远也倒不完。巴特勒小超市里的熟食区给我留下印象的就是那只塑料花瓶，尤其是当我飘飘然的时候。

"晚饭是吧，让我想想啊。"我咕哝着说。妈妈失踪后的那几天，爸爸简直是脚不沾地，四处找寻，首先查验的便是警方发现的一条线索。当天，警局派来的警察带着一条搜索犬，叫麦克斯，从我家院子出发，大致画出了失踪者的行动路径。依据嘛，是路上有些地方的草在夜里变了模样，草尖上的露水有些不同，由此推断出妈妈大概走过这些地方。加之随后发现了一小块布条，是从她身上那件睡衣袖子上撕落下来的，挂在河岸边一棵枯树那光溜溜的枝条上，更是印证了这样一条路径。爸爸还设计了好多小传单，上面印了妈妈的照片，由我和派格贴到方圆几千米的电线杆上，贴到面包店和杂货店的公告牌上。我自己也曾独自一人，开着妈妈的越野车，从巴特勒出发，经过海恩斯堡去米德尔伯里，一开就是好几个小时，最后到达爸爸教书的大学。越野车是辆探路者，是爸妈在我上初中的时候买的，为的是来去滑雪场方便（特别是因为派格），后来我上大学也方便拉行李去学校。除了小传单，爸爸还在本地的报纸上登出广告，把妈妈的照片放上去，说只有这样效果才会更为持久，人们才不会像正常情况那样轻易忘掉安娜丽·阿赫博格。所谓"正常情况"，是指在这个现实世界里，温情脉脉常常无济于事，冷漠无情才是生存之道——爸爸有时就是这样教他的那些学生的。他这么说,并不是贬低自己的同类,而是因为人性原本如此。课堂上,他对学生们说:"地球上每天都在发生各种天崩地裂的事——大海啸、飞机坠毁、恐怖袭击、战火纷飞,你们要是不让自己早点儿习惯起来,日子还怎么过呢?"话虽如此,每次听说警局有人来报案,说看见有个女人穿着睡衣在四处闲逛,或者数千米以外的河里发现了漂浮的衣物,即使随后证实与妈妈毫无关联,爸爸都仍旧要亲自前往调查一番。出事后的那几天,他的一举一动经常让不认识他的人疑惑不解,也让警察们大为光火。

不仅如此,就在劳动节的那个星期天,离妈妈失踪还不到一周,爸爸就正式通知学校的系主任和校长,接下来的秋季课程他会照常上,说只有这样才能从疯狂状态中摆脱出来,这可着实让领导们吃了一惊。八天以后,我和派格还呆坐在盖尔河边,我们的父亲却已经站到了讲台上,一会儿激情洋溢,一会儿口若悬河,只是一回到家里,面对我们姐妹时,他就绷紧神经,精神极度焦虑,样子疲惫不堪,每个晚上都得靠喝醉才能入睡。妈妈失踪后的开头几天,爸爸把我姨妈请过来帮忙做饭、洗衣服,有时也给我们那只叫乔的宠物猫梳洗梳洗。姨妈后来回去了,她家住在曼哈顿的上东区。外公外婆住在波士顿郊外,房子是以前殖民时代遗留下来的。两位老人身体衰弱,又伤心过度,虽然很想帮忙,无奈外婆患上了老年痴呆症,日渐严重,觉得待在我们家不仅帮不上忙,反而添了许多麻烦,所以没待两天就回去了——老家环境比较熟悉,外公也好照顾外婆。至于邻居们,起初还给我们送煮好的面条和通心粉,外加一碗碗切好的水果,后来也慢慢停了。就这样,一家人的晚饭便落到了我身上。爸爸其实一周只有三天课,却每天都去学校,说是系里开会,指导学生,准备他自己的论文,找那些据说曾经看到过安娜丽·阿赫博格的人说说话,等等,而且总是早出晚归,好像一刻也不愿待在家里似的。他是不是认为自己的妻子还活着呢?一开始他确实这么认为,还安慰我和派格,可现在,每当提起妈妈,他用的大多是过去时态,总说她"以前"怎样怎样。我虽然嘴上没说,可心里知道,爸爸其实跟我一样,相信妈妈已经死了,而且是在睡眠的第三阶段一步步走向死亡的。

河岸上,我挨着妹妹坐着。有两三分钟的时间,我和她谁也没说话。我正要起身去小超市,派格突然开口问:"他们经常吵架吗?我的意思是,跟其他那些结了婚的比较起来?"她说的"他们",就是爸妈。

"没,可能没有吧。"

"我不喜欢家里的人绷着个脸。"

"他们还好吧,我觉得,跟别的那些夫妻比较的话。"

"有一次他们吵得很凶,四年以前,我都记得,两个人直嚷嚷,还大声吼。"

"也就一次吧。"我说。我记起来了,就只那一次,当时爸妈嗓门挺大的,不过没她说得那么可怕。那天派格和我躲在我的房间里,门关着,派格在我床上,脸埋在被子里,抽抽搭搭地哭着。也就那一次,我真的很担心,害怕父母动起手来。平常他们也吵架,虽然一个绵里藏针,一个指桑骂槐,可从来不会抬高嗓门。爸爸颇有点儿学识,吵着吵着更是引经据典,讽刺挖苦的词语一个接一个从他嘴里蹦出来;妈妈呢,尽管口才没爸爸出众,也不是特别口齿伶俐,但是较起劲儿来可以一言不发,杀伤力比爸爸还厉害。想起那个夜晚我都害怕,爸妈好像火山爆发一样,从这个屋子吵到那个屋子,嗓门大得邻居都听见了。可到底为了什么呢？事情的起因和妈妈的梦游症有关，好像是她的某个行为让爸爸觉得丢了脸。话说回来，其实他们两个都觉得很羞愧，只是羞愧的具体原因不一样罢了——爸爸是因为被别人瞧见了，而妈妈则是因为对自己无能为力。

"那天晚上他俩都要崩溃了。"

"为什么？"

"我想是因为梦游吧，我也不确定。"我说，"不过他们很恩爱的。"这一点其实我也不全信，只不过想在妹妹面前把话说得硬一点儿。爸爸爱妈妈吗？也许吧，至少他认为自己是爱她的。不过就连我也明白，"认为自己爱某人"和"确实爱某人"是不一样的。那妈妈是否爱爸爸呢？这我就更不确定了，虽然我不会公开承认，也绝对不会把这个想法告诉派格。有时我在想，妈妈这个人那么聪明，富有创造力，想象力又那么出众，和一个教英文的教授丈夫待一起，会不会有点儿委屈自己呢？爸爸只是新英格兰一所精英学院的讲座教授，发表的文章很杂，写过两本关于美国诗人的传记，评价还不错。而安娜丽·阿赫博格呢，对于大多数男人来说简直太聪明了；不仅如此，她还有抑郁症——我家主卫壁橱上满满一格橘黄色的小瓶子，装的全是抗抑郁药，就是她长期战斗的最好证明。

坦白地说，爸妈之间关系紧张，究其缘由，还是因为某些恐惧和挫败感，二者足以让任何恩爱夫妻分道扬镳。从我出生到妹妹降临的那些年里，爸妈的婚姻几乎变了个样。我比派格大九岁，这七八年间妈妈就流产了五次。那时我都比较大了，清楚地记得，妈妈在流产三次后，要多绝望有多绝望；爸爸呢，也一副失魂落魄的模样。生妹妹之前，妈妈经常躺在床上，一躺就是几个月，跟个废人一样。我呢，必须整天安安静静的，免得打扰妈妈休息，有时干脆去朋友家过夜，让妈妈好好睡觉，或者去外公外婆家住上一周，好让妈妈卧床休息。后来突然有一天，派格降临了，虽然没有足月，可也差不了多少，三十四周吧，重还不到五磅，在新生儿重症监护室待了一周半，仅此而已。现在呢，妹妹一点儿不像早产儿，不但没有先天不足，反倒是天生一头乌黑的秀发，真正是家族的稀有品：爸妈分别来自阿赫博格家族和曼赫尔特家族，家族里每个人都长得像北欧旅游宣传片中的临时演员——女的梳着金黄的长辫子，男的额头很高，头上是细细的金发——一个个好似伯格曼①电影中走出来的人物。

再后来，七年过去，妈妈开始梦游了。那时我上中学，派格上小学二年级。小时候因为偶尔犯过这毛病，所以当时我对梦游很感兴趣，能找到的资料都找来阅读，里面有写到异睡症的，也有写到做梦的。爸爸写过不少东西，公开出版的著作，学术期刊上发表的各类文章，还有笔记本里好多未发表的（在我看来应该是不能发表的）诗歌等，我也逐字逐句读过，许多诗写的就是梦游——想到这一点就让我有些悲伤。

我家的房子在巴特勒镇上的一个村子边缘，走路去镇中心要五分钟。村子在河边，面积三千平方米多一点儿，中心地带只有一家小超市，一座图书馆，一个为灭火志愿者提供一张床、一顿早饭的消防站，还有一座砖砌的教堂，名义上叫作公理会教堂，其实来做礼拜的人——七十五个左右，大多星期天才来——多半是美国循道会和浸信会的教徒，少数几个是长老会的成员，不过因为是村中唯一的教堂，所以要做礼拜也只好在这儿将就了。教堂的牧师是个女的，绿色的眼睛、褐色的头发，外表看上去更像个律师。自从妈妈失踪以后，牧师就经常到我家看望，很友好很

---

① 英格玛·伯格曼（1918-2007），瑞典著名导演。

热情，而以前除了平安夜和复活节早上以外，我家从来不去教堂，所以她这么做，我心里既感激又觉得很愧疚。上周，牧师竟然还给我弄来了两套变魔术的道具，说入秋后主日学校有两个小孩儿过生日，请我在生日聚会上给他们表演。

派格刚才提到爸妈大吵一架的事，就发生在四年前，当时还给隔壁的麦克莱伦一家听到了。妈妈失踪那天，警察去邻居家调查，卡罗尔·麦克莱伦把我爸妈大吼大叫的事描述了一遍，被我无意中听到，爸爸那几天因此成了嫌疑对象，不过在我看来，没人会真正怀疑他谋杀了妈妈。

除了跟警察说她听到阿赫博格夫妇那天晚上吵得很凶以外，卡罗尔还透露了另外一件事，也是关于妈妈的——那次不知道为什么，妈妈把凸窗对面、路灯旁边那株巨大的绣球喷上了银色的油漆。绣球长在我家的前院里，距离前门大概有七八米远。那天晚上我听到有动静，赶紧把妈妈拉进屋，可是灯光和我俩的说话声把麦克莱伦一家吵醒了，让卡罗尔亲眼目睹了夜里妈妈那些奇怪的举动（至于那棵绣球嘛，虽然变了形，可还是活了下来。爸爸把染成银色的枝条剪掉，剩下的尽量修整复位，没过多久绣球花又开得像一朵蘑菇云了）。还有一个晚上，都过了12点，我陪着妈妈从盖尔河上紧挨小超市的桥上走回来，恰好被出来赏月的邻居佛瑞德和罗斯玛丽·哈蒙夫妇看见。我听老一辈的主妇们说过，不要喊醒梦游的人，所以那天晚上我就没叫醒妈妈。那时她已经爬上了大桥的水泥栏杆，直直地矗立着，活像台伯河或塞纳河桥上矗立着的大理石天使像。盖尔河上那座桥很高，她要是往下跳了，不死也得摔成残废，把背上的骨头摔坏或者搞出个头骨破裂，要么就直接淹死在河里。那时我十七岁，看到光着身子的妈妈，真是美极了。妈妈从栏杆上下来后，我把身上的开衫脱下来给她披上，领着她回了家。

　　妈妈梦游的时候，天气再冷她好像也没什么感觉。记得有一年，3月份的一个晚上，一场晚春的暴风雪将整个巴特勒变成了一幅"柯里尔与艾夫斯"①的平版印刷作品。妈妈拿上她那套北欧风格的滑雪装备，从我家后门出发，穿过树林，完成了一趟越野滑雪之旅，回来后生好炉子，脱下打湿的衣服放在旁边烘烤，可是第二天早餐时却什么也记不得了。第二天放学的路上，我就是踩着她留下的足迹回家的。

　　每次妈妈梦游的时候，恰好也是爸爸外出不在家的日子——包括最近她彻底失踪的这一次。就因为这个，警察才很快排除了爸爸的嫌疑——他当时在爱荷华市参加一个诗歌方面的研讨会。

　　也正因为这个，我和妹妹常常为妈妈失踪的事感到内疚和自责。说到底，我俩那天晚上睡得也太沉了，为什么就没听到动静，没有及时起床拦住她呢？至于我自己，更是懊悔不已——我是家里的长女，比其他人都清楚妈妈的梦游习惯，更何况曾经把她从桥上拉下来带回了家。出了这样的事以后，我便决定，大四暂时不回阿姆赫斯特学院，不能丢下爸爸和妹妹不管，更谈不上恢复正常的生活了。学校那边倒是体谅我，让我尽量在圣诞节之后回校，赶上春季学期开学。

　　周围有些人大概在想，我是不是还在等妈妈回家呢——反正尸体没找到之前就还有希望，我一定不会就这样罢休的。若真是这样就好了，可惜我心里知道不是这样，我待在家里不走，不是

---

① "柯里尔与艾夫斯"是一家美国平版印刷公司，1857年至1907年间运营，主要印刷美国生活图片和政治卡通海报。1920年以后，"柯里尔与艾夫斯"的印刷品被视为古董，价值不菲。

因为希望,而是因为伤心。

"知道今天晚上爸爸什么时候能回家吗?"派格问。

"不知道。"

"你今天跟他谈过吗?"

"没有。"

派格坐起身来,冲我鄙夷地摇摇头:"要是妈妈在,一定会跟他谈。爸爸有什么事妈妈准知道。"

"我可不是你妈,我是你姐。"

派格一时无语。我抓住机会,连珠炮似的开始发问,话语中充满了讥讽的味道:"派格,你学习怎么样了?多项式学得如何?《蝇王》那本书带回家没有?万圣节你想化装成什么?哦,还早是吧,你和你那些小朋友是不是不小了,不想再乔装打扮了?"

派格看着我,漆黑的眼睛眯缝成一条线。这丫头可不一般,尤其当她生起气来的时候。有些人要是恼了,嘴角会往下垂,拉长脸,没有表情。派格不这样,虽然才十二岁,却很能按捺住火气。"你干吗每件事情都要拿来取笑呢?"她问我,"你说话跟连珠炮似的,你为什么总是这……这么愤世嫉俗呢?"

我叹了口气。派格才七年级,七年级的孩子不会说出"连珠炮""愤世嫉俗"这些词语的。不过,有多少七年级的孩子,父亲是个英语教授还常常自封为诗人呢?又有多少七年级的孩子,他们的姐姐在暑假里会去表演魔术,还得了个"魔女丽安娜"的称号呢?(其实,妈妈失踪以前,我就一直在想要不要改换一下艺名,起个更稳重点儿的名字,别再给人家一种招蜂引蝶的错觉了。)想当年,我像派格这么大的时候,也曾因为自己词汇量丰富而感到极为自豪呢。

"因为我下了功夫啊。"我回答说,"别人可能觉得这样很容易,其实才不呢。"

"你身上一股大麻味儿。"

也许是吧,我心里有些愧疚。衣服上大概是有味道。穿着法兰绒衬衫吸大麻,这东西就会像强力胶水一样牢牢粘在上面。高中时的好朋友里,只有海瑟·普莱斯考特没去别的州上大学,所以最近这段时间我大多跟她待在一起。海瑟在佛蒙特大学上大四,依旧是个贪玩的人。我下午跟她玩过,还有两个兄弟会的男孩儿,人很好,脑子却不太聪明。现在听派格这么一说,我抬起胳膊闻了闻衣袖,不止是有点儿味道,简直臭极了,这倒足以证明周围的人这些天是多么容忍我——沃伦·阿赫博格的女儿、因为母亲失踪而没有回去上大学的人——为什么我身上臭得像迷幻商店的密室,却没有一个人问起缘由?

"好吧,等下我打电话问爸爸,看他几点回来吃饭。"我说。我不想和派格吵架。自己真是个坏榜样,想想为了派格,也应该改善一下,"本来想去店里买点儿鸡肉卷和土豆沙拉,不过还是给你们做烘肉卷吧。你想吃烘肉卷吗?你以前很喜欢吃妈妈做的烘肉卷。"

"你知道怎么做烘肉卷?"

"那有什么难的,不就是用汉堡里的那种肉,加上番茄酱和洋葱吗?可能再加点儿鸡蛋吧。我查查菜谱就知道了。相信我吧,妈妈也不是法国大厨,她大概也是这么做出来的。"

派格点点头,连说了两次"好吧",一边伸手去拿脚蹼,准备回家。还没拿到她却停了下来,愣愣地看着身旁蜿蜒流过的河水,抬起头看我时,她的泪水已经夺眶而出。我伸出胳膊想搂住她,被她抡起一只脚蹼推开了。"别这样,"她说,"我还好。"

怎么会好?我和她都不好。

你无法和梦对抗。

因为你甚至不知道自己是在做梦。

听起来很荒唐,可是当你身处梦境,与现实绝缘却又感觉真真实实、一切有如慢放的镜头时,你会尊重梦境,把它视为一种新常态。梦疯狂而又执着,毫无理性却又坚信自己正确。你在温热的被褥里入睡,如同享受一场日光浴,这时候的世界,便有如迷雾一般。

人们说,梦游和做梦其实毫不相干。也许是吧,因为如果真是做梦的话,你是记得起梦中的世界的。

据说,有些人可以从噩梦中惊醒,可以在睡梦中掌控周围的环境,甚至控制梦的整个过程。然而你不行。一旦进入梦中,你便没了退路,想出却出不来。怎么办?只能见机行事。

第二章

夏日渐渐走到尽头,秋天已至,妈妈失踪那一晚的故事已经被我解构得支离破碎。凡是能回忆起的,我都讲给爸爸听,讲给警察听,讲给自己听。我还把整件事告诉过海瑟·普莱斯考特,那时候她住在伯灵顿的一处公寓,就在佛蒙特大学校园外又黑又脏的一个地方。另外还有艾伦·库珀,我高中时的一个朋友,家在巴特勒,没考上大学,那时她在给米德尔伯里的一家锡器店设计珠宝首饰和烛台,似乎赚了不少钱,回家的路上会来我这里坐坐,我也跟她讲过这事。回想起来,出事的前一天晚上,妈妈实在没什么异常,预兆也好,苗头也好,什么都没有,我想即便是最执着、最偏激的阴谋论者,也说不出个所以然来。

那天爸爸正跟一群教授、学者待在一起,开学术会议、解构诗歌,和家里有一个小时的时差。爸爸两个晚上不在家,妈妈可能会梦游,这一点我想到过,家里其他人都想到过,因为只有当爸爸不在时,妈妈才会在夜里起床,走出门去溜达。可是话说回来,她已经连续四年没有梦游过了——至少在我的记忆中——这一点爸爸应该最清楚不过,否则他如何肯离家去开会呢?事实上,我们也讨论过要不要让妈妈陪他去开会,因为反正我也在家,可以照顾派格,后来想了想,事情应该不会严重到这种地步,况且在佛蒙特妈妈也是要上班的。

于是,爸爸把妈妈留在了家里,让她一个人睡在卧室,这可是她去睡眠中心接受治疗以来破天荒第一次。睡眠中心开出的治疗方案其实就是养成健康的睡眠习惯,比如杜绝酒精、适当催眠(这一点妈妈后来并不认同)等。还有最重要的一点,是临睡前服用一粒氯硝安定。妈妈是氯硝安定和抗抑郁药配合着吃,作用简直立竿见影,一晚上安睡,从不会半夜醒来。服这种药以后,她的多导睡眠图正常得让睡眠中心的医生和技师看了都连连称奇,事后甚至把她的脑电图当作实例,演示给旁边的医学院学员看。

尽管如此,爸爸仍旧提醒我要警惕。"不要参加任何消遣娱乐活动,"他一脸严肃地告诫我说,"这样会分散注意力的。"不过,我那时已经二十一,成年了,知道事关重大,肩上的担子不小,这一点爸爸也是知道的。

爸爸说的话我也确实记住了。时间已经到了8月底,眼看快开学了,可那天晚上我还是没出去玩,而是待在家里和派格一块儿看电视,一边轻轻抚摸着趴在腿上的宠物猫。猫的名字叫乔,是只十六七斤重的大猫,尽管已经养在家里五年了,我们依然叫它"车库里的乔"。那天晚上睡觉的时候,我把房门开着,心里想,那年把赤身裸体的妈妈从桥上拉回家的是我,我那时也就十七岁,后来妈妈半夜往绣球上喷银色油漆,也是我及时醒来,拉住她,把那株都快要窒息而亡的绣球抢救下来。所以说,妈妈今晚要是走出卧室,我肯定会第一时间醒来拦住她,我不会让大家失望的。

还有一点让我宽了心,放松了警惕,就是我自己也有十五年没梦游过了。小时候,我也经历过睡眠障碍,这在儿童中不算少见,不过时间很短,后来很快就好了。当时大家也没为这事担心过,更没有谁想到这可能是家族遗传,原因很简单,我的那段梦游症状比妈妈的问题早出现了近十年,十年啊。

8月的那天傍晚,妈妈开车从巴特勒家里出发,去大学游泳池接派格。她们到家门口的时候,我已经回来大约二十分钟了。之前我去了海瑟·普莱斯考特家,8月份的时候她还在巴特勒,打算不久后搬家,和她在佛蒙特大学的朋友一起搬到伯灵顿的公寓里。妈妈和派格还没回来的时候,我已经到房子后面的花园里拔了几个胡萝卜,摘了点儿樱桃番茄和一只青椒,做了一道凉拌沙拉,晚饭和着妈妈烧的咖喱鸡块一块儿吃。

晚饭过后,三个人心里都有些忐忑,但谁也没有明说。阿赫博格教授这会儿在爱荷华,今晚主卧里就安娜丽一个人,这一点大家都心知肚明。平时爸妈睡一张大床,床头板是红木的,又大又厚实。那天晚上我也想过,既然风险如此大,是不是应该挨着妈妈睡呢?可转念一想,这么一来,妈妈肯定觉得自己像个废人,所以我终于还是没能开口。

那天晚上我和派格看了一场电影,录像带上的,叫《电子情书》,是那些年我俩最喜欢的片子。电影以书店为背景,是部爱情片,可在我俩眼里它的意义却远远不止这个。里边的故事发生在遥远的曼哈顿,和我们所在的佛蒙特州巴特勒镇相比,可是个充满了灵动和魔力的世界,是姨妈、姨夫和两个表弟的家,也是我和派格都很喜欢去的地方。当然了,电影的结尾还有我们喜欢的主题歌——哈利·尼尔森深情演唱的《跨越彩虹》。

我是家里最后一个睡觉的。上床之前,我悄悄看了看妹妹和妈妈的卧室,两个人早已沉沉入睡,我悬着的一颗心便放了下来。回到房间里，我给几个朋友写邮件，其中包括一个住在阿姆赫斯特的男生，叫戴维，我当时对他有些意思。记得那晚我是开着门睡觉的，万一妈妈有什么动静，我也多半能及时惊醒。快到凌晨1点的时候，我放下手中的小说，最后检查了一次电子邮箱，然后关灯睡觉。此时我心里踏实了许多，因为妈妈是10点左右睡的，危险时段——入睡后的前三个小时，即一个睡眠周期的前三分之一，那是梦游者最可能如僵尸一般起床活动的邪门时段——已经过去了。

早上，我被派格推醒，眼睛一睁，马上明白有情况。妹妹的手放在我的肩膀上——不对，是在使劲儿捶打我的肩膀。一瞬间，我似乎醒了，又好像还在做梦，梦见我和妹妹坐在一辆火车上，火车正飞速冲过一座植被丰茂的山口。虽然没听明白派格说些什么，可是我已经意识到，妈妈出事了。

"妈妈不见了！"派格告诉我，虽然算不上尖叫，语气却已经很慌乱，"不见了！"

我二话没说，一脚蹬开身上的薄被子，跌跌撞撞冲向爸妈的卧室。妹妹跟在身后，嘴里还在念叨："我一醒来就去他们房间看，可是她已经不在了。肯定是夜里走掉的！"窗外，太阳刚刚爬上山顶，时候还早，可惜我当时没看闹钟，竟然不知道准确的时间。既然派格说妈妈不见了，说得那么清楚，那么肯定，那我这会儿再去她的卧室还有什么意义呢？不过我还是朝爸妈的卧室走去，我一定要亲眼看看。

站在门口，我愣愣地看着大床，上面空无一人。看了一会儿，我走上前，摸了摸妈妈睡过的地方。被子、床单和枕头都是凉的。我环视了一遍卧室，看看有没有她夏天里穿的那件睡衣。

妈妈有个习惯，吃早饭前总要换好衣服，而且这些年据我的观察，她一般是把睡衣随手扔到床脚。有时候，她先吃完早饭，然后把我和派格送到学校，再等到爸爸上班去了，这才上楼去整理床铺，把晚上穿过的睡衣睡裤放到枕头底下。打从上大学之前我就清楚地记得，每天我放学回家以后，总会发现爸妈睡过的床又干净又整洁，简直跟博洛茗百货店产品目录上的图片一样——妈妈是搞建筑设计的，所以不管是给别人设计房子还是布局自己的空间，总是力求明快和舒适。那天很奇怪，卧室里没有她的睡衣——床脚没有，窗户旁边的椅子上没有，床头柜上没有，地板上也没有。

"楼下你看过了吗？"我问派格，"厨房里呢？"

"楼下？当然看过了。"

"花园呢？外面呢？"

"看了，我出去过了。"说完，派格仿佛为了强调似的，突然用尽力气大喊起来，"妈——妈——！"后面一个字足足拖了有三四秒。

没有回应。我又问："地下室呢？"

派格赶紧把手放到背后。我知道她有点儿害怕地下室，我也害怕。那地方没窗户，阴森森的，地上除了地板革外什么都没铺，四周的墙纯粹用石头砌成。房间里放着装热水和冷水的槽子，还有洗衣机和烘干机，天花板很低，上面的隔板已经开始腐烂，两头各有一个灯泡低低地垂下来，在头顶上晃荡着。说是地下室，其实更像是个地牢，我和派格很少下去。到了晚上，要是爸妈不在，我们是绝对不会去的。

"去了，检查过了，每个地方我都检查了。"

"她的车呢，还在吗？"

妹妹叹了口气，没说话。我走到窗前，向车库望去。每到夏天，我们家总是懒得关车库门。爸爸的位子是空的，昨天他把车开去机场了，妈妈的越野车呢，原地没动，还停在老地方。

"好吧，我去给爸爸打电话。"我对派格说，心想，爱荷华比佛蒙特晚一个小时呢，"现在几点？"

派格伸手指着闹钟。7点刚过。

"哦，好的。"我说，"谢谢你。"

正要回卧室拿手机，看见妈妈床边有固定电话，我于是走过去拿起话筒。平常已经很少用这种电话机了，所以跟我那只既轻巧又短小的手机相比，手感完全不同。看着电话上凸起的数字按键，我有点儿发呆，脑子里努力搜索着爸爸的手机号码。要是用手机打的话，只需要按下"爸爸"那个键就行了。

"快打电话呀！"派格催促我。

慢慢地，我想起号码来了，拨了过去。电话那头传来爸爸录好的话音，请我留言。

"喂，爸爸，"我说，语气尽量保持平静，"对不起，不该这时给你打电话，可是出了一点儿……一点儿紧急情况。派格刚才过来，现在这里大概7点的样子吧，妈妈不见了。你睡醒了就打过来啊。"

说完，我把话筒放了回去。

"你都没说你是谁。"派格说。

"他应该能猜到吧。"

"给酒店打电话，把他叫醒。"

"我又不知道他住哪个酒店。"我说。然后，也没跟派格商量，我就拨通了911。

报警后发生的事虽然有些出人预料，而且并不像电影里演的那样，不过我还是猜中了其中的一个结果，就是马上会有警察过来——州里来的警官、本地的警长、侦探，等等，陆陆续续都上门来了，都是些成年人，来帮助我们的。

"不见多长时间了？"接电话的调度员是个女的，用极为平静的语气问我。

"我不知道，昨天晚上她还在床上，现在不在了。"

"她的车在吗？"

"嗯，在。"

"留过字条没有？"

我环视了一遍卧室，没看到什么字条。"等等啊。"我说，一只手捂住话筒，问派格，"你看见过字条吗？"

"没有啊，我又没想到过要找字条什么的。"派格辩解道，"妈妈做这种事从来不留字条！"

"应该没有吧。"我告诉电话那头，"不过我也不太肯定。"

"家里除了你和你妹妹还有其他人吗？"

"没有，我爸爸开会去了。"

"什么会？"

"诗歌方面的。"我说。心想，开什么会和这有什么关系？女警官脸上一定是嘲弄的表情。

"通知他了吗？"对方又问。

"刚给他留了言。"

"家里的前门锁上没有？"

"不知道。"

"好吧。你妈妈会不会只是出去一下，可能有点儿事情要办呢？"

"半夜里出去办事情？"

对方叹了口气："会不会有邻居生病了，她去帮忙了呢？或者去了朋友家？"

"她有梦游症。"

电话那端沉默了。过了一会儿，对方说道："谢谢。"

"那你们会派人过来吗，来帮我们？会派搜索队来吗？"

"她的梦游症经常发作吗？"

"不经常，这两年里都没发作过，不过……"

"我们这边马上要换班，夜班快要结束了，上白班的人正在过来。你妈妈不见的时间还不太长，而且你也说了，她这些年梦游症也没再发作，所以要是半个小时后她还没回家，而且你也找不到人的话，再打电话过来，好吗？"

"就这样？"

调度员还在说话，卧室里的手机响了，一定是爸爸打来的。本想对调度员说声谢谢，谢谢她没帮上忙，可是因为忙着去接电话，没时间讽刺她两句，所以只是简短回了话，把沮丧和烦躁压了下去。派格已经抢在我前面接了电话。还好，爸爸可能刚要留言，正准备挂断电话。妹妹把手机递给我。

"什么情况？"爸爸直接问我，"你妹妹说妈妈失踪了。有多久了？"

"不知道，我刚起床。"

"快报警。"

"报过了，没多大用。"

"什么意思？"

"他们说，如果半个小时后她还不回家再打电话过去。"

"那不对，没道理。"

"我也觉得。"

"我的天哪！这样吧，打电话给艾略特·希尔顿，还有唐尼·亨普斯特德，他们反应快。先给艾略特打，他肯定还没去上班，不过也快了。等下电话挂了就打给他们，我也马上给州警察打电话。刚才很抱歉，你打过来的时候我在冲澡。"

"妈妈应该没事的，对吧？"

"对。"爸爸说，"不过我们也不要抱侥幸心理。"

"要不要出去找找，看看树林、村子或者其他地方有没有？要不要去桥那边看看？"

"不用。"爸爸说，"请邻居们去找找。"

我挂了电话，看见派格快要哭了——都是因为我提到了"桥"这个字，让她想起上次那件事情。妈妈站在盖尔河栏杆上的模样，派格虽然没有亲眼目睹，可是我把妈妈带回家时的情景她却看在眼里，记在心里。那时她才三年级，这事就已挥之不去，越来越厉害地折磨着她了。

安娜丽·阿赫博格长得非常漂亮。她有着一双瑞典人特有的蓝眼睛，一笑起来，整个人就充满魔力。双眼的天青色是柯达胶卷都拍不出来的色彩——电脑大概还行，用某些软件也许可以画出这样的眼睛。在家上班的日子里，白天她戴隐形眼镜，晚上则戴框架的——蓝绿色、椭圆形的那种，很时尚。她的头发是纯粹的金黄色，像是提炼过却又相当自然。她个子很高，和爸爸差不多，一米八几，腿还特别长。鼻子有点儿往上翘，站着的时候稳不住（缺乏耐心，即便身体睡着，灵魂也想四处活动）——就这两点不太理想，否则妈妈应该去做模特而不是搞建筑设计了。

上午，从纽黑文的州警察局来了两名警官。爸爸这时刚离开爱荷华，还在飞机上，警察于是趁这段时间找我和派格谈话。想到妈妈人长得很漂亮，警察自然首先调查她会不会是有了外遇，又或者是跟别人跑了。其实谁都知道，搞婚外情的女人并不见得有安娜丽·阿赫博格那么迷人，可是来的警察中偏偏有一位队长，三四十岁模样，又矮又胖，结结实实，留着州警察特有的平头，脸上的小鼻子活像鸟嘴。这家伙笨嘴笨舌地试探我和派格，说让我们想想，妈妈外边会不会有个情人，或者说几个情人什么的。听了这话我真是怒不可遏，觉得这是在公然侵犯。他这么问虽然可以理解，可是按这种路线来查案也太荒谬了，而且在我看来简直是不可理喻，低估了我们的智商。

时间刚过9点，我坐在客厅的长沙发上，对面的靠背椅上坐着那个队长，椅子是他从饭厅里搬过来的。这些警察终于肯上门调查，肯定是因为爸爸给州警察局打电话时发了火。真是气人，他们居然没把我当回事。要换班？忽悠人吧。搜救小组在巴特勒周围的树林和河边找了有至少一个半小时，依然没发现妈妈的踪影。

"哦，对了，"胸前警徽上写着"C·哈代"的警察小队长问我，"你妈妈有没有交……交朋友什么的，就是她偶然遇到的那种？"派格这会儿正带着另一名警察在楼上，查看爸妈的卧室以及其他的房间。

"我刚才把故事告诉你了吧？昨晚她在梦游。"

"你刚才说你二十一岁，是吧，丽安娜？"

"是。"

"在上大学，对吧？"

"马上四年级。"

"好的，那我下面就问你一些大人的问题，可以吗？"

我差点儿忍不住翻了下白眼:"可以。"

看着他脸上露出赞许的笑容,我心里开始有点儿恨恨的了。

"你爸妈吵过架吗?"

"吵过,有时候。可是我妈有梦游的毛病,这才是关键,不信你去伯灵顿的睡眠诊所问。"

"他们都吵些什么呢?我看见房子里到处都是你妈妈的照片,很漂亮。有没有别的男人——你懂的——对她有意思呢?"

"她可是我妈妈。"我没好气地回答说。这人婆婆妈妈的,故作讨好的样子真让人恶心,"有没有人对她有意思我可不知道,不过即使有,我妈也不会睬他们。"

"嗯,那他们主要争论什么呢?我指的是你父母。"

"我不知道,做父母的能争论什么?一般人为什么会吵架?要么是为钱,要么是为我妈梦游的事——为了该怎么办吵呗,为双方都感到失望的事吵,反正是些不好过的事。"

"'不好过的事'是什么意思?你说得具体点儿。"

队长手里拿着一个笔记本,可是我一路观察下来,他几乎就没动过笔。这会儿倒好,他好像是认真在听我说话了——幸灾乐祸的警察。

"抑郁啊。我妈妈得过抑郁症的,不过已经治好了,控制住了。我跟你说,她绝对没有自杀。"

"她的药呢,还在楼上吗?"

"在的。"我说,"我刚才说不好过的事,"看见队长动笔作了记录,我继续说道,尽力想解释一番,把谈话拉回到正轨上来,"是指我妈流过产,不过这次的事也跟它没关系。"

"你妈妈流过产?什么时候的事?"

"好啦,你要是真想作点儿记录什么的话,"我说,"就把'梦游'两个字写下来吧。"

队长显然生我气了。他往后一靠，把椅子翘起来，两根细长的后腿支撑起他的重量。他不仅没理睬我的建议，还啪的一声把笔记本放到大腿上，双手抱在胸前，问："你非常确定她没留下字条？"

"没有字条。"

"不要隐藏证据，小姐。隐藏证据不仅是犯罪，而且还会阻碍我们办案，找到你的母亲就更不容易了。"

"我告诉你了，没有字条。"

"那你是想让我相信，她半夜三更真的去梦游了，而且到现在还没醒过来？"

"不对，我是想让你相信，她半夜三更去梦游了，这会儿要么是在树林里，要么是在河边或其他什么地方。"话说到这里，我自己都倒吸了一口冷气——事实很残酷，加上面前这位警官无聊透顶，我觉得自己快要崩溃了。我伸出手捂住脸，把胳膊肘放在穿着牛仔裤的大腿上，开始抽泣起来。我已经有好多年没这样哭泣过了。

模模糊糊中，我听见派格和另一个警察从楼梯上走下来。妹妹过来抱住我，对面坐在高靠背椅子上的队长还是纹丝不动。

～

  你希望一觉醒来，还能记得他们的脸；可是他们的样子早已如水中的盐一样溶解，面目难辨，仿佛这些人正矗立在一艘驶离港口渐行渐远的船的甲板上，能让人看到的顶多是他们正在挥舞着的手臂。

  那一夜，你发现自己正坠入一个兔子洞——原来书本上讲过的物理法则竟然丝毫不起作用。那一夜，你听见大学的室友又在对你评头论足。那一夜，你发现自己在白云上和别人做爱，发现过山车的车厢竟然变成了飞机——而且还是一架架名副其实的空客飞机！那一夜，你发现自己身下的床变成了酒店游泳池岸边的躺椅，一旁珊瑚状的露台上放着一块浴巾，浴巾上睡着的居然是你的情人——一个全身赤裸、放荡不羁和欲火中烧的情人——正坐起身向你一步步走过来！

  你希望这些都不是真的，希望这些都没发生过。你认为梦就是梦，不是开玩笑，不是胡闹。可事实呢？梦就是玩笑，至少可能是玩笑，好似在一座完全背离自然法则的游乐园中发生的事件。不过，一旦梦把你从沉睡中、从床上带走，这个玩笑可就有点儿危险了。

第三章

正午刚过,艾略特·希尔顿,巴特勒的一位义务消防员,也是那天第一个回应我们求助的人,收获了一个重大发现。在紧靠柏油路的河堤陡坡上长着一棵枯树,枯树的枝条上悬挂着一小块布条,布条蓝底带红,看样子是纯棉的,大小跟一张扑克牌差不多。这大概是从一只衣袖上撕下来的吧,艾略特想,当然也有可能来自衣服的下摆。总之不能去碰它。

电话打来的时候,我正焦急万分地坐在厨房吧台边的高脚凳上,盯着窗外发呆。凳子是酒吧里的那种,包了真皮,吧台是妈妈设计的作品。电话是艾略特的侄女莎莉·艾略特打来的,她比我小一岁,是个好人,不过好像跟我不是一路的。她高中时打过长曲棍球和垒球,现在是雪城大学的长曲棍球明星。跟派格一样,莎莉天生命好,运动能力强,热情认真,活泼开朗,虽然人不太聪明,脾气倒很温和,也没什么坏心眼儿。

电话上莎莉倒不是有意吓人,可也直率得很。"我叔叔在盖尔河边的一棵树上发现了一块布。"她说,"我是从他们的一台扫描机上知道的。警察接下来就会问起你妈穿的衣服了,就是她睡觉时穿的那一身。"

我顿时觉得眼前一黑,仿佛天旋地转,胃里也特别难受,赶忙低下头来，把前额放在吧台上，深呼吸了几口气以后，又等了片刻，这才强迫自己坐直起来。"有多大？"我问，"是整件衬衫那样的布呢，还是袖子大小的？什么样的布，你听说了吗？"

莎莉还没来得及回答我，一个不到三十岁的女警就来到我面前，在旁边的高脚凳上坐了下来。我告诉莎莉，过几分钟再打给她。

面前这位警察留着木馏油色的短发，一再要求我和派格叫她罗姗妮。她伸出手，抚摸着我的脊背，问："你怎么样？"

"不好，我都快崩溃了。"

"是啊，我明白。你父亲的飞机大约一个小时后到，他很快就回家来。"

我点点头。爸爸先从爱荷华飞到芝加哥，然后转机到伯灵顿。现在是12：15，我正要提起刚才莎莉在电话上说的事，罗姗妮抢先了一步。

"我们可能有线索了。"她说，"几分钟前，一位志愿者发现了一件物品，现在正送往移动犯罪实验室作技术鉴定。现在你可以告诉我吗，你最后一次见你母亲时，她身上穿的什么衣服，就是睡觉之前那段时间？"

"她当时穿着夏天的睡衣，海军蓝的，牌子是'维多利亚的秘密'，前面扣扣子的。"

对方把我的描述写了下来。

"他们找到的是这个吗？"我问，"找到了她的睡衣是吗？"要真是这样，我想，妈妈会不会是在梦游的时候脱掉了睡衣去裸泳呢？据我所知，佛蒙特州有些家庭确实常出门裸泳，不过一般是在自家后院的池塘里或者盖尔河上一些比较僻静的地方，而且也不是在睡着的时候去。这些人大概可以算作嬉皮士一类。至于我妈妈，睡梦中脱掉上衣去游泳？大概也只是随便想想而已。况且话说回来，裸泳也不是她的做派。可是，上次我把她从桥上拉回来的时候，她不也是光着身子吗？不对，那也不能算作梦游中的裸泳，因为它和裸泳完全不一样。应该叫什么好呢？姑且算是梦游里的高飞吧，或者说，梦游里的低空跳伞——人虽然睡着了，可还是认为自己可以飞翔。

"不是一件衣服，是一小片布，挂在路边枯枝上的一小片而已，就在河堤旁，离这里不远，相当于这里和小超市中间的位置。"

我低头看了眼手机，想起先前问过莎莉的话，吸了口气，把刚才问过的那句简短而又沉重的问题重复了一次："有多大？"

"不大，小小的，长宽各五厘米的样子。被树枝勾住了。"

"什么颜色？"

"海军蓝。"

"就是我妈睡衣上扯下来的。"

"现在还不知道呢。"

其实是知道的，我想，他们肯定知道。

说来也怪，只要爸爸不在，妈妈就会半夜里起床，像个僵尸一样开始梦游。其中的缘由嘛，爸爸曾对我说，很久以前他就已经不再去研究了。研究也没用，他说，没人可以解释妈妈为何一个人的时候就会梦游。有一次，我听见爸妈和两个朋友开玩笑，说妈妈其实是在通过梦游寻找爸爸，说这话好像是为了幽默一下，不过爸妈看样子还是有点儿不大自在。开这样的玩笑，难道是说妈妈睡不安稳，是因为担心丈夫会和别的女人上床？那爸爸呢？是不是也有同样的担忧呢？

不管是上面的玩笑话,还是妈妈睡衣上撕下来的布片,这会儿我都尽力不去想,而是安慰自己说,妈妈一定是走路去了附近的小学,路上把脚给崴了,这么长时间不见她回来,一定是因为现在是8月,学校里空无一人。还有一个可能,就是她走路去朋友布莱斯夫妇家,在树林里被一棵倒下来的树绊了一跤,伤到了腿。布莱斯夫妇和我妈的关系很好,不过和丈夫贾斯汀相比,玛丽莲·布莱斯和我妈更加亲密,年龄也一样大,是一位陶艺家。贾斯汀是开餐馆的,年龄比他妻子大,在伯灵顿以及米德尔伯里都有自己的小酒馆,专卖各种口味的通心粉、奶酪和炸薯条,贾斯汀称它们为"爽心美食"。

问题是,到现在也还没找到妈妈,这可是一个极为不好的兆头——何况她以前还至少有一次梦游到过河边,准确地说,是到过桥上。

真想做做祷告,这样也好安慰安慰自己。记得还是小姑娘的时候,我还真的去上过两年主日学校呢,那是幼儿园时候的事了。真希望时光倒流,能再次唱起那首赞美诗:

耶稣他爱我!这我明白,
我从《圣经》中读来。

那时,每到星期天上午,我们都在至圣所一旁的小教室里唱起这首歌,还把画好的天使和绵羊贴在教室的一面墙上。后来,父母想睡懒觉,不愿陪我走去教堂,我便只好放弃了主日学校的活动。终于有一天,我尴尬地发现,原来爸妈对教会的那点儿热情,顶多也就支持他们一年中去教堂两次而已。受他们的影响,我也慢慢退了出来,成了落单的小羊。想到这里,我叹了口气,回忆起大学里写过的一篇论文,其中把基督教会的起源故事和科学神教的狂热根源相提并论。如今想起来挺后悔,也着实有些良心不安——当时这么干,多半是主日学校那些日子遗留下来的阴影作怪。

很奇怪,爸妈年岁越大,和上帝(或者其他的神)的距离却越来越远。给我们上课的一位教授曾经讲过,信仰是个倒挂的钟形曲线,就像字母U,青年和壮年时期会变弱,之后随着生命走向消亡,死神露出阴森而丑陋的头角,人的信仰也就逐渐加强。年老体衰之时,双腿开始肿胀无力,关节发炎疼痛,人要一步一步走下去靠的是信仰;当头发花白一根根掉落,脖子上的皮肉开始松垂的时候,继续生活靠的也是信仰。爸妈虽然不是严格的无神论者——一年中最重要的两个日子里也去教堂,而且妈妈只要被人问起也总说自己是名基督徒(只是表情有些不自然),可是每逢遇到难关,他们谁也不会去教会寻求帮助,原因嘛,要么是他们认为教会不够格,要么就是觉得去了也无济于事——即便是在妈妈经历了五次流产过后。至于我自己,大概跟爸妈想的是一样的吧。

想到这里,我摇了摇头,不是因为预见到十年或二十年后爸妈可能年老体衰的事实,而是想到此时此刻,妈妈突然失踪,我的生活可能从此发生变故,让人措手不及、心慌意乱。这下我意识到,我是害怕了,真的很害怕。只要有机会,不管是什么,我都会赶快抓住,找个依靠,得到点儿安慰。想到这儿,我上了楼,走进自己的卧室。从窗户望出去,外面的蓝天上没有一丝云彩。我仰起头,做了一件这么多年来从未做过的事——开始祷告起来。

我家的房子是红色的，维多利亚风格，有三个门廊。朝南的门廊装着玻璃窗，朝西的装着百叶窗，朝东的则是开放式的。朝南的门廊每年4月和5月上旬也兼作温室，培植西红柿和辣椒苗，等到春天最后一场霜冻过去，我们——开始是我和妈妈，后来是妈妈和派格——就把幼苗移植到外面的花园。开放式的门廊在房子的正面，挨着大门，大门由两扇肉桂色的厚重小门构成，上面部分镶嵌着轻盈明快的彩色玻璃。大门右手边约莫四十厘米的地方，有一架白色的木头秋千，滑轮式的，座椅很长，足够两个人坐。秋千前面种了绣球，原本枝叶茂盛，挡住了秋千，街上的人看不见，可是后来妈妈把绣球喷上了银色的油漆，爸爸没办法，动手剪掉了至少一半的枝条，这下秋千便遮不大住了。夏天的上午，妈妈有时会坐在秋千上喝杯咖啡，一边看着报纸；5月中旬里，爸爸偶尔会坐在秋千上批改学生的期末论文，6月和7月则坐在上面看书；到了8月，日头低垂，秋千上空无一人；等到10月，爸爸便把秋千取下来，放进阁楼里。

今年不同。虽然已经8月，我和妹妹还是坐到了秋千上，等候爸爸从机场回来。我拿着一副扑克牌，一只手心不在焉地洗着。有些人一紧张就咬指甲，我呢，心里忐忑时就切牌，而且左右两只手同样灵活。

飞机一到伯灵顿，爸爸就打电话来询问情况——那时我也就只了解到睡衣被撕掉一片的消息——顺便也告诉我，一个小时以后他就到家。其实根本要不了一个小时，因为爸爸多半会紧赶慢赶地开车回来。脑子里，我甚至都能想象得出爸爸开快车的情景：斯塔克斯伯勒和海恩斯堡之间那条拥挤的双车道公路上，他的车呼啸而过，行驶缓慢的拖拉机和撒肥机、几乎超速的皮卡车和轿车全都被他甩在身后。毫无疑问，限速五十英里的路段，爸爸肯定速度接近七十五英里；限速三十五英里的，他肯定跑五十英里。回头看看我家的房子，警探们正仔细检查爸妈的卧室，厨房里甚至设立了一个所谓的指挥中心。这会儿嘛，他们应该是在翻看主卫里妈妈放药的柜子，把药瓶上的服用须知一句一句抄写下来，说不定还会带走那些药瓶，拿回去分析研究。

这时，我看见了唐尼·亨普斯特德，他正步履艰难地从街对面的树林里走出来。唐尼是妈妈出事后爸爸最先让我找的人之一，说他肯定有求必应。唐尼身上穿了件白色的T恤，下面穿了条牛仔裤，腰上别了个收音机，在树林里走了一圈，加上出汗，T恤已经脏兮兮的了。看见我和妹妹在大门外，唐尼停了下来，伸出手捋了捋下巴上修剪得整整齐齐的棕色胡须，说："会找到她的，姑娘们，要不了多久。你俩好好待着，好吧？"我们点点头，想不出除了待着还有其他什么办法。说完，唐尼进屋去了。

没过多久，河边远远传来几声狗叫，我和派格对视了一眼。派格说："听，好像是警察带过来的狗在叫。"

"可能吧。"我说，心里不大确定。警犬队是大约一个小时以前到的，两只德国牧羊犬加两名驯犬警，妈妈的那片睡衣发现后没过多久便过来了。无意中，我听到两名警官在讨论如何部署警犬，说决定把其中一只直接带到河边那个地方，另一只从我家前院出发。两只狗一只叫塔克尔，一只叫麦克斯，驯犬警的名字我和派格都没记住，不过动身之前他们倒是向我要了我妈穿过的衣物。一开始，我拿了两件夏天穿的衬衫出来，驯犬警却说，那是干净的，他们要的是脏衣服，有安娜丽·阿赫博格身上气味的那种。我只好去爸妈的卫生间找，在洗衣篮里翻出了一条黑色运动裤，一个栗色的运动胸罩，都是妈妈前一天去体育馆锻炼时穿过的。这样做虽然有点儿不太好，可是我也没办法。

"也有可能是'蒲公英'吧。"我补充了一句。"蒲公英"是邻居家的拉布拉多犬，不管看到什么都要叫。只要是会动的东西，松鼠啊，猫啊，特别大的蝴蝶啊，等等，都会惹得它吠叫不止。

派格摇摇头："不是，我觉得是麦克斯。"麦克斯刚才在前面的台阶上嗅过我妈的运动胸罩，随后便拖着驯犬警穿过院子，直奔盖尔河边的树林去了。

要真是麦克斯的话，那它在冲什么叫呢？难道又发现了一块布条，或者说尸体什么的？我正朝更凶险的方向想象时，爸爸的车开了过来。我和妹妹同时跳下秋千，跑向爸爸即将停车的地方。

看得出，爸爸正饱受煎熬——四面八方的压力汹涌而来，都快把他给淹没了。这一头，他要和州警察谈话。在警察眼里，他们是提审的人，爸爸只是接受讯问而已。可在我看来，爸爸——一个永远有教授派头的人——明显占了上风，因为大多数时候都是他在盘问警察。另一头，爸爸又要尽力应付亲人们的电话，包括住在曼哈顿的姨妈，还有住在马萨诸塞州的外公。派格坐在长沙发上，紧挨着父亲，身体有一半在他怀里，头靠在他的胸前。妹妹平时很成熟，一点儿也不让人操心，这时候却像被霜打了似的，牙齿不停地咬着嘴唇，我甚至怀疑她会不会像个婴儿一样吸吮起手指头来。

爸爸好像也很内疚，跟我一样，不断地自责——他外出了，我没及时醒来；早知道他应该留下来不走，我也应该和妈妈一起睡。两个人都感觉对不起安娜丽·阿赫博格，两个人的愧疚加起来可以把整座房子压垮。别胡思乱想了，我对自己说。可是没用,州警察问的越多,我越觉得别人在责怪我。

终于,周围的谈话听不下去了,我再次走到了房子外面。奇怪,一架直升机正朝这边飞来,我随即明白了:这种时候,当然会派直升机来,不止一架,很快第二架、第三架也会来。直升机在河对岸的村子上空盘旋了一阵,继而往小学方向飞去,最后消失在森林上空。蜂蜜一样的阳光倾泻下来,洒在门前车道两旁的枫树上,树上的一些枫叶已经开始变黄变红。州警察局派来的一辆卡车轰隆轰隆地开了过去,后面一辆拖车上载着两艘橡皮艇。车道上已经停了两辆他们的巡逻车,对面街道上还安放着警察的流动犯罪实验室——一辆长长的厢式货车,车身绿白相间,上面有佛蒙特州的标志。

转过头,突然看见车库边上走出一个男人,穿着一件灰色花呢上衣,脖子上打着一条银底黑条领带。先前没见过这个人,会不会是记者什么的,在周围四处打探情况呢?只见来人大概三十出头,黄黄的头发有些稀疏,发际线已经有些高了,不过倒是剪得整整齐齐,肩膀上挎着一个皮质的公文包,正朝这边走过来。到了近前,看得清楚了一些——淡褐色的眼睛里夹杂了棕色和绿色,像万花筒里的颜色,很少见。这人长得真漂亮,我心想,不过良心上同时又有些不安。

"有梦游症的,是吧?"来人对我说。

"是。"我回答得很干脆,心里却拿不准——他是不相信我们的话,所以才这样问的吧?对于梦游者,很多人都是满腹狐疑,压根儿不信一个人在梦游状态下能做出什么行为,"我妈妈梦游,你可以去查查她的医疗记录,都写着的。"

对方点点头:"我可没怀疑你,夫人。我是里克尔特警官。"

"夫人?我才二十一。"

"那我叫你丽安娜可以吗？"

"可以。"我说。对方知道我的名字，这一点儿也不奇怪，谁都看得出来我是失踪者的大女儿，"你呢？真的是警察？不会是记者吧？"

"是警察。再说一遍，我是里克尔特警官，在沃特伯里犯罪调查局工作，属于州警察局。"说着他把手伸进夹克衫的口袋里，掏出一个皮夹子，里面放着一枚警徽，一张身份证，"上面的G代表加文。"

我站着没动，也没说话。

"你是魔术师，"对方继续说，"在上大学，现在放暑假了，待在家里。"

"我不是魔术师。小孩子们过生日的时候，我去他们的派对上挣点儿钱，有时也去马萨诸塞的一些俱乐部表演，都是些小俱乐部。将来不大会干这个职业。"

"那你将来会做什么呢？"

"我不知道，我学英语专业的。"

"教书吗？像你爸爸那样？"

"也许不会。"

"当作家？"

"可能吧。"

"能问几个有关你妈妈的问题吗？"

"可以，其他人不是一直在问吗？"我觉得心烦意乱。

"同事们的记录我都看了，我把大家所了解到的想了一遍。不，是我了解到的。"他摇了摇头，"你妈妈失踪了，不是因为外遇，也不是跟哪个男的私奔了。为什么这么说？原因当然在你和你妹妹身上。我的直觉是，即使她爱上了你爸爸之外的某个男人,也不会半夜起来撒手就走,把你俩扔下不管。同样的道理,因为你和你妹妹的缘故,她也不会自杀的。"

"我同意。谢谢。"

"不要谢我,至少现在不要。所以说……"他停了下来,欲言又止。

"所以说什么?"

"没什么。"他似乎想要回答得坚决一些,可还是有些吞吞吐吐。

"你说吧。"

里克尔特叹了口气,眼睛看着其他地方:"所以说,她可能是出了什么意外,我们得尽快找到她,否则情况真的不太好说。"

他很直率,让我吃了一惊。不过,从他说话的语气里,我还是能觉察出一阵隐隐的痛苦,是那种体己的痛苦。另外,他说的也有道理,早在几个小时以前我就想到这一点了,周围那么多人,他是第一个说出这个可能的。有话直说需要勇气,所以我心里其实挺感激他的。我咽了口唾沫,问:"真是这样的话,该怎么办呢?"

"这样说吧——你要是觉得我说得太直率就打住我,好吗,丽安娜?是这样,如果再过一天还找不到她,那么现在的搜救行动就会终止,转而开始寻找尸体的工作。"

"能找到吗?"

"希望能。应该就在某个沟中,要么就在树林里,水里也有可能。尸体到底能漂多远——不好意思——有人做过很多研究的。"

我又一次觉得有些恶心了:"哦,你是觉得她可能淹死了?"

里克尔特深吸了一口气,表情有些惨淡:"我想恐怕是这样。

想想看，睡衣上撕下来的那块布，我们可是在河边找到的。还有，记得你从桥上把她拉回来的那一次吧？所以说，这个可能我们也是要考虑的。"说着，他朝村子那边轻轻扬了一下头，"现在嘛，希望她是走进了树林，出了点儿意外，摔断了腿什么的。最坏的可能是脑震荡。总之，上帝保佑她没走进水里。"

"我受不了了。"我缓慢而小心翼翼地说，双眼盯着自己的双腿，尽力让自己除了牛仔裤以外什么也不去想。真是自找气受，干吗要逼他、催促他，非要他说出这些呢？可是说到底，刚才他的那番话，不正是我已经想到了的吗？如果妈妈还活着，又没受伤，那她这会儿也该醒了，也该回家了；如果她受了伤但是还活着，也应该被人找到了，广播上肯定会有消息出来。再怎么样，她也是走路啊，能走出多远呢？

"哦，我说太多了。"里克尔特说，有点儿道歉的味道。

"不，你也是实话实说罢了。"

"真是不好意思。我跟你一样，也想找到她。"

"我能做点儿什么呢？"

"这几年里，只要是关于她梦游的事，你知道多少都告诉我吧。特别是这个夏天她提到过的那些梦游的细节。"

"为什么？"

"因为可能会有用。"说完他停顿片刻，"而且可能跟我有关。"

"你妈妈也梦游？"

"不是，是我梦游。"

"你？"

里克尔特用笔轻轻敲着手里的便签簿，又一次躲开我的目光。"其实两年前我就认识你妈妈了。"他说，"当时我们去同一个睡眠治疗中心,在候诊室碰见的。我今天来这里也是因为这个。"

面前这位警察为何不想当着爸爸的面跟我谈话呢?原因他似乎不愿意说。过了一会儿,我提出去把爸爸找来,对方却说,他想先跟我聊聊。"过几分钟再去找你爸吧,"他说,"还有你妹妹,因为等会儿也得找她谈谈。房子里现在乱成一团,乱得不能再乱了,"他又说,"总之一个字,乱。"说着让我跟他走到路边的一辆巡逻车前,拉开副驾驶的门。

"你要带我出去吗?"我问。倒不是害怕这个里克尔特,不过警惕的心是有的。

"不是,先上车吧。"他说,"坐下来说,这样你会舒服一些。"

我上了车,把右腿伸出车外,这样他就无法关门了。他好像也不介意,绕过车头朝驾驶室走去,顺便弯曲手指敲了敲引擎盖。在我面前放着无线电麦克风和雷达测速仪,我盯着看了一会儿,这两样东西以前从来没有凑近看过。

"魔术师。"里克尔特坐进车里,从公文包里取出一本黄色的便签簿,然后把包扔到了后座上,说,"真有趣。"

"不有趣。"我冷冷地纠正他,"我跟你说了,是暑假里的兼职,基本上是。"

"这种时候,世上要有真的魔术就好了。"他说,"让失踪的人回到家,让捆死在树上的孩子活过来,让倒在废墟上的人站起来。"

"你说你认识我妈?"我问里克尔特。虽然不明白他究竟想说什么,可我也不喜欢听这些东拉西扯。

"对。睡眠可能不如性关系那么亲密,不过也算是一种怪怪的个体经验。"

性关系?我愣了一下:"你是说你们两个一起睡觉?不是发生性关系,只是……睡觉?"

"没有。即使睡觉我们也是在不同的屋子里。不过我们在看同一个医生,检查也是同一个仪器师。那时因为没有梦游互助团体,所以我们就自创了一个。"

"我的天哪。"

"我看到消息,说你妈妈不见了,就去问队长可不可以帮忙。我跟他说我认识你妈妈,以及怎么认识的,然后他就同意了,认为我最好加入进来,对调查有用。所以嘛,我就来了。"

"你们都谈些什么呢?"

"你妈妈和我?"

"嗯。"

"谈为什么要去睡眠中心,谈各自的梦游。你可能会觉得,大家去中心是为了治疗呼吸暂停症,其实不是,你妈妈不是,我也不是。"

"除了睡眠中心,你们也在别的地方见面?"我问。其实直觉已经告诉了我答案——让我害怕的答案。

里克尔特迟疑了一下,说:"对,是的。其实,自从第一次在候诊室认识以后,我们就只在别的地方见面了。不过我们只是朋友,而且只是涉及梦游的时候是朋友。我们之间的这个共同点在其他人身上是找不到的。"

原来如此,怪不得里克尔特不想当着爸爸的面跟我谈话。坐在狭小而封闭的巡逻车里,我有点儿发蒙,隐隐约约觉得,就这样听说了一些关于妈妈的事,而且一定是她绝对不愿让我知道的事，大概有点儿不对吧？从车窗望出去，搜救队的，州警察局的，地方警察局的，所有人都还在家里进进出出。州警察局的皮卡车后面，已经开过来第二辆电视台的新闻采访车。我家的老房子大概从未接受过这么多访客吧？

"多久见一次？"我问。

"我们吗？"

我点点头，眼睛看着正前方。

"一般情况下，我才是提问的人，所以才把你带过来坐在这儿。"他说，声音轻飘飘的。看我没说话，他继续说道，"总共见了大概八九次吧。"

"你们现在是朋友，我爸知道吗？"提到妈妈的事情时，我有意用了"现在"两个字。和过去有关的词语不敢用，一来是怕人寒了心，二来是怕不吉利，害怕妈妈万一因为这个不能平安地回来。

"以前是朋友。我都快三年没见过她了。"

"那以前我爸知道吗？"我继续追问。

"没什么理由不让他知道，我和你妈妈没有不正当关系。"

"为什么你们不见面了呢？"

"不为什么，真的。我升了职，调到了沃特伯里，去了犯罪调查科。你妈妈在我管的那一带没有客户，再加上我也常在外面跑，不过最重要的原因嘛，我想应该是两个人的梦游症当时已经控制住了，所以也就没什么共同点了。"

"当时控制住了。"我把他说的几个字重复了一遍。

"跟我学是吧？"里克尔特说。我转过头看着他，他摇了摇头，继续说道，"总之，我和她聊家里的事，这很正常啊，我知道她很爱你和派格。另外也讨论做过的梦，虽然和梦游没多大关系，但是对一个有异睡症的人来说，还是挺让人着迷的，况且这个人还正在服用一些有趣的药物，比如说氯硝西泮和丙咪嗪。"

"这我就不知道了。"

"不知道更好。"他说，"你妈妈有没有交什么新朋友呢？"

"你应该去问我爸。"

"我会的。"

"这种事她更有可能对我爸讲。"

"为什么？"

"因为他们是夫妻啊。"我说。里克尔特把这话记在了本子上，"另外，你应该记得的，这三年我都在上学呢。"

"你大概不知道吧，夫妻之间有很多事情不会说。"

"可是她在我面前并没有提到过什么新朋友。"

"有没有客户什么的，脾气很坏的那种？"

"她没跟我说过。"

"在家里她有没有跟你聊起做过的梦？"他又问。

"以前倒是跟我聊起过，那时候她还在梦游。可是自从她停止梦游以后——我是说暂时停止梦游的那段时间里，因为现在看来她又开始梦游了——我们就聊得比较少了。"

"你回想一下，她最近告诉你的梦是关于什么的？就是这个夏天，比如吃早饭的时候她跟你聊起过的？"

"很怪的一个梦。"

"凡是梦都很怪，因为其中包含了秘密。是好梦还是噩梦？"

"噩梦。"

"其实有时候我都拿不准，到底哪一样更让人难过。"里克尔特说，脸上若有所思的样子，"是从噩梦中醒来感到庆幸呢，还是从美梦中醒来感到惆怅——我说的是那种真正的美梦——只可惜梦中没一样东西是真的。"

"还有一种情况,就是清醒着的时候,希望自己睡着了,希望现实是一场梦。"

"我同意,这才是最糟糕的。好啦,来说说那个梦吧,你妈妈做的那个。"

"她说梦见自己跟牧师在一起,从一个很奇怪的地下煤仓往外拖一具具尸体。"

"哪个牧师?"

"凯瑟琳·爱德华兹。"

"你妈妈好像不大去教堂,你爸爸去吗?"

"我们一家都不大去。"

"这个煤仓在哪里?"

"不知道。"

"那些尸体有她认识的吗?"

"也许有,不过她没说。还有,那天晚上她并没有梦游,很明显。"

"再跟我说一个。"

我双手抱住头,闭上双眼,尽量集中精力去想。巡逻车里很热,虽然副驾驶的门开着。"这一个有些日子了,是我放春假回家的时候。她说梦见我们家有一个游泳池,是地下池,有纱网的那种。说一架飞机撞在旁边的小山上坠毁了。"

"小飞机吗?"

"大飞机,空客那么大的。"

"更多的尸体是吧?"

"是的,说有很多本地的人来现场帮忙,有义务消防队的,还有邻居们,就是现在出去找她的那些人,艾略特啊,贾斯汀·布莱斯啊,以及唐尼·亨普斯特德等。不过,做这个梦的时候妈妈也没下过床,她好多年没有梦游过了。"

"还有其他的梦吗?"

"还有一次是梦到烟囱着火了,但不是这座房子。"我说,朝着旁边的我家挥了挥手,"好像是她小时候住过的房子。"

"康涅狄格州的斯坦福。"

我看了里克尔特一眼:"她跟你说过不少事嘛。"

"她喜欢那座房子,她父母让人在休息室里做了一个书柜,她很喜欢。她还喜欢后院里树林边那条小溪。那场火怎么了?"

说实话,有关这个梦的细节,以及其他所有梦的细节,我现在都没什么印象了。虽然这样,心里却越来越不自在。妈妈竟然跟面前这位陌生人分享过这么多事情,连小时候住过的房子也交流过。这叫人心里如何舒坦?

"记不起来了。"我回答说。

"那据你所知,她一直在服药吗?"

"据我所知,是的。"

"不过我们会调查的。另外,再确认一下,这是她接受治疗之后的第一次发作,对吧?"

"对,也是这么长一段时间以来我爸第一次不在家。我爸不在家的时候她才会这样,跟考验她一样。"可惜她没通过,我们没通过,我也没通过,我心里默默地念着。

"她有失眠的毛病吗?"

"据我所知,没有。不过这事你还得问我爸。"

"你呢?"

"没有。"

"你妹妹呢?"

"也没有。"我告诉他,"我想去看看她,还有爸爸,可以吗?"

"我跟你一块儿去。"里克尔特说,"我也想跟他们谈谈。"随即递给我一张名片,和我一起下了巡逻车,"我会保持联系,你也跟我保持联系吧。对了,丽安娜,"他隔着车顶对我说,"我想再说一遍,你一定要相信我,我和你妈妈没有出轨,我们只是朋友,有着一个共同的、非常特殊的人格特征的朋友。仅此而已。"

我点了点头。我倒是想相信他们,可他这么一说,难道不是此地无银三百两吗?

～∽～

有人把它叫作"唤醒障碍"，说它是在睡眠的"非快速眼动期"所发生的唤醒障碍。"非快速眼动期"时，若患者同时处于睡眠和清醒状态，便会出现这种唤醒障碍。"唤醒障碍"分为几种，有"夜惊""错乱性唤醒""梦游"等。患者发病时会无视周围环境，某种程度上与他人无法交流。

患者次日醒来后，对夜间所发生的事毫无印象，完全或几乎完全遗忘前一晚的经历，或者将所发生之事视为做梦。

对，只是做梦而已，就一场梦而已。想想有多少次，爸爸妈妈们难道不是这样安慰孩子的吗？他们会走进孩子的房间（倘若孩子没走进爸爸妈妈房间的话），紧紧搂住他，轻轻说出一句仿佛有魔力的话："嘘，你是在做梦呢！"在、做、梦！有多少次，我自己的妈妈也曾这样对我说过？！

唤醒障碍大多数时候是无害的。

只有在极少数情况下，才有它非常令人不安的一面。

第四章

妈妈失踪快三周了，我正在自己的卧室折叠洗好烘干的衣服，一边练习几段魔术表演时说的台词。现在是晚上，快到9点了，爸爸在家吃的晚饭，饭后花了一点儿时间和派格一起分析她在学校里读过的小说，随后便在楼下看电视，看着看着便睡着了。旁边饭桌上，酒杯里还剩下一点儿琥珀色的液体，看来威士忌确实有助于睡眠。

那时候，我真的挺喜欢折叠洗好的衣物，尤其是床单和毛巾。从烘干机里把衣物拿出来，感受衣物暖暖的温度，继而看着它们在我手下变成方形、矩形，一摞摞象牙白的（床单）和蔚蓝的（毛巾）成品，心里油然生出一阵奇特的满足感。手里叠着衣服，脑子里思绪纵横好比一匹野马，有时我不得不稍微勒住缰绳，才好定下神来。那天晚上，我在想一个魔术的戏法，名叫"方圆"，心想小朋友们一定会喜欢得不得了。表演这个戏法要使用一个亮黄色的圆筒，圆筒表面上花里胡哨的，外加一只方形的、跟奥特曼的头有点儿像的盒子，盒子底部用金属丝网做了个像尖塔一样的框架。表演一开始，我会郑重其事地把两个道具展示给观众，让他们看清楚都是空的——有时甚至将魔术棒穿过圆筒，用胳膊穿透方盒子——再把圆筒放进盒子。准备就绪后，我便从圆筒里抽出十几条丝巾，有大红的，有紫色的，有淡黄的，一条接一条系在一起，好像永远抽不完似的。这时孩子们可能会想，这下应该完了，盒子应该空了吧，可是"唰"的一声，我从盒子里又抽出一只比尼宝贝松鼠来！那天晚上，我使劲儿练习台词，觉得应该把松鼠换成一只比尼宝贝的小猫咪，台词应该讲述一只受了惊吓而逃走的小猫咪的故事。对，一只魂飞魄散的小猫。多好的双关——小猫咪和小朋友！关键是如何把丝巾这个道具编进故事，而猫咪，比如凯蒂猫，又怎么和围巾、手帕这些东西扯上关系呢？丝巾还得很薄，或者数量要少，否则我胳膊上套的秘密袖洞装不下。至于孩子们，尤其是女孩儿，肯定会更喜欢猫咪的。

我刚要把叠好的床单放进柜子，衣兜里的手机就响了。掏出来一看，是个陌生号码，再一看，原来是佛蒙特州的区号，而且只有一个孤零零的区号。我这才想起来，是里克尔特警官的号码。一个星期前他打来过电话，之后便没有再联系，而且上次的电话也只是告诉我暂时没有任何消息，问我和派格是否能顶得住。那次他是白天打来的，按爸妈的说法，属于"正常上班时间"。这次可不同，是晚上。我把床单放在卧室外面的地板上，接了电话。

"喂？"

"丽安娜，我是里克尔特警官。你怎么样？"

我靠着墙，心里突然一阵害怕。难道是找到妈妈的尸体了？他肯定是刚打过电话给爸爸，爸爸在睡觉，没接电话，所以才打给我。不会的，我又告诉自己，他肯定只是问问而已，没什么要通报的。可他为何偏偏晚上9点打过来呢？

"你在听吗，丽安娜？"

我咽了一口唾沫，说："嗯，在听。"

"没什么吧？你好像不大对劲儿啊。"

"你们找到妈妈的尸体了，是不是？"我说话的声音小得可怜，像个犯错的小孩子似的。

"没有。天哪，没有。对不起，我把你吓坏了吧？要是找到了尸体我会先给你爸打电话的。我找你不是为了说这个案子。"

"哦。"

"不过是有点儿事找你，私事。"

"什么意思？"

"不好意思，是临时想起的。刚才和我妹妹通过电话，她住在米德尔伯里，她女儿，也就是我外甥女，周六过生日，要开个派对。你想去表演一场吗？可以吗？"

"多大的孩子啊？"我感觉有些虚弱，不想给中学生表演，太累。

"刚满八岁。"

"这样啊，好的。几点？"

"下午吧。"

"好的。"

"好的，你行的啊？"

"嗯。"

"太好了。"

"有多少个孩子？"

"还不知道。我让我妹给你电话吧，她跟你具体说说。"

"你会去吗？"我鬼使神差地问。

"当然要去，我外甥女可乖了，她叫茉莉。"

电话刚挂断，就见派格在一旁看着我，她身上穿着睡衣，额头上方挂着的近视眼镜好像一根发带。"是谁啊？"她问。

"找我干活儿的人。"

"表演魔术？"

我点点头。

"你怎么看上去要吐的样子？"她问。

"我……呃……刚才站起来太急了。"

"真的要去？"

"真的。"

"多大的小孩儿？四岁？五岁？"

"马上八岁了。"

派格连连摇头："哇，都三年级了，还想在派对上看魔术。你觉得她这样有出息吗？"

"有些人就是喜欢看我表演，大点儿的孩子，有的甚至跟我一样大。"

"那是因为他们不用听你练习。凯蒂猫？你是真的要拿凯蒂猫表演？"

"你在听我练习？"

"没办法，不想听还是听到了。"

我拿起地板上叠好的枕套，揉成一团，半开玩笑地朝她扔了过去。至于打电话来的人是正在查案的一名警探，我没告诉派格，我也不知道为什么，反正我觉得很有必要保守这个秘密。

夜深了，爸爸坐在椅子上打着瞌睡，椅子上套的坐垫是阿兹特克牌的，紫红色。电视机开着，正在播放波士顿红袜队的一场棒球赛。家里的宠物猫蹲在沙发椅的扶手上，活像一尊狮身人面像。家里只有这一台电视机，安放在妈妈亲手设计的红木橱柜上。房间里的地板和到顶书柜也都是红木材质，颜色相配。书柜有一格安装了双开玻璃门，里面放着爸爸撰写的两部传记，有英文版和法文版。我在一旁的脚凳上坐下来，看着熟睡中的爸爸，再看看他身旁桌子上放着的酒杯。酒杯里还剩下少许威士忌，颜色相当漂亮。在学校里虽然没怎么喝过酒，但是情人节开晚会时我也尝过一点儿。初次喝到嘴里时，温热的酒精顺着喉咙渗入胸腔，那种感觉至今还记忆犹新。

　　新英格兰的作家们历来喜欢红袜队，爸爸自然也是其中一员。那是一种富有浪漫情怀的喜欢。还记得读中学时，爸爸就跟我讲过，红袜队的球员们不单梦想战胜洋基队，甚至还想在世界大赛上拿冠军。那是一种堂吉诃德式的狂想，是爸爸那群人热爱红袜队的源泉。那些年，红袜队几次与胜利擦肩而过，不但没有浇灭球迷的热情，反倒使他们更加痴迷。红袜队这些年倒是拿了几次世界冠军，不过在2000年的秋天里，为这支球队加油、打气，简直等于是在经历一次次诗意的心碎。

　　看了一会儿，我伸手轻轻摇了摇爸爸的膝盖。爸爸一个激灵，睁开眼睛，似乎吓了一跳。待到看清是我，长着一对酒窝的脸上才荡漾出微笑。阿赫博格家族的男人都有一双宝蓝色的眼睛，除此以外，爸爸还有一口近乎完美的牙齿以及强有力的下颌。不过，爸爸如今看上去已有了中年人的沧桑，而且每况愈下，过去几周里已经老了许多。不只是他，我和派格也感觉大了许多。还记得一年前的秋季，学校开过一门社会学课程，课本里曾经讲到过一个名词，叫"三明治的一代"，说的就是我这类人吧。仔细想想，既要照顾爸爸，又要管派格，我这肩膀是不是太稚嫩了呢？可要是命中注定，我又能如何？

　　"丽安娜。"爸爸嘟囔了一句。

"我觉得你还是去床上睡舒服一点儿。"

"谢谢。"爸爸凝视着我身后的电视机,看清楚了比赛的分数,"我睡着的时候,他们还赢着呢。现在好像不是了。"

"对不起。"

"刚才正做着美梦呢。"他看了一眼手上的结婚戒指,然后抬手揉了揉双眼。

"梦到什么了?"我问。

"梦见我正在给你大声朗读罗尔德·达尔一本书中的段落,应该是《好心眼儿巨人》吧。我们正坐在飞机上,要去迪士尼乐园。我在模仿苏格兰人朗读,口音一塌糊涂,结果坐在我们前面的一个男的——英国人——转过头来纠正我,说我用这个口音来朗读达尔的作品简直毫无现实依据。"

"爸爸,不是梦,真的有这个事情。那时我差不多七岁吧。"

爸爸摇摇头:"是做梦,那个乘客就是好心眼儿巨人。"

"哦。"

"不过最美妙的是,你妈妈正靠在窗户上睡觉呢。记得吗,她从前可是最喜欢坐靠窗的位子啊。"

"记得。"我说。有时我真想纠正爸爸——说起妈妈时,他用了一个表示过去的词语。不过我也只是想想罢了,心里明白,他说的不过是现实,我又怎好怪他呢?至于我自己,虽然嘴上没这么说,可是终有一天,现实总是要面对的。

"那倒是,她在飞机上总是睡得很香。"

爸爸略带俏皮地笑了,说:"那是因为她总是按时服药,镇静剂,再加上喝了一点儿红酒,还有飞机的噪声,也是催眠的。"

"所以那些治疗失眠的医生应该去研究研究飞机上的噪声,或者说红酒什么的。"

"飞机噪声就好,不要红酒。酒精可能引发异睡症。"

"对呀,差点儿忘了这个。"我说,然后想起来了,"周六我有节目。是个小女孩儿,开生日派对。"

"哦,是吗?太好啦!在哪里?"

"米德尔伯里。"

爸爸扬起眉毛:"有我认识的人吗?"看得出来,他是希望自己在这其中充当了桥梁作用——派对的主角兴许是系里某个同事的小屁孩儿呢?

"好像没有。具体情况我还不知道呢。"

"那家人姓什么?"

我耸了耸肩膀:"小女孩儿的妈妈会打电话给我。——……一个朋友介绍的。"

"哦,真了不起。管她是谁呢,找到你是他们的运气。"

"谁知道呢?"

爸爸长长地吸了口气,站起来,伸直高挑的身体,拿起桌上还剩下一点儿威士忌的酒杯,走上前关掉电视机,然后伸出另一只手,轻轻抚摸着猫咪身上的软毛,看着它,脸上微笑起来。爸爸走出房间的时候,我真想叫住他,告诉他说,介绍我去表演的其实是个警察,也有梦游的毛病,而且还认识妈妈。可是终究还是没能说出口。

除了爸爸,其他人说起妈妈的时候,也用过表示过去的词语——尽管她的尸体还没找到。无论是佛蒙特州的家里还是阿姆赫斯特学院,我都有一些特别直率的朋友,他们会干脆地告诉我说,我妈已经死了(不用自欺欺人,死了就是死了),随后再坦白地告诉我,家里还没怎么死过人,即使有,顶多也就是祖辈中的某一个。那天晚上，我到朋友艾伦·库珀家玩，两个人在她卧室里抽了一顿大麻。接着艾伦便说，她那么大了，还从没出席过葬礼，因为爷爷奶奶、外公外婆都还活着。然后，她想了想，又说："不过呢，家里以前倒是死过几只狗，还有一只猫。但是这些不算的，是吧？"

"算的。"我说，一来是想表示善意，二来是因为我非常喜欢家里的宠物猫，包括从前养过的那几只。不过艾伦的意思我懂，她是在说，我和朋友们都很幸运，有如活在蚕茧之中一样。的确，我们中有几个已经失去了亲爱的爷爷奶奶或外公外婆，就像我，爷爷奶奶都不在了，外公外婆呢，8月份来过佛蒙特，大家看在眼里，两位老人身子本来就弱，又受到这么大的打击，所以估计时日不会太多。不过，我和朋友们也还算幸运，因为同一辈的人中，还未曾有人在惨烈的车祸中死于非命，也没有任何人的父母死于癌症、呼吸衰竭、心肌梗死、动脉瘤破裂等这些突如其来的疾病。这次妈妈莫名其妙失踪，让许多朋友如梦初醒，意识到世事难料，人生其实充满了不幸。这件事让朋友们害怕，也许看到我也觉得害怕；因为我，大家想起了最想忘却的那个东西。

伯灵顿中心医院对面矗立着一幢米色的砖房。接到电话的第二天，我开车去了砖房里的睡眠中心。为什么要去呢？也许是因为加文·里克尔特说的话吧，还有他和妈妈之间的某种关联——我是说我那活生生、充满生气且时常梦游的妈妈，而不是里克尔特正在寻觅、仿佛离我越来越远、难以捕捉的一个幽灵。过去的七天里我一直在想，要不要去一趟睡眠中心呢？自从妈妈失踪后，我经历了悲痛、百无聊赖和筋疲力尽，现在是时候做点儿什么了。加文的话提醒了我。

出发之前我没打电话预约，觉得打电话只会起反作用。接待员一听我的名字，肯定马上报告，等医生知道了，再打电话来就会有所防备。对于医疗保险责任法案以及患者隐私保护的基本内容，我还是有所了解的，何况这名患者还是犯罪调查的当事人。这种情况下，医生自然会极为谨慎。

不过，要是亲自走一趟的话，应该能从医生那里获得一些信息，至于是什么样的信息，我也说不准。无论如何，我得试一下。讨好卖乖，作出一副可怜而且失魂落魄的模样，这些我都愿意，也不难——这段时间所经历的苦痛已经足够了。

快吃午饭的时候，我到了睡眠中心，在三楼的候诊室找了个座位坐下，透过窗户看着远处的阿迪朗达克山脉和尚普兰湖。接待处就在候诊室的对面，过道的那一边。我没动，不想上前自我介绍。要说有主意的话，那就是等候医生出来吃午饭，待她走到电梯门口时再上前去，不管她去哪里，哪怕是车库，也要一直跟着她走。医生名叫辛迪·亚吉尔，我只见过一面，不过从巴特勒出来之前，我特地在笔记本电脑上查过她的资料。亚吉尔五十六岁，长着棕色的眼睛，赤褐色的卷发已经开始发白，是医院睡眠中心的负责人，已经在这儿干了八年半，而且打算再干五年，直到退休为止（"要坚持下去。"最近一次报社采访她时，她曾开玩笑说）。

候诊室里大多时候没有其他人，我等了一个多小时，时而翻翻放在靠墙桌子上的杂志。1点刚过，医生陪着一名年轻男子从诊室出来，朝电梯间走去。年轻男子上身穿一件防风夹克衫，下身穿一条蓝色牛仔裤，看样子是和我差不多的大学生。我赶忙站起来，跟在他们身后，发现亚吉尔并没有跟着年轻男子走进电梯，于是松了口气。等电梯门一关，我便开口说道："很抱歉打扰您，我叫丽安娜·阿赫博格。我们见过一次，大概五年前吧，我妈妈第一次上这儿来的时候。"

听了我的话，医生把手里的笔记夹放低了一些，压住身上的裙子，说："哦，我记起来了，是那一次。你还好吗？"说最后一句话的时候，她故意加重语气，把"还好"两个字拖得长长的，头微微侧着，微笑着看着我。

"不太好，也不是很糟糕。我的意思是，我还没完全绝望。"我告诉她，满心希望能从这样一位专业人士那里获得一点儿安慰，"我在想，也许妈妈是头部受了伤，或者发生了什么意外，所以失忆了。你知道的，说不定她是梦游的时候摔了一跤，刚好碰到了头。失忆后突然又恢复记忆，这种事经常发生，我说的对吗？"

"哦，那是电影里的，现实生活中没有。"说这话时，她的目光柔和，语气却很坚定。

"也或许她是被绑架了呢？说不定是被关在谁家的卧室里或者某幢楼房里，然后用不了多久，警察就会找到她，把她解救出来。"这些想法一说出口，我就有些良心不安了——怎么能这样诅咒自己的妈妈呢？想这些可能性也太天真了！可是再一想，即便是被绑架了，也总比死了好啊。难道不是吗？

"是的。"医生附和了一句，"这倒是有可能。"不过我还是听出来了，她压根儿就不信我的话，这么说只是顺着我而已。不过即便这样，我也没有觉得不快，因为我需要别人顺着我。

"不过也不太可能，是吧？"

"是的。"医生突然调转话头，"我能为你做点儿什么吗，丽安娜？能帮到你吗？"

"我想和您谈谈我妈妈梦游的情况，想了解一下……"

"这件事嘛,我是不可以和你讨论的。"她说得很坚决,不过语气倒是很和善,"你母亲是一名患者,我们有严格的法律保护患者的隐私。很抱歉,实在没有办法。"

"我明白,而且警察也很可能问过您很多次了。不过,我能问您一些无关隐私的问题吗?"

"比如说?"

"比如说关于梦游的,比较笼统的问题。是这样,妈妈开始梦游是我上中学那段时间,那个时候我了解到不少东西,这两周里也查了很多资料,不过还是有好多地方我不太懂。"

亚吉尔看了看手表,说:"等会儿我还有一个病人。这样吧,我去吃根香蕉,一根燕麦条,家里带来的。你要是不介意看我吃东西,就到我办公室谈谈?"

"没问题,太感谢您了。"我说,一边跟在她身后原路返回。经过接待处时,看见旁边有一个小房间,墙上挂着一排排睡觉时佩戴的呼吸面罩,面罩连着软管,活像恐怖片里的一件件道具。看着这些玩意儿,我脑子里不禁浮现出一个连环杀手,手里挥舞着一根活像索命绳的管子,脸上正好戴着其中一副面罩——虽然在这个时候不应该产生这般念头。走进医生那间小小的办公室,从窗户望出去,对面正好是佛蒙特大学校园中心地带那片四四方方的绿地。亚吉尔招呼我在办公桌面前的椅子上坐下,自己则在对面的大真皮椅子上坐了下来,伸手从后面的背包里拿出香蕉和燕麦条,把燕麦条掰成两半,递给我一半。

"看到了吧,我过得多充实啊。"亚吉尔说,"好啦,来说说梦游吧。"

"我好想妈妈。"我突然脱口而出——没想到坐下来后,开口竟然是短短的这样一句话。本来以为能稳住自己,可是万万没料到，待到真的坐在这样一位年长女性面前时——她可是对妈妈夜里经历过的梦魇了如指掌的人啊——我那好不容易武装起来的勇敢的成年人外表立刻分崩离析，先前那种坚定、理性的样子瞬间化为乌有，心里的话如泉涌一样倾泻出来，仿佛变成了一个孤苦无助的孩童，见了可亲近的大人，立即扑进人家怀里，嘴里咿咿呀呀地述说个不停。

"我怎么会感觉妈妈就像生病了一样。我去了学校，两个夏天没在家，结果回来一看，她就不在了。我想知道，她到底在哪儿啊？为了家里人我也尽力了，可还是不行，没有用。那天晚上她起床来，我居然都没听见，我……"

"嗯，看来你不是跟我谈梦游的，是吧？丽安娜，你现在压力很大，肯定很难过，但其实不怪你。不过很抱歉，我不是这方面的专家，治不了这个，而且即使我知道怎么做，我也不能帮你。说吧，有些什么梦游方面的笼统问题要问我？"亚吉尔说着身体前倾，双手交叉搁在桌子上，手的左右两边都放着一堆文件。她的眼里分明流露着哀伤的神情，也许是在为妈妈的事难过，又或许是因为真的无能为力而感到悲哀吧。

"好吧，"我振作自己，说，"很抱歉。"

"不用道歉，你没做错什么。"

"她的尸体没找到。"我继续说，"有人倒是在盖尔河边发现了一块布，是她睡衣上的。河上的那座桥以前她的确不止一次去过，走着去的。这样说吧，假设真的发生了最糟糕的情况——其他很多人是这样想的——那么那天晚上她应该就是在发现布片的地方下了河。可是如果她的脚都碰到了水，为什么人没醒过来呢？梦游的人真的会睡得这么沉吗？"

"她是有可能的。"

"可能醒来吗？"

"是的。"

"会不会醒来得太迟了，比如说当时已经溺水了？"

"有可能。"

"您以前有过这样的病人吗，梦游过程中死掉的？"

"没有，谢天谢地。"

"那凭什么大家都认为我妈是梦游中死掉的呢？您呢，您怎么可以确定呢？"

"你妈妈的这种梦游症状是比较少见，可是也不能说没有先例。几年前，北卡罗莱纳州的一位妇女就直接走进湖里溺亡了。"

"那件事我在网上看到过，新闻中报道了。"

"还有很多事件，大同小异，有的很悲惨，有的很奇特。关于梦游有许许多多的故事，有好多可以说是……是比较极端的，比如有睡着了去烧饭的，有睡着了和别人发生性关系的，还有睡着了去犯罪的。几年前我有一个病人，居然在睡眠状态下开车。一天晚上，她把自己的车倒出车库，结果撞到了邮筒上，这才醒过来，然后就上这儿来治疗了。而且就是这位病人，有一次不仅没在梦游过程中醒过来，反而开着车四处兜风呢。我们是怎么知道的呢？因为她竟然一路开到了河边的停车场，上顶楼停好车，然后步行大约一英里回了家。"

"我查过资料，里边说梦游有遗传，是真的吗？"

"是的，当然会遗传。那你呢，丽安娜，你梦游吗？有没有经历过呢？今天是不是因为这个才到我这儿来的？"她问，语气中充满了关切。

"今天"，这个词我在心里掂量了一下。小的时候我确实梦游过，妈妈大概告诉过面前这位医生，说不定她还填过什么表格，把我的详细情况写了下来,调查问卷那种形式的,和家族病史有关。

"没有。"

"很好。如果有的话,我是说,如果有什么事的话,请你过来找我,好吗?"

"没问题,有事情我就给你打电话。"

"那就这样?"

我摇摇头,继续问道:"据我所知,梦游是非快速眼动期的一种现象,为什么人会在这个时候梦游呢?"

"关于这一点目前只有理论上的解释,所以如果单是看脑电图上的三角波——也叫 δ 波——的话,一般是看不出来它和睡眠其他阶段的脑电波有什么大的不同的。也就是说,在生理学意义上没有显著的差异。"

"那简单一点儿说,是不是因为大脑中支配理性判断的那部分睡着了,而支配运动的那部分却醒着呢?"

"这么说也可以,不过本质上其实是和大脑中一种细小的化学物质有关,这种化学物质担负着信息传递的功能,叫 γ 氨基丁酸,简称 GABA,是一种让大脑中的运动神经系统平静下来的抑制成分。对于小孩子来说,大脑中的神经元还未发育成熟,所以唤醒障碍在儿童时期比较常见。也有这样一些成年人,要么是他们大脑中的抑制性神经元始终没能发育成熟,要么是非常容易受到环境因素影响,从而引发了异睡症。环境因素包括睡眠缺乏、过度疲劳、压力太大、服用某些药物等。"

"我妈妈呢,她换过药吗?"

"这个我不能说。"

"我的意思是,会不会有这种可能呢?就是由于我爸不在家,我妈为了确保夜里不会下床来,所以采取了某个措施,没想到这个措施却起了反作用。有这个可能吗?"

亚吉尔看着我,沉默不语。

"真的不能告诉我吗?"我低声问。

"不能,真的不能。"

"那您能告诉我,为什么她只有在我爸出门以后才梦游呢?"

"不能。"

"是因为您不知道呢,还是因为要替病人保守秘密?"

"我也只是怀疑而已。"亚吉尔说完,轻微地挥动了一下手。

"您的病人中有像她那样的吗?"

"当然了,以前也有类似的情况,患者只在独自一人睡眠时出现梦游,不过这种情况也很少见。实际上,梦游本身就不是普遍现象,虽然记录在案的病例很多。"

"可以再问您一个问题吗?"

"当然可以,我只是觉得自己帮不上什么忙。"

"您觉得我妈有可能自杀吗?"

"你是说有意的?"

"对。"

亚吉尔看着窗外的佛蒙特大学校园,过了好一会儿才转过头来,说:"不会的。绝对不可能我不敢说,我刚才说了,我不是搞治疗的,所以再怎么样也没有十足的把握。不过,我自己也是一名母亲,而且在和你妈妈一起治疗异睡症的那段时间里,我也和她聊过,我觉得她不可能自杀。她一直在服用抗抑郁药,这我了解,但是吃药和寻短见毕竟完全是两回事,对吧?"

"对。"我说。嘴上虽然这么说,心里却很怀疑。正在这时,睡眠中心的接待员已经站在了门口。不用问,时间已经不允许我继续问下去了。亚吉尔和我几乎同时站起身，她从书桌后走出来，给了我一个拥抱。我说了声"谢谢"，离开了睡眠中心。

安娜丽·阿赫博格走了，可在我们那幢红色的、维多利亚风格的房子里，妈妈的身影却仿佛无所不在，触手可及。恍惚之中，妈妈好像消失了，又好像从未离开过这所房子，就好比那头顶上的天空，明明白白是存在着的物体，却又够不着、摸不到。爸爸每当提到妈妈的时候，总是说她过去如何如何，其实我知道，他心底里跟我和妹妹一样，一直没有放弃希望。毕竟，秋天才开始不久，而且故事里不是经常说那些失踪的人好多个月以后又突然冒出来了吗？总之，房子里现在老是空荡荡的——那个做主妇和母亲的，是一个我们都习以为常了的符号，没有了这个符号，大家心里仿佛都被撕开了一个大口子；缺了这个符号，就需要用一套新的辞令、新的仪式来填补，它们可不是短时间里就能发展出来的啊。

主卧里还有母亲穿过的衣服，有的折叠得整整齐齐，静悄悄地搁在梳妆台的抽屉里，有的用衣架撑着，规规矩矩地挂在衣橱里。还有那本黑色封皮镶着银边的小说，漂亮极了，她失踪之前一直在看，是关于玛丽莲·梦露的，也依然放在床头柜上，里面夹着书签，翻开一看，在218页和219页之间。走的时候她没戴首饰，都摆在了梳妆台上——一棵银子做成的小树，大概二十厘米高，没有叶子，上面挂着几对耳环（钩子、坠子都不相同，有鸡心的，有水珠的），是她最常佩戴的；首饰盒里放着那只挂了小坠饰的手链，一半在盒子里，一半在盒子外，坠饰包括一只小猫、一座谷仓、一只蝴蝶和一颗鸡心。我把它们一一收拢，放回盒子的小抽屉，然后拿起一只手镯。手镯是银的，镶了蓝色的黄玉，很粗，沉甸甸的，妈妈很喜欢它，以前晚上和爸爸出门的时候经常戴在手腕上。把镯子放在手心里，我感受着它的分量，被它温暖着。过了好一阵子，我把手镯放回盒子，和它做伴的还有好多曾经属于外婆的首饰——几条项链、成串的月长石、一件件黄金饰品和一串珍珠。

　　警察过来的时候，带走了妈妈的手机和电脑，他们认为那些电子邮件里、浏览过的网页上甚至某个文件中应该会有什么线索（其实没有）。两样东西还回来之后，爸爸把它们放在了客房，以前妈妈就是在那里做设计工作和画草图的（数字时代，虽然数字产品越来越普遍，但爸妈从不在床上使用电子工具，这是他们默认的一条规矩——卧室是一片净土，里面连电视机也不能摆放）。厨房吧台边的铁凳子上挂着她的公文包，里面还装着几份度假村的设计草图，那是她的作品，地点在阿迪朗达克山上。生妹妹之前，妈妈一直在伯灵顿的一家大型建筑设计公司上班，每天往返，还时常出差。妹妹一出生，妈妈便辞掉了工作，这样便能更多地陪伴她的两个女儿。派格上一年级之前，妈妈一直在家里上班。等派格上了学，她就在米德尔伯里租了一间小小的办公室，办公室就在书店旁边的楼房里，二楼。妈妈失踪后，警察把办公室翻了个底朝天。几个星期后的一天下午，我去了一趟，发现爸爸已经收拾过了，办公室完全恢复了原样，连妈妈最喜爱的咖啡杯也被放回了原处，静静待在画图桌旁，像一只忠实的小狗等候主人归来。那地方爸爸还要租多久呢，我心里想，房租可是要继续付的啊。

　　晚上，我和派格一起看家里的相册。厚实的相册里，我们的家庭照片整齐地压在明净的塑料纸套下。我俩一张张地翻看着，几个小时很快过去了。看相册的理由很简单，不是为了查找线索

（至少我不是为了这个），而是为了再看看妈妈的样子——有的照片是妈妈和我们姐妹的合影，有的是她和爸爸的合影；有一张是她的泳装照，在尚普兰湖一个朋友的船上拍的；另一张是她和几个朋友刚滑完雪，在喝热巧克力；还有一张是她跟几个客户的合影，身后的房子还在造，是她的设计，地基外围正在搭木材，房子的外观已经有点儿成形了。照片中的许多人都在远方——有妈妈大学里认识的熟人，这会儿住在希腊；有一个她小时候的玩伴，已经搬到伦敦去住了——这些人多半还不知道她失踪的消息，现在翻看他们的照片，我心里真不是滋味。除了家人的照片，相册里还能看到我们的邻居，有的正走在巴特勒的国庆节庆祝游行队伍中，有的就站在我和派格身后——准确地说，是在"冰雪"酒店的山林小屋。那天，义务消防队举行一年一度的募捐烧烤，邻居们一边享用纸杯蛋糕，一边看我表演魔术。其中有几位邻居，8月底那几天不停地在公共场所做祷告，要给我们家注入勇气和希望，让我爸不胜其烦。

　　不过，大多数照片里只有几个人，那就是……就是我们——阿赫博格一家。一张张照片记录了一家人的生活轨迹：有我十岁时的，头上戴着一对假的小辫儿；有派格七岁时的，胳膊上还别着比赛的号码牌，正在滑雪坡道底下用白雪堆小天使，背后雪地里插着她那对雪橇，活像两棵挺拔的小树；有爸妈的情侣照，二十几岁的年龄，依偎着坐在华盛顿广场公园的长椅上；有多年以后爸妈的合影，最近拍的，我们去曼哈顿姨妈家那次；有家里三个女人的合影，连续六年的圣诞节早晨，地点都在餐厅，饭桌上摆着妈妈平安夜烤的咖啡蛋糕，蛋糕四个角上压着我们的长袜子；有妈妈扮鬼脸的，手里拿着一只巧克力小兔，那是四五年前的复活节，星期天；有妈妈在米德尔伯里办公室里的，手中捏着那副青绿色眼镜,指点着面前的画图桌,脸上一副抓狂的表情,好像是被工作逼的;有一张是全家人的合影,那是六年前,在佛罗里达的凯普蒂瓦岛,派格穿着粉红的泳衣,站在小美人鱼像身后,妈妈穿着普通的两件套泳衣,勉强算是比基尼;有一张是妈妈亲吻派格额头的,那时妹妹顶多不过半岁;有一张是妈妈抱着派格在左右摇摆,派格约莫一岁半的样子(两个人大概是在伴随着"一万个疯子"乐队的歌跳舞吧,妈妈是那些歌手的忠实粉丝。曾经有段时间,爸妈总要在晚饭前听"一万个疯子"的歌曲,一边听一边抱着派格跳舞。我那时上中学,已经知道害臊了,只敢在一旁看着他们疯玩);有一张是我的,还没完全学会走路,正坐在我家菜地边上的一张毯子上,怀里放着一本硬纸板书,妈妈正在一旁给生菜和豌豆苗清除杂草;下一张也是我,十六年以后的了,和高中时的男朋友斯图尔特·戈德温合影。那天我俩正要出发去参加毕业舞会,我穿了件白色无肩带紧身连衣裙,直到现在我依然喜欢那条裙子,不过记得当时穿着跳舞很难受。斯图尔特大概和我一般高,样子挺帅,穿着件无尾礼服,不大自然,不过即使现在回忆起来,跟他在一起的时光也还是很温馨的;下一张依然是我,在伯灵顿新年才艺秀的舞台上表演魔术,身穿黑色紧身衣,带银色亮片的裙子,披着深紫色披肩,手上刚把三个看似浑圆完整的大钢圈穿在一起。像这样表演魔术的照片,相册里还有几十张。还有妹妹的滑雪照、爸爸的休闲照,也各有几十张。照片里,爸爸要么是懒洋洋地躺在尚普兰湖边,怀里放着笔记本电脑,要么是坐在自家后院的椅子上,要么就是在利普顿的"长面包"校园里,和米德尔伯里的同事聚会(顺便去拜访学术界的一些大腕儿们),他们个个都笑得极为灿烂。

　　看着看着,相册里最让我俩难受的还是妈妈的照片。最后,我和妹妹分别挑出三张——之所以挑三张，不是因为"三"有什么宗教或象征意义，而是因为"三"不多也不少——带回自己的卧室。秋季的日子一天天过去，妈妈的照片也给了我们越来越多的慰藉。

独自一人在家的时候（派格在上学，爸爸去大学上班），我常常会听见妈妈说话的声音。不是闹鬼，也不是幽灵作怪，而是那些萦绕在脑海中的话语，全都来自平平淡淡的往事，没什么深刻的含义：

晚饭吃奶油奶酪意面好吗？
刚才看见了一大片向日葵，太美了！
把手机带上啊，我试试能不能联系上你。

一人在家的时候，也会时常注意那只叫乔的宠物猫，看着它跑进前门旁边的杂物柜里，在妈妈的鞋子上嗅来嗅去，神情有些焦躁不安。每当这时候，我便在一旁坐下来，把乔抱在怀里，轻轻抚摸它。很多时候，四周一片寂寥，不知不觉中，我只好呆呆地看着天花板，强忍住眼里的泪水，或者干脆大哭一场。

前些年，妈妈开始梦游，家里人开玩笑说，是我传给她的，有些奇怪，应该叫逆向遗传。为什么这么说呢？原因很简单，阿赫博格家我是第一个有唤醒障碍的人。那时候"唤醒障碍"这个术语还没人使用，所以我第一次犯这个毛病时，爸妈没带我去看医生。几个月后，我去做一年一次的体检，妈妈顺便跟儿科医生提起这事，医生问了几个问题，妈妈说我睡着以后真正起床活动也就三四次的样子（而且前一个月里一次都没有），医生便笑着说，没什么大不了，不用担心，这种情况在小孩子中间并不少见。妈妈又说，梦游的时候我好像根本就是醒着的——大睁着眼睛——可就是连父母都不认得。医生安慰妈妈，说长大就会好了。后来还真是这样。小时候梦游大概是和上幼儿园有关（当然也可能毫不相关），脑子有太多新鲜的经验和刺激要处理，也可能是快速发育的一个阶段，或者是在家里感受到压力的一种反应。不管什么原因都无所谓了，因为随后的两年里，我虽然还梦游过两次，但二年级之前的那个暑假里，我都是一觉睡到天亮，看见爸妈却不认得的事再也没有发生过。

"好啦，现在我们有一个盒子，一个古董盒子，是我从埃及带回来的盒子。"说这话的人是我——"魔女丽安娜"。时间：周六下午。地点：生日聚会。人物：十几个小男生和小女生。我的着装：紫色伊斯兰长裤；白色礼服衬衫在肚子上方挽成一个结；带涡纹图案的马甲，是在伯灵顿的一家古装店淘来的；光脚，趾甲涂成薰衣草色，和长裤的颜色搭配。这身打扮还算合适，虽然说不上暴露，不过把衬衫向上挽起露出肚脐，以前还从来没这样做过。表演开始了，迎面而来的是孩子们及其爸爸妈妈热切的目光，不过大多时候我能感觉到的，却是加文·里克尔特警官的目光。里克尔特这会儿在他妹妹家做客，他斜靠在壁炉台上，身上穿着牛仔裤，一件黑色高领毛衣。我尽量不去想他，可是很困难。他看着我，犹如一头狮子殷切地注视着猎物，身体一动不动，像块石头似的。我觉得自己有点儿像头羚羊。

"你是坐飞毯回来的吗，茉莉公主？"地板上跪着的一个男孩儿高声问我。这男孩儿胖乎乎的，穿着一条迷彩长裤，一件约翰迪尔牌运动衫。这一喊,不仅打断了我的台词,男孩儿整个人还朝这边凑过来,让我心里有些不舒服。幸好,"茉莉公主"这个玩笑还算是对我表演的鼓励。其实,我早就注意到了这小家伙,估计他会是个刺儿头,所以早早地把宝盒拿了出来,好让他直接参与进来,做我的托儿。一般情况下,对表现不好的人我是不会有好脸色的,但是表演的时候除外,但凡有怀疑我、挑战我的人,我都先想尽办法拉拢再说。

"说实话,是的。"我回答说,"你叫什么名字?"

"福斯特。"

"好的,福斯特,我要请你帮个忙。"我告诉他。话音未落,小男孩儿就像猴子似的蹦了起来,一眨眼的工夫便站到了我身旁。我手里的宝盒大概五英寸见方,三面镶着同样的图案,是几只红色、闪着霓虹灯的骆驼站在金黄的沙漠中,第四面则画着可可色的金字塔。盒子是锡做的,顶上有金色流苏做的提手。我把宝盒递给男孩儿,让他用右手拎着流苏提手,又往他左手塞了条丝巾,这样一来,他便腾不出手来检查宝盒里面是不是空的了。

"大家都看到了,你——福斯特也看到了,盒子可是空的哦。"说着,我拉开盒子前方的小门,即画着金字塔的那一面。现场的孩子和爸爸妈妈们眼睛一齐投向盒子的内部,盒里黑洞洞的,什么也没有。我一边展示盒子,一边念念有词,述说金字塔的那些神秘故事,有哪些寻宝的人如何无缘无故消失在塔里,等等。

"有很多箱子,装满了金银财宝,都被古代的人藏起来了。这些人设计了陷阱,一旦有人打开箱子,立刻就会有匕首刷刷地飞出来。"我煞有介事地说。

说完,我伸出一只手,拿起牌桌上的钴蓝色围巾,另一只手关上金字塔小门，然后左手卷成筒状，右手把围巾塞了进去，一边告诉观众们，埃及和佛蒙特相差太远了，金字塔里头的那些通道黑乎乎的，连接的可都是些坟墓，即使大家没去过埃及，也还是能想象得出来，在里面走动肯定会让人浑身起鸡皮疙瘩的。说完，我摊开左手，五个手指伸展成海星的样子，亮出手掌心给观众们看——围巾早没了。

"那么它是真的不见了吗？"我眉毛一扬，问孩子们，"真的有东西会永远消失吗？"说完，我瞟了一眼站在壁炉边上的里克尔特，两个人的目光瞬间相遇了。

"不会！"孩子们异口同声地大叫，大概都知道这才是正确的答案。我不再走神了。

"对。"我说，"好了，好希望刚才的围巾是在这个盒子里，否则要重新弄一条来我可不干。福斯特，请你帮我把小门打开好吗？"

福斯特很听话，我的戏法就要成功了。只见他伸出手，去拉盒子前门上那只小小的把手，也就是我先前拉过的那只。刚一动手，盒子的四面，外加上它的底部，全都啪的一声爆裂开来，七零八落地撒在地板上。福斯特现在手里拎着的只剩下一个盖子以及流苏做的提手。再仔细一瞧，盖子上有个钩子，钩子上挂着的，正是那条钴蓝色的围巾。孩子们顿时尖叫着欢呼起来，他们的爸爸妈妈也鼓起掌来。这下福斯特可是心服口服了。余下的时间里，他跑前跑后，成了一个忠实的帮手，我也就把全部的精力放在了小寿星身上。小女孩儿一头金发，扎了个蝴蝶结，身上穿一件白色的礼服连衣裙。不过，我一边在卖力表演，一边却想着里克尔特警官。

"你刚才穿得很新潮嘛,佛蒙特州的时尚代言人。"里克尔特警官对我说。厨房里就我跟他两个人,他手里拿着一杯苏打水,背靠在洗碗机旁边的灶台上。至于他的外甥女,正在客厅里和孩子们一起打开生日礼物,大人们则在一旁看热闹。警官的妹妹刚才给我倒了一杯红酒,我说了声"谢谢",没有喝。那时我刚满二十一,总觉得我既然都是大人了,在孩子们面前喝酒自然不太合适——就像小丑卸掉脸上的妆一样。还有,正常情况下我都是表演一结束就要离开,小孩儿的爸爸或妈妈悄悄塞给我一张支票,随后我便走人。这次不一样,我没急着走,喝了些柠檬汁,用印着芭比娃娃的粉红色纸杯装着。之所以喝饮料,也是因为这样一来,两只手便不会没地方放了。

"这个……这个也是慢慢形成的风格。"我回答说。心里虽然不紧张,但脑子里仍旧有些警惕。毕竟,面前这个人是警察,而且他到底跟妈妈什么关系,我还得弄清楚才行。不过说实话,这人长得帅,又会说话,实在有些迷人,在他身边,我有点儿把持不住自己,"以前有些千篇一律,那时我还是个孩子……"

"你说这话,好像人到了中年,可以勇气十足地回顾往事一样。"他打断我说。

"你知道我的意思。那时我读中学,总是穿黑裤子、围披肩出场,还戴了顶高帽子。我自己居然不知道这样的打扮像个男人,所以后来就尽量女性化一点儿了。"

"扬长避短嘛。"

我尽量放松自己,显得更自然一点儿。本来想把衬衫上的结解开放下来,遮住肚皮,又害怕这样一来,只会把对方的目光吸引到我的衣服上来。

"开始的时候,我模仿巫师梅林的风格,后来哈利·波特出来了,我就改换了一下,把哈利当作模板,弄来一件教堂唱诗班的长袍,染成黑色,穿在身上。可是这样一来,我倒真像个术士了,而且还活动不开,双手和胳膊动作不灵活。"

"平时哪个练得更多呢,手上的功夫还是嘴上的故事?"

"手上的功夫练得多。台词的话我可以看情况随口编,特别是碰到二三年级的观众时。"

"那我呢,我比刚才那些小孩儿可大多了,也还是很喜欢你编的故事啊,里面有些东西让我想起了印第安纳·琼斯。"

我笑了:"上初中的时候,我还真的扮演过印第安纳·琼斯这个角色呢,不过我穿他那种风格的衬衫总是很搞笑。"

"所以你就穿了条伊斯兰长裤,不太搞笑的那种。"

"谢谢你这么说。"

"我开玩笑的,逗你玩儿呢。这个裤子很好,一点儿问题没有,尤其适合魔女丽安娜。"

我喝了一口柠檬汁。

"要是天气很冷,不能光脚,那你穿什么鞋呢?"里克尔特又问。

"我有一双珠子穿成的拖鞋,据说是波斯风格的。"

"据说?"

"其实是中国制造的,我肯定。"

"一年到头要表演多少场呢?"

"夏天在家里的话有十一二场,在学校里一学期大概有三四场。"

"你上次说也在两家夜总会表演?"

"哇,你记性很好嘛!"

"还可以,做这行的,记性好有用。佛蒙特家那边呢,有夜总会吗?"

"没,不过国庆那天我倒是去过一家乡村俱乐部,在伯灵顿郊外,给一群在露台上烧烤的小孩儿表演。"

"穿着伊斯兰长裤吗?"

"你怎么老想着这个啊?"

他摇摇头说:"哪里啊,是因为这一带没什么人穿这种裤子嘛。"

"刚才的戏法你最喜欢哪一个?"

"我想应该是你让皮球从围巾后面浮起来那个。"

"为什么?"

"我喜欢你讲的那段话,中间有这么一句,'这个世界有鬼',是吧?你说你是在一座棒球联赛的球场发现那只皮球的,那球场闹鬼。"

"对。"

"我都没看见有绳子。"

"没有绳子。"

"哦,那是真的有魔术啰?"

"魔术师才不会告诉你戏法背后的秘密呢。"

隔壁房间里突然传来"哐啷"一声,好像是桌子打翻了,随后听见里克尔特的妹妹说了句"没事,没关系"。话音刚落,她丈夫便冲进厨房,抓起烤箱拉手上挂着的一块擦碗巾和灶台上的一整卷餐巾纸,说:"果汁打翻了,问题不大,不过沙发上的垫子是米黄色的,全弄脏了。"

"要帮忙吗?"里克尔特问。

"不用,客厅里都挤不下人了,消防安全不合格。"

里克尔特的妹夫离开后,我说:"只要是小孩子聚会,肯定会打翻什么东西。我说真的，真是这样。"

"你很会哄小孩儿嘛。"

"我喜欢小孩儿。不喜欢小孩儿的人不会像我这样去表演的。"

"那天我去你们家，也感觉你对你妹妹很好。"

我耸了耸肩膀："应该是吧。"

"她怎么样了？"

"哦，有时候她还是出去到处查找线索什么的。"

"有什么发现吗？"

"没。"

"还有呢？"

"她在尽量往前看，恢复正常的生活呗，我想。照常上学，做作业，找朋友玩儿，游泳。"

"你呢？"

"我？"我说了句大实话，"我还在等。"

"等你妈妈从前门走进屋？"

"可能吧，我不知道，反正我等着。"

"想回学校吗？"

"想，可又不想。很想念朋友，想班里的同学，想学习，想过我的生活，可是也想留在家陪爸爸和派格。必须陪着他们。你想想啊，妈妈失踪才不到一个月，而且老实说，现在除了家里的事，其他的我还真定不下心来。"

我和里克尔特沉默了好一会儿，厨房里的空气仿佛凝重了许多。最后，我吸了口气，问："有她的消息吗，比如新的线索？"

"比起开头那两天，这段时间的线索少了些，少了很多。不过有时也有人来报告，说在拉特兰或者奥尔巴尼看到一个流浪女子,样子有一丁点儿像你妈妈,我们自然就跟进了。还有人说在湖里或者河里看见一个人,觉得是你妈妈,我们也去调查了。"

"然后发现都不是。"

"对,根本算不上是线索。"

"这个事,开头那会儿是佛蒙特的头条新闻,可现在呢,报纸上都没人说了,而且好像一个周以前电视新闻就提都不提了。"

"新闻嘛,总有一个周期的,结束了自然向前看,媒体的关注总会减弱下来的。"

"警察那边呢,还会关注吗?"

"很遗憾,也会减弱,人的本性嘛。我们是警察,调查进了死胡同,关注自然下降。每种可能性都查过后,是好是坏,也没有理由认为这是起凶杀案了。"

"那倒是。"

"那几天,我们大概有十几个人在调查这个案子。你妈妈的朋友、客户,我们都问过话了;她的电脑和手机,刑侦那边也分析过;还有各种各样匪夷所思的目击证据,我们也跟进了。"说着,里克尔特把苏打水放在灶台上,伸出双手,手心摊开朝上,一副无可奈何的样子,"还有什么可查的呢?所以我们就暂且搁置下来,还有其他的事要做呢。"

"你觉得她的尸体还在河里吗?"

"如果还在,这段时间的干旱会有帮助,河里的水位也许会进一步下落,这样我们就能发现尸体了。河的一段我们搜过,不过尸体刚好卡在了一块大石头下边也说不定。"

我咬下咬下嘴唇,脑子里浮现出里克尔特描绘的景象,感到一阵虚脱,急忙把眼睛转向别处,免得让他发现。我想听他说下去。我需要听他说下去。

"我说太多了,"里克尔特低声说,"很抱歉。"

"没有,我应该知道。继续说吧。"

里克尔特拿起苏打水抿了一口:"有可能是蛙人把河底的泥沙搅了起来,水太浑,没发现她。"他说,"有这种事的,还记得达特茅斯那个可怜的小伙子吗?"

我点点头,那件事我还记得。那年我在上小学,2月份的第一个星期五,失踪的是个大三学生,深夜里从朋友的寝室出来后,人就不见了。没有人想到他会出事,因为康涅狄格河边有一座房子,赛艇队的船放在那儿,通向房子的路上有脚印,和大学生穿的靴子大小吻合,而他一二年级时正好是赛艇队的队员,在轮机舱里摇桨的。大三开始,男孩儿没能进赛艇队,很明显非常失落。有朋友说,那天晚上他离开房子的时候,已经喝得醉醺醺的了。

"小伙子的尸体直到6月份才找到。"里克尔特说,"可其实它一直在水里,距离那座房子也就不到半英里。非常不幸,让人难过。"

里克尔特喝完苏打水,把杯子放到水槽里冲洗干净:"至于你妈妈,我们真的不清楚。之所以推断她在河里,是因为发现了睡衣的一角,而且几年前的晚上她曾经走到过那个地方——桥上,我是说。问题是,这次地上没有雪,没留下脚印。"

"那她有可能还活着?"

"我可没这么说,不能让你抱太大希望。不过也对,没有发现尸体,就不能排除这种可能。"

"但是她也不会丢下我和派格不管,这是你说的。"

"是的,我说过,我觉得是这样。"

"那……那你是怎么想的呢?会不会根本和梦游无关?会不

会是被谋杀了？"

"目前看来，这个可能性很小。不过呢，也不是没有可能。也许是在梦游路上被杀了，或者说是醒了以后被杀——醒了在回家的路上。"

"那也死要见尸啊。"

里克尔特点点头："一般人是这样想的，另外我们也没发现谁有杀她的动机。她没有仇敌，我们看过她电脑上的联系人名单，客户中没有，邻居中也没有。你不希望她死，派格不希望她死，你爸爸也不希望她死。我的意思是说……周围的人都爱她，所有的人都爱她。"

我拉开水槽下的橱柜门，心想厨房的垃圾桶应该是放在里面。确实有。我把手里装柠檬汁的纸杯扔了进去，直起腰来，问了一个一直萦绕在我脑海里、作为一名女性难以启齿的问题："好吧，再问你一个可怕的问题。你们调查过没有，她会不会遭到强暴了呢，就是那种没有预谋的，夜里她独自一人在外面，然后有人侵犯她了？"

"你是说她被强暴，然后被杀害了？有这种可能，不过目前看来，没有证据能证明这一点。"

"你们以前碰到过这样的案子吗？"

"我没有，我在这一行都十二年了。"

我飞快地算了一遍。里克尔特大概三十三岁，比我大十二岁，妈妈四十七岁，那他应该比妈妈小十四岁。他俩认识的时候，我妈四十二，他呢，刚好二十八。

"这个不大好理解。"里克尔特继续说，"不过干这行久了，总会碰到这种案子。每个警察都这样，有些案子能破，有些破不了，然后就搁置下来了。"

"上帝啊。"我低声说,"那天晚上要是我跟我妈睡就好了。"

"嗯,但条件是你也要醒着。这不是你的错,丽安娜。你妈妈就是担心,万一她有什么事,你会责怪自己。她是绝对不想让你感到一丝内疚的。"

"万一有什么事?她以前提到过?"

"当然提到过,你不是把她从桥上拉下来过吗?我的天哪。"

"她是不是觉得自己还会去那儿呢?"

"她更担心的是会把房子给烧起来,害怕会无意中伤害到你和你妹妹。"

"那天你问我她做过什么梦,是因为这个吗?"

"那倒不是,一般人认为梦和梦游之间存在联系,但实际上它们是发生在一个睡眠周期的不同阶段。也就是说,梦游的人并不是在做梦。"

"那你干吗要问我呢?"

"因为梦暴露了一个人的内心世界,你不觉得吗?像你妈妈那样,梦中又是飞机坠毁又是死尸的。"

"你是说她害怕自己会扔下别人不管?"

"有可能。"

"我猜的,碰巧而已。"

"不过这些梦也不见得有这个意思。很多精神病医生解释说,梦见飞机坠毁和失败有关,表示做梦的人目标没达到,没别的含义。"

"也有可能是做梦的人失去控制了?"

"也许吧。你妈妈很特别,跟其他梦游的人不同,她记得起过程中的一些事,反正比我记起的多得多。我们这些人大多有暂时性失忆,她没有,至少不是完全性失忆,能记起一些零零碎碎的细节,所以有时候觉得自己是在做梦,准确地说是希望自己在做梦。"

"你俩以前在哪儿聊这些呢?"

"你应该去当侦探嘛。"

傍晚时分了,肚子上有点儿凉凉的,我伸手把衬衫上的结解开,扣好最下面的三颗纽扣。

"你没回答我的问题。"

"哦,对,还没有。有时候我和她去医院旁边的咖啡馆或者那间用来做睡眠研究的旅店,有时候去市中心,大学路上图书馆的对门有家面包店。"

"我妈倒是很喜欢他们的纸杯蛋糕。"

"还有他们家的咖啡,当然是不含咖啡因的那种。"

"那是。"

"你也喜欢纸杯蛋糕,是遗传了你妈妈吧?"

"对。"

"有时间来伯灵顿吗?"

我轻轻笑了一声:"这些天什么都没有,就是有时间。"

"那家面包店除了纸杯蛋糕还有好多东西,有三明治,漂亮又美味。星期一想过来吃午饭吗?这周一我休息。"

听里克尔特说话,语气很随便,可我怎么觉得屋子里气氛不太对。我倒是想再见他一次,可是得先弄清楚他和妈妈之间是不是有暧昧关系才行。我抬起眼,看着他问:"你保证,我妈妈没有跟你出轨?"

"我保证。我和你妈妈绝对不是那种关系,她爱你爸爸,况且那段时间我有女朋友的。"里克尔特举起右手。

"后来怎么啦?"

"她去了波士顿,我们就分手了。"

"那作为警察,你有没有违反过职业道德?"

"带你去吃午饭这种?"里克尔特微笑着回答,"勉强算吧。"

"那我不能去。"我说。他这最后一句不是提问,是肯定句。我心里一阵失望。

"哦,我的意思是,有些人可能会有意见。不过刚才我也说了,没有证据表明这个事情是凶杀案。而且我也向你保证,这不会影响我继续调查的能力。所以你可以跟我一起吃饭。"

"好吧。"我说,话音中仍有一丝疑虑,对方也听出来了。跟里克尔特见面,我心想,其实是在查案,也许能了解到妈妈更多的事情,了解她是怎么失踪的。可是我也知道,归根结底还是因为我喜欢上他了。

"那好,那就定了?"

"嗯,定了。几点?"

"12点30分?"

"我尽量吧。"我说。

"很好。"

几分钟后,我走出这家人的房子,坐进妈妈那辆越野车,心里想,回去要不要告诉爸爸和派格,我约好了加文·里克尔特警官吃午饭呢?心底里,我是不想说的,也不应该说,加文肯定不想让他们知道。还有一个理由不难找,那就是他们也不需要知道,谁也没有必要知道。不就是跟一名警官在面包店见面吗?有什么不对的?在哪儿见面都没问题。

可是话又说回来,我这样做是在干吗呢?

梦紧紧地拉住你。身体里,有许多声音在嗡嗡作响。"不要理睬它们,"你说,"你这是在做梦。"

然后,你就顺其自然了。天上不会无缘无故掉下个爱人来,是你把他召唤进梦中来的。

这叫"清醒梦",它是一个专业术语,第一次世界大战前荷兰一位精神病学家提出的概念。做"清醒梦"的人能在某种程度上左右自己的睡眠世界,例如可以让自己在梦中飞翔,也可以不让自己飞翔,等等。同时,做梦者还有清醒的意识,知道自己是在做梦,此时的大脑顶叶处于活跃状态。

"清醒梦"是一种很清晰、很形象的梦,梦中体验到的生理刺激会相当特别。

做"清醒梦"时,你的大脑是活跃的,理智上却无法控制,完全没有控制。换句话说,你做的梦是清醒的,可是你自己并不是在有意识地做梦。

这样一来,梦中若是看到了你爱的人,你的第一个动作可能就是解开衬衫的纽扣了。

也可能不是这样。

欲火中烧的你,也许压根儿不会先脱掉衣服。

第五章

那天是周六,电视上直播的晚间大选节目已经放完,妹妹早已上床,父亲也昏昏欲睡——喝了酒以后他就是这种状态——至少在我看来。一切安顿妥当后,我去了趟客卧。过去的六年里,妈妈一般是在米德尔伯里的办公室工作,不过家里的客卧还是放了台电脑和一张旧的画图桌,每当派格感冒或者扁桃体发炎要待在家里,或者遇到下雪天,道路上积雪太深,开车去米德尔伯里行不通的时候(这种时候,所有人都只好待在家里,下雪天反正会停课的),妈妈还能在家里干点儿事情。推开门,不出所料,画图桌旁边的书柜上还放着妈妈的手机和提包,电脑则摆放在另外一张桌子上。站在门口,我犹豫了片刻——房间里的实木家具,每一件都是妈妈精心挑选而来,木头散发出的那种暖暖的甜味儿,我一直不大喜欢。

我打开妈妈的手机,心想,加文·里克尔特的名字会不会在联系人名单里呢?脑海里一边浮现出妈妈给他打电话的画面:不是商量见面的日期,就是讨论那个所谓的互助小组的日程安排,一边喝咖啡,一边交流各自的梦游经历。妈妈手机上存了二十五到三十个号码,没有加文的名字。这个确实没什么用,我想起来了,妈妈的手机是两年前才买的。

我打开一旁的笔记本电脑，搜索加文·里克尔特这个名字。以前还不知道，这台电脑的屏幕跟我的那台比起来，可是大多了。妈妈的电子邮件，再加上她的各种文件，我全都搜了一遍。先是输入名字，然后又输入姓，最后姓名合起来，一个文件也没放过。还是没有结果。通讯录上一连串名字，就是没有加文·里克尔特。

不行，不能就这么关掉电脑。我打开一些邮件，快速浏览了一遍，有妈妈写给客户的，有爸妈之间的，还有妈妈和外公的通信，信里在说外婆的痴呆症，何时确诊，怎么治疗，何时愈加严重，后续又该如何治疗，等等，看得我心里一阵阵疼痛。这样做大概是侵犯隐私吧，我想。可是警察呢，他们不是也看过吗？很明显，调查了那么久，他们仍旧没发现什么重要信息，否则不会原封不动地归还电脑。手机也一样，什么都没发现，这才送回来。这是常识。看着爸妈的邮件，我心里有种莫名的感动。很多时候，他们都在说起我和派格，尤其是妈妈，似乎非常喜欢炫耀两个女儿的优点。另外，爸妈之间如此频繁地写信，而且如此多地涉及家庭生活，也让我感动不已。许多邮件就短短的几个字，放在今天也就是手机上的短信了：有提醒买柴米油盐的（比如"油瓶快见底了啊！"），有转告新闻事件的（"飞机的黑匣子找到了！"），还有罗列出电影放映时间的。有时候，爸爸在邮件里恳求妈妈一道参加学校的招待会，妈妈同意了，招待会结束后爸爸再次写信给她，说自己如何感激涕零。有时候，妈妈写信给爸爸，分享朋友圈里流传出来的一个笑话，讲的是贾斯汀·布莱斯的事情——贾斯汀的老婆玛丽莲是爸妈的朋友，他开了一家餐馆，常常自诩为美食家——说他做的菜其实就是往淀粉里掺松露油而已。还有的时候，妈妈在信中请爸爸勉为其难陪比尔·考德威尔和他的老婆艾米丽去伯灵顿吃饭——"大家都知道比尔是个超级无聊的人,"她说,"可是没办法,将就一下吧。"读着这些邮件,我心里有一点点难过,因为看得出来——也跟我先前猜测的一样——爸爸很爱妈妈,程度应该甚于妈妈爱爸爸。邮件末尾,爸爸经常会写上"爱你的老公"几个字。相比之下,妈妈的信件从来不会有类似的落款。爸爸还在一封邮件中说,他觉得妈妈长得真美,可惜妈妈一直没有回应,更没有在邮件中恭维过爸爸。妈妈的语气说不上冷漠,有时字里行间甚至略带些俏皮,不过总的来说,爸爸可算得上是一往情深,只可惜有点儿一厢情愿。

只有在说起我和派格的邮件里,妈妈才展露出她的另一面。那是一个我如此熟悉和了解的人——热情、幽默、充满爱心、心地热忱、聪颖灵敏又善于创造。

爸爸也是一样。只要一说起两个女儿,他跟妈妈就不相上下。我是一边抹眼泪一边读他的邮件的。爸爸颇有学问,书呆子气也很浓。他在邮件中说,我和他聊诗歌、聊小说,讨论读过的杂书,让他非常开心;说最近开车送我回学校,一路上,想起孩子就这么长大成人了,心里真是无限惆怅;还说起那一年进入布克奖决赛名单的作家契弗①,说我和他讨论过契弗的几部短篇小说,都是我俩最喜欢的,让他觉得"非常自豪、非常感动",因为女儿已经"如此聪慧,读书远远胜过了我"。这最后一句虽然不是实话,可是爸爸能这么想,我真的很开心。那天他开车送我回学校的事我也还记得,不仅如此,我跟他一块儿出门的次数不少,大多数的经历我都能清楚记得。

---

① 约翰·契弗(1912—1982),美国小说家,号称"美国郊外契诃夫",曾凭借短篇小说集《疾病解说者》获2000年普利策小说奖。

除此以外,爸妈在电脑上的通信大多便是与梦游相关了。然而,即使是这个话题的邮件,也带有很浓厚的工作味道,内容无非是谈日程安排,妈妈说她何时要出门,爸爸表示自己很担忧,妈妈回信说不要担心,等等。邮件中从未提到互助小组,也没说起过某某警官,更没提到其他任何患梦游症的人。

就在这时,我看到了一封邮件,是妈妈6月份写给爸爸的。首先吸引我眼球的是邮件的主题——"MCA和流产"。邮件只有两句话:

这都什么老黄历了。研究结果可能比较新,可它对你我来说,已经没什么意义了,对吧?

仔细一看,是给爸爸的回信。再查了查之前的邮件,很快便明白了:MCA代表"雄性染色体异常"。原来爸爸在《新英格兰医学学报》上读到一篇文章,说研究发现,男性精子中的染色体缺陷可能会导致其伴侣多次流产甚至反复流产。爸爸在邮件中说,那天他是偶然读到了这篇文章,还说要把文章带回家给妈妈瞧瞧。这样看来,那么多年过去了,爸爸依然对妈妈反复流产的事耿耿于怀,这次更是要主动出来承担责任。很明显,这事爸妈以前争论过,爸爸说过问题在他自己。妈妈呢,已经生了两个女儿,对这个研究不是特别感兴趣,虽然她流产过几次,受了许多苦,文章中也说了,根源可能不在她身上,而是在于爸爸,可她还是抱着无所谓的态度。况且,我和妹妹不都是从爸爸的精子来的吗,现在四肢健全,还擅长体育运动,还管那么多干吗呢?

合上电脑,我心里沉甸甸的,趴在桌子上难受了半天。下楼叫醒爸爸,护送他去了卧室,回头换上那些天常穿的睡衣裤——

T恤和运动短裤,上床睡觉。四周一片漆黑,我在床上翻来覆去好半天,知道的和不知道的,都在脑子里旋转着,最后我干脆不睡了,起来拉起百叶窗,推开窗户。清冷的空气迎面扑来,夜空中繁星点点,远处传来河水荡漾的哗啦哗啦声。大河啊,我的妈妈到底去了哪儿呢?

那一年,家里的人终于明白过来,妈妈之所以梦游,多半是和爸爸不在家有关。为了这个,爸爸去咨询睡眠中心的医师,说他不在家的时候,可不可以让我把妈妈的卧室从外面反锁起来,当然这样一来,就得在卧室门外面重新装一把锁。另外一种办法是在门框上安装红外线报警器,一旦妈妈晚上出门,警报就会拉响,我睡得再沉也会被吵醒。爸爸和医生讨论时我不在,这些都是他后来告诉我的。上面两个办法好是好,可惜有两个问题:一是卧室里万一着火,妈妈该如何逃生呢?二是我还有一年就要上大学,家里没大人,派格又太小,能指望谁呢?所以,最好的办法就是爸爸不要出远门,等妈妈服药一段时间后好转了再说。的确,后来妈妈好像真的康复了,也可以说,症状缓解了许多。

第二天是周日,爸爸、派格和我坐下来吃晚饭。谁也不说话,沉默像块巨石似的压在大家头上。晚饭吃的胡萝卜青椒炒鸡胸脯肉,中国人的做法,我现学现做的一道菜。胡萝卜和青椒是自家花园里摘来的最后一点儿蔬菜,鸡肉也是杂货店里卖剩的。有空一定要去趟超市,我暗暗告诉自己,把整个礼拜的菜都买好。大人们不都是这样的吗?还有那些做主妇的,妈妈不也一样吗?我看看派格,她正把盘子里的蔬菜挑出来,把它们摆成一圈,活像棋盘游戏里的棋子。看了一会儿,我忍不住问她:"你作业很多吧？"

"不多。"

"有作业吗？"

"没。"

爸爸抬起头来，面带微笑。我看着他的脸，等待着。末了，他什么也没说，低下头，手指轻巧而优美地运动着，把盘子里的一小块鸡肉切成了更小的两片。

吃完饭，我开始收拾碗筷，打扫饭厅，把盘子放进洗碗机里。爸爸说要帮忙，我自然说不用，他也知道我会这么说。等我忙完出来，爸爸早已坐在客厅里打瞌睡，怀里放了一本书。我上楼去看派格，她正躺在床上玩游戏机，睡裤已经穿上了，上身却还穿着件运动衫，胸膛上印着滑雪队的标志，肚皮上还有个兜，跟袋鼠妈妈一样。

"干吗？"派格头也不抬地问。

"没干吗，就是……"

"就是什么？"

"你知道的，明天要上学，睡觉前不能玩电子游戏。"

"我在玩马里奥兄弟，小孩子可以玩的。"

"不是，我又没说不适合小孩子玩，我只是想提醒你，明天要上学，爸妈不让你玩游戏的。"

"爸爸？他都喝高了……"

"说什么呢？从哪儿学来的这种词语？"

"《甜心俏佳人》[①]。"

[①] 1997 年开始在美国上映的一部爱情喜剧，讲述年轻女律师艾丽·麦克比尔的生活经历。

"《甜心俏佳人》？什么时候开始看这种电视剧了？你看得懂吗？"

派格抬起头看着我，好像在说：你也太不了解我了吧？

"爸爸没喝高。"我说。

派格把手中的游戏机扔到一边，坐起来靠在床头板上，说："好吧，他没喝高，喝倒了行吧？还有，妈妈也死了。"

我怔住了，呆呆地瞪着派格，派格也瞪着我，沉默不语。刚才她冲口说出的那个字，是那么自然，那么不假思索，好像烟雾一样，虽然缥缈却又实实在在，把始终萦绕在大家心头却又不敢认真去想的可能都说了出来。过了一阵，派格明白过来，意识到刚才那句话的分量，可是既然话已出口，也收不回去了，于是干脆又重复了一遍："她死了，已经死了。你和我一样，心里清楚得很。"

我还是没说话，虽然很想安慰妹妹说，这事还不一定，因为还没找到尸体。可转念一想，说这些有什么意义呢，不过是空洞无力的说辞罢了。派格天资聪颖，明摆着的事实要劝她放弃，跟侮辱她的智商差不多。这么一想，我干脆走过去，挨着她在床上坐了下来，泪水在眼眶里打转。再看派格，丝毫没有要哭的样子，跟她上次坐在盖尔河边的表现真是天壤之别——那天她是一边哭，一边挥舞手里的泳鳍不断打我的胳膊。现在的派格，一副已经认命了的表情，当然也有可能是刚才说了那句话的缘故，看样子有些麻木。

"哇。"我轻轻抚摸着她的背，嘴里只吐出了一个字。

"哇什么呀？你不是一直想让我说出来的吗？现在我总算说了。"

"我可没想让你说。"

"但你就是这么想的。"

我用力咬着嘴唇,以免彻底崩溃下来。"我也不知道自己怎么想的。"我想了想,说。

"你怎么会不知道?我俩都知道的,她走了。"派格说着,双手插进运动衫的口袋里。

"大概是吧。"

"大概?"派格说。语气中有些不屑和鄙夷。

"能问你点儿事吗?"

"可以啊。"

"那些天下午你去池塘那边到处查看……还有,在盖尔河旁边的路上走……"

"也许是想找线索吧,不过也是在找尸体。"

"哦。"

"这么久了,她还是没回来。我十二岁了,又不是智障。"

"干吗这样说呢?"

"十二岁了,有问题吗?"

我不说话。

"好啦,我十二岁,脑子没问题。随你怎么说。"

我看了看床上的游戏机:"马里奥兄弟两个人可以玩吗?"

"不可以,这东西没设计多人玩的模式。"

"你在讽刺我,是吧?"

派格点点头:"嗯嗯。"然后想了想,"开头你肯定会很烂的,不过我可以教你。"

"谢谢。"

她耸耸肩膀,往旁边挪了挪,给我让出一点儿地方来。那天晚上,我俩玩了将近一个小时的游戏。马里奥的样子很滑稽——

胀鼓鼓的小肚子像塞了绣花枕头，蓝色的连体衫都快包不住了；鼻子像个网球，嘴巴上蓄着毛茸茸的两片大胡子，活像一对翅膀——晚上做梦肯定会梦到他。

第二天一早，我把派格的午餐盒准备好，回头给艾丽卡打了个电话。艾丽卡是我的大学同学，化学和政治科学双专业学生，一个梦想通过灌溉中亚大地而改变世界的人，按计划原本要跟我住一个寝室，没料到我这学期却休学了。大学一年级我和她住隔壁，从此成为好友。

电话里，我和艾丽卡谈起妈妈，说最近没什么消息，谈着谈着，不知怎么扯到艾丽卡暗中喜欢的男孩儿身上。艾丽卡说起我俩的朋友，最近都在做什么，和谁约会，离毕业（本科阶段）也就八九个月了，朋友们未来有何打算或希望，等等，又问我是否有戴维的消息。戴维也是大四的学生。一年多以前，大概是5月份，快接近期末时，我跟戴维走得比较近，对他有些意思。我告诉艾丽卡，自从妈妈失踪以后，我就没有戴维的消息了，不过也不怪他，是我没跟他联系。为什么呢？是因为加文——这位警官好像从天而降，让我着了迷。艾丽卡学的课程跟我完全不一样，所以也没提到学校的老师，只是最后问我，1月份就开学了，春季这个学期还回学校吗。电话那头的艾丽卡，这会儿什么模样呢？我想，应该打扮好了吧，穿着她那件金黄的、印着枫叶图案的圆领衫，头发也一定梳得整整齐齐。我自己呢？睡觉时穿的一身衣服——运动短裤加T恤——还没换，头发恐怕也是一团乱。

"不知道啊。"我告诉艾丽卡，"计划是要回校的。"

"短学期呢？"艾丽卡问。1月份有几天课程爆满，我们都叫它短学期。

"也许能回来,也或者要2月份,赶上春季学期吧。"

学校的公寓有四间卧室、一个客厅和一个卫生间,本来有我一个房间,现在已经被他们安排了另一个女生。艾丽卡说,新来的女生很文静,人很好,基本上适应了。"那学校告诉过你,来了以后住哪儿吗?"艾丽卡有些迟疑地问。

"没有,不过我还没找过他们呢。"

"什么时候去找他们啊?"

"不知道。"

"应该去找了吧?"艾丽卡说,语气有点儿急迫,"至少应该了解一下,最迟什么时候能知道消息。"

"也对啊。"

"你是要回校的,对吧?刚才不是说了有计划的吗?"

艾丽卡的话让我想起了爸爸写过的一首诗。其中一句具体怎么说的,我记不起了,大概讲的是人们在现实面前总是想方设法地回避、退缩。那首诗虽然不是最好的,不过比起他写的大部分诗歌,也算出类拔萃了,反正我觉得应该拿出去发表。"可是我妹妹谁来照顾呢?"我反问艾丽卡,"还有我爸,谁来照看他啊?"

"钥匙儿童①呗。派格做钥匙儿童一样很开心。"

"不,不行,钥匙儿童没一个开心的。"

"这个问题应该由你爸来考虑吧?"

"说这话,好像你才是我妹妹一样。"

"说这话,是因为我真正关心朋友。"

"周末我查到了一个事情,想知道吗?"我转换了话题。

---

① 钥匙儿童:脖子上经常挂着钥匙的小孩儿,通常在城市生活,十几岁,但因父母工作等原因被留守在家或被托付给亲戚。

"什么事情？"

"还记得吗，我以前跟你说过我妈流产的事？"那时我和艾丽卡上大二，期末正在赶论文，有时熬到凌晨，中途停下来休息，闺蜜之间自然谈起一些私人话题。

"记……得……"她说，好奇而充满期待地拉长了声音。

"我爸觉得这事儿可能是他的错。"

"他跟你说的？"

"没有，他什么都没跟我说，是我……呃……管他呢……我偷看了我妈的电脑，看了她的一些邮件。有一封是最近她回复我爸的，说我爸想给她读一篇论文，关于男性染色体异常的研究成果。我爸说，那几年我妈接二连三流产，很可能是他的问题，是他的小兄弟们DNA不正常。"

"你妈怎么说？"

"她说算了，别去想了。这事表面上是我爸无意中说起的，可是仔细想想，这么多年了，他还是一直耿耿于怀，心里内疚着呢。我妈生了我以后，经历了那么多次流产，一直到派格出生为止，现在从邮件来看，我爸——可能还有我妈——早就在考虑这个因素了。"

"你爸很会体贴人嘛。"

"是的，所以我才担心他。"

"我也担心你啊。你心里有事情，我知道的；现在回学校来还不行，我也理解。可是我告诉你啊，再过三四个月，你会好起来的，所以现在应该计划以后的事了。"

我点点头："有道理。"

"谢谢。那你会找学校谈了吧？"

"也许吧。"

"也许……"她说，语气中有些失望，"对了，这周打算做点儿什么？有没有什么特别的、开心的事？"

被她这么一问，我差点儿把心里的秘密给说出来——今天要和加文出去吃午饭，加文是名警官，有着淡褐色的金发，淡褐色的眼睛，比我大十二岁——还好忍住了，没说。

"还能做什么？"我说，"打扫卫生，去超市。你知道的，推着个购物车，轮子破了的那种，东摇西晃，一不小心把货架上的薯片撞得满地都是。买吃的，买一大堆，都是含高果糖玉米糖浆的。我都成家庭主妇了。"

"这都是暂时的，丽安娜·阿赫博格。真的，我跟你说，噩梦会过去的。"

跟艾丽卡说完再见，我开始思考"噩梦"这个词语的意思。不知是谁说过这样一句话：所谓"噩梦"，其实就是现实，像梦一样的现实。具体是谁我记不起了，说不定是爸爸，在他写过的一首诗里作过这样的类比。说来也邪门，这句话可真是我生活的绝佳写照。

～∽～

　　做梦和梦游之间虽然有显著差异，但这个差异却往往被人们忽略：梦游者的眼睛是睁着的，而人在做梦的时候——也就是传统意义上的快速眼动期、一个无需遵循自然法则的精神世界——眼睛却是闭着的。当然，从某种程度上讲，梦游者虽然睁着眼睛，有时其行为却是某种欲望的表现，是内心中某种渴望的实现形式。梦游跟做梦的确有些相似，区别只在于梦游者走下了床，四处走动而已。不过这其中也有问题，而且是一个大问题，那就是，梦游者把自己的欲望、梦想带进了一个真实的世界、物质的世界，一个必须遵循自然法则的世界。

　　这便是梦游者常常觉得焦虑和不安的原因——作为一个正常人，他想要什么，有什么梦想什么欲望，他自己最清楚，同时也清楚这些欲望和梦想可能招致的后果。梦游者醒来后，通常记不起梦游的过程和内容，但这种失忆也有个体差异，有的人会忘得一干二净，有的人只想得起一些零碎的片段。但无论如何，梦游的人都有足够的理由感到胆战心惊。

　　为什么？因为梦游时，我们的眼睛虽然睁着，但至于看到了什么，只有自己清楚。

第六章

客厅的一头还散落着一张张报纸,上面刊载着妈妈失踪的新闻以及后续报道。这些报纸我们一直舍不得扔掉,也舍不得拿来另作他用,只好任由它们堆在房间的一角。旁人看地板上铺了一层纸,还以为是主人要重新粉刷房间,可惜还没动工便放弃了。就这样过了多日,我总算忍不住,把报纸一张张拾起,抹平边角,整齐堆放成一摞,手指上于是沾上了少许油墨,且大多来自我那美丽动人的妈妈的照片。整理完毕,我把报纸搬到阁楼,放在一只纸箱上,箱子里装着妹妹小时候玩过的芭比娃娃。客厅里突然少了这些报纸,爸爸和派格却从未向我问起。

9月即将过去,东边连绵的群山上,一朵朵灰云积聚在一起,久久不肯散开,秋天的太阳有如强弩之末,无力拨开云层显露光芒。明天就是秋分,要不是因为打算去伯灵顿,我多半会生起书房里的壁炉,燃起今秋家里第一团暖火。明天会下雨吗?已经天干好久了。

换衣服的时候,我打量着身上的毛衣,看了许久,心里有些厌恶。要是在学校,遇到和男生出去约会的情况,我会问艾丽卡借套衣服;可这会儿是在家里,在佛蒙特,没办法。穿连衣裙吧,我想，于是从衣柜里拿出三套裙子，连同衣架一起扔在床上。其中有条带圆点的衬衫式连衣裙，腰上有带子，可以束腰的，是不是该穿这条呢？再一想，不就是跟个警察出去吃顿午饭吗？穿这个估计太正式了些，好像一个迫不及待要出去约会的剩女一样，我不太喜欢这种感觉。想了想，我走进爸妈的卧室，看看是否有妈妈的衣服适合我穿。妈妈比我高十二厘米，所以不管哪件衣服，穿在我身上都太大，不过总得试试运气，说不定有哪件还行，大不了把袖子挽起来。

运气不错，还真找到了。一件挪威羊毛开衫，红白灰相间，纽扣有跳棋棋子大小，长度足以遮住大腿，下身配牛仔裤很是好看。初秋时节穿开衫似乎有些太厚，不过毕竟是在佛蒙特，今天下午再暖和也不会超过十三度。我换上牛仔裤，穿了一双黑色的鞋子，鞋面四周缀有丝带。

开车去伯灵顿，一路上我颇紧张。还好提前了将近一个小时出发，路上听听音乐，让心情平静下来。自从大二期中以来，我就没真正交过男友。以前和卡尔——他跟艾丽卡一样，立志想要改变世界——一起去参加过聚会，甚至上过床，可还是算不上男女朋友关系。大一结束后的那个暑假，我和他没在一起过；卡尔的理想是拍摄纪录片，当时正在公共广播公司的纽约分部实习，而我呢，正在佛蒙特北边巡回表演，为小孩子们的生日聚会变戏法。那段时间，我从来没有想过他，他也肯定没想过我。大概正因为这个，那年圣诞节前我们便分手了。现在回顾起来，当时两个人相当友好，友好得有些怪异。

那年我十九岁，当时居然觉得自己很爱卡尔。高中时谈过一个男朋友，感觉也是一样。

总之，我从来没有和比我大的人约会过。换句话说，和我约会的人，从来没有谁是真正的大人——想起"大人"这个词我不禁笑了，虽然是一个人开着车，还是忍不住骨碌转了几下眼珠子。

我下意识地摇摇头，尽力不去想卡尔，不去想以前那些男友。不就是去跟妈妈的一个朋友吃顿便饭吗？竟然把它看成约会，我是不是想多了？吃个午饭，说不定能打听出点儿关于妈妈的消息来，也许很重要、很有意思呢？这不结了，哪还需要别的理由呢？话虽这么说，我还是觉得有点儿心虚。

烘焙店里，里克尔特已经到了，正坐在窗户边上的一个角落里，脸朝着店门。我有点儿意外，他怎么穿得这么随便，跟上次出席他外甥女的生日聚会时一样？很快，我想起来了，他上次跟我说过，今天不上班。椅子背上搭着一件皮夹克，深褐色。

"天哪，"里克尔特站起身来，招呼我，"你穿的毛衣是你妈妈的。"说着向我伸出手来。

我停下脚步，一动不动地看着他，有点儿发窘："你认得？"

"认得。你妈妈很喜欢这件毛衣，既暖和还有口袋，不过还是把它叫作'剩女麻袋'。"

"哦，谢谢，你可真会说话，让女孩子自我感觉良好。"

里克尔特摇摇头，说："你很漂亮，你妈妈以前也很漂亮。不过作为男人，我还是更喜欢你打扮成魔女丽安娜，而不是剩女丽安娜。"

"天太冷，露脐衬衫不好穿。"

"还有伊斯兰长裤。哦，我知道了，很抱歉，刚才纯属条件反射，不应该那么说，什么都不该说。重来一遍吧。丽安娜，很高兴见到你，谢谢你来和我一起吃饭。"说完，他为我拉出椅子。

我坐了下来。

"这还差不多。"我说。

"再来一遍,是我不好。"

"我是不是应该说,你很厉害嘛,居然连一件毛衣都能记得。很多男的可能连看都不会看一眼。"

"很可能。"

"不过,你好像一直对它耿耿于怀似的?"

他呵呵一笑:"'耿耿于怀'?言重了吧?"

我差点儿说出:我妈一定对你影响很大吧?话都要说出口了,我还是硬生生咽了下去。"这地方的味道真是太棒了。"我说,使劲儿吸了一口空气中的香味,是面点中的砂糖味儿、香草味儿和枫叶糖浆味儿。店里有十几张桌子,只剩一桌没人,食客大多是学生和伯灵顿的上班族,有的谈笑风生,有的凑得很近聊着天。

"是的。来这儿吃饭有讲究,诀窍嘛,看你是先点主食还是先点甜点。倘若先点三明治,那你可就停不下来了,准保吃得干干净净,然后甜点就别想吃了。"

"我可是先吃甜点的女生呢。生命短暂,享受在前。"

"很明智嘛。在这种地方就应该有这种心态。"

他转过去,朝放甜点的玻璃柜子点了点头,又把目光投向长黑板上写着的字,都是些特别推荐的午餐食品。"在这里吃饭,是自己去那边点菜,然后他们端到桌子上来。我们应该先决定好要吃什么,免得被人家踢出门去。"

午饭营养不太丰富,巧克力蛋糕没加面粉,碳水化合物含量估计不高——也好,我跟派格不一样,这段时间没怎么锻炼,顶多用吸尘器打扫一下地板，而且并不频繁。刚才那份蛋糕真是大得出奇，我还点了一杯卡布奇诺，泡沫中间荡漾着一个肉桂色的心形图案。

"对了，你和我妈都来这儿吃些什么呢？"我忍不住好奇地问面前的警察。还好，这个问题也算无伤大雅，"纸杯蛋糕吗？大的那种？"

"通常是一块枫糖蛋糕，加了香草糖霜和核桃的那种。另外，跟你一样，点一杯卡布奇诺。"

我点点头："不奇怪，她就喜欢枫树做成的食品，包括枫叶糖浆。"

"我有一次还看见她吃枫糖奶昔呢。"

"除了这儿和咖啡店，你们还去别的地方吧？"

"猜对了，我们还去过卖冰激凌的地方，吃那儿的奶昔，就在医院的对面，往下走两个路口。"

"哦。"

"要不要我把所有跟你妈去过的地方都列出来啊？"

"也许吧，今天就算了。"

"那就好。"

"你俩谈些什么呢？应该不会只谈梦游和做了些什么梦吧？"

里克尔特正在吃一个巧克力花生酱纸杯蛋糕，蛋糕足足有垒球那么大。听了我的话，他用叉子挖了一块蛋糕放进嘴里，轻轻说了一句："太好吃了。"然后继续说，"我们经常说起你和你妹妹。真的，她很爱你们姐妹俩，总是跟我说起你表演的魔术，还有派格滑雪的事。给我的感觉是，你妹妹还没学会走路就在滑雪了。"

"吹牛。"我脱口而出。话一说出口，我便后悔了，虽然不过是姊妹间本能的反应而已。

"而且她很喜欢阿姆赫斯特学院,觉得你能去那儿上学很是了不起。"

"我上大一的时候你调走的吧?然后你俩就没见过面对吗?"

"对,我们开始见面是在你上高三那年,学期快结束的时候。"

"我妈妈说起过我爸吗?"

"说起过一点儿。"

"实际上没怎么说起过?"

"对。"

"也就是说,该怎么说好呢,就是说起我爸的时候,我妈没有表现出类似于对我和我妹妹的那种情感?"

"哦,她爱你爸,这个我从来没怀疑过。反正我从来没想过她会不爱他。"

"那你说说,她为什么从来不提起他呢?"

"一个女人在另一个男人面前说起自己的丈夫,多半意味着这两个人是情人或密友。我和你妈不是——至少不是那种意义上的密友。我们在睡眠问题上可以无话不谈,我说的可是单纯的睡眠。"

"不过还是挺亲密的。"我小心翼翼地说。

"那倒不见得。"

"还有,你刚才说了,有外遇的女人不会说起自己的丈夫?"

"大概是的。我从来没跟有夫之妇上过床——对不起,我是说发生过性关系。"

我放下手中的叉子,面前的蛋糕才刚吃完大约三分之一。要是换了平时,喝上几杯酒以后,这点儿蛋糕我肯定能吃完。可现在呢?我已经吃不下了。"这个事情我只是想理出个头绪而已。一年半多的时间,你和我妈见了八九次,然后你调去了沃特伯里,从此就没再见面了。是吧?"我问。

他像个小男孩儿似的笑了:"还是不相信我?"

"相信,不相信我就不会来了。我只是想搞清楚一件事——你和我妈之间什么关系。"

"除了睡眠和梦游,别的什么也没有。我和她也就是交流经验,属于那种小型的梦游互助团队。"

"我也想这么认为。"

"你可以的。"

我想起了妈妈的电脑和手机,都是警察拿去检查又送还回来的。假如妈妈和面前的警察真的是因为后者调到沃特伯里才不再见面的,为何他们没有在邮件和短信里提起过?以此类推,为何没有任何记录显示他们曾吵过架什么的?

"看见那两个人了吗?"里克尔特突然问我,指着外面街上慢慢走过的两名警官,他俩都穿着制服,一副信心十足的模样。

"嗯。"

"我认识他们。伯灵顿最好的两个警员,跟恶棍只差了那么一小步。两个都是。"

"真的吗?"

"很多警察都是。其中一些嘛,亦正亦邪,警匪差不多就是一家。"

"你怎么就成州警察了呢?"我问他。

"是不是在想,我怎么会没有站错队、弃明投暗呢?"

"差不多。"

他往后一靠,说起自己的故事来,足足讲了五分钟。上中学的时候，他说，自己活得真的是乱七八糟，后来运气极好，居然上了所州立大学。十六七岁那两年又是吸毒又是飙车，干了不少荒唐事，居然没被抓起来。后来都上大三了，仍旧不清楚未来要干吗，只是隐约觉得，应该做点儿什么刺激的，而且还能留在佛蒙特州。那年感恩节回家，来了位客人，他父母的朋友，做州警察的，绘声绘色地跟大家说起那些"方向盘后面的白痴"，让他立马来了兴趣。毕业没过多久，他就进了匹兹堡的州警察学校。

外面开始下起雨来，细细的雨丝飘落在人行道上，把地砖染得灰黑灰黑的。

"天哪，"我说，"下雨了。8月份开始就没下过雨，是吧？"

"也不会下很多，解决不了干旱问题。"

"毕竟下了嘛。"

"那倒是。"他附和了一句。

我想起那天他在外甥女生日聚会上说过的话，是关于盖尔河的。如果旱情持续下去的话，他说，河水会继续回落，我妈的尸体说不定就会冒出来。想起来都令人毛骨悚然。说实话，我现在是既想早点儿有个了断，又满心希望不要太快结案，当然后者更甚。

"这个工作有你当初预想的那么刺激吗？"我问。

"没有。不过这样可能更好吧，就跟坐飞机一样，连续飞很多个小时，无聊得很，中间穿插点儿恐怖事件就好过多了。不过话说回来，我要的是对工作感兴趣，而不是去体验恐怖。说了你别不信，以前我经常在路上拦下一些皮卡车，开车的还是高中生呢，一个个觉得自己跟超人一样，脚一踩就是一百码的速度，当时我可是把他们从驾驶室里拽出来的。还有车祸现场的那些尸体，那种日子真是不堪回首。现在的工作我喜欢多了，脑力劳动，性质完全不同。"

　　窗外，一个身穿黄褐色雨衣的妇女走了过去，两只手提着衣领，免得雨水飘进脖子里。我的心腾地跳了起来：这女人的头发竟然跟妈妈的一模一样，都是那种罕见的金发，而且更巧的是，妈妈也有一件那样的雨衣！可惜，她一回头，我就知道错了——她比妈妈年轻多了，长得也根本不像妈妈。

　　"你没事吧？"里克尔特警官问道。

　　我转过头来，说："我好想妈妈。"

　　"我知道，"他说，"我也一样。"那一刻，我都以为他会凑过来，拉住我的手，安慰我。可惜没有，真让人失望。"我也一样。"他又说了一遍，这回叹了口气。

"多导睡眠图"这个词语看似生僻,其实不难理解,看它的几个组成部分就知道了。"多导"意味着"多部位检测以获取讯息","图"表示"图形""图表",是由电波信号转换而成、在电脑屏幕上显示出的图形,"睡眠"则表示这些图形信息和人的睡眠相关。"多导睡眠图"就是用来监测人的睡眠、研究睡眠活动和特征的一种图形、影像。

做多导睡眠图检查时,被检查者身体上多个部位——包括双眼——连接着二十二根电线和传感器,以便监测其身体的活动情况(其中自然包括眼球运动)、心跳和血氧饱和度等。头部连接的电线用于脑电图监测,记录其脑电活动。被检查者入睡后,摄像机会录下整个过程。

看到这里,有些人会问:身上连接这么多电线和传感器,能睡得着吗?答案是肯定的:睡得着。

说到睡眠录像,我觉得,在我的那些录像中,一定会有那么一段,是和性爱密切相关的。

第七章

下午,派格去大学游泳,在泳池里一游就是好几圈。我在池子边晃荡,看着她游,她却不乐意了。要不要去爸爸的办公室打个招呼呢?我心里想。可要是他在跟学生谈话,又未免会打扰到他。没办法,我只好停下脚步看妹妹游泳。水池边上,派格弯下腰,十个手指尖放在脚趾头上,小而健美的身体收缩、绷紧成一团,眨眼间又突然伸直、拉长,双脚腾空而起,"扑通"一声,像个鱼雷似的一头扎进水中,溅起一团漂亮的水花,身后泛起一连串泡沫。池子里就她一个人,池子边上除了我也没别人。游泳馆里回荡着"哗啦哗啦"的划水声。我向她挥挥手,明知道她不会注意到,哪怕注意到了也不会停下来回应。旁边有个小吃店,我漫不经心走过去,想去买杯咖啡,顺便拿一份学生们编的报纸看看。走到跟前,一时却想不起要买什么了,满脑子尽是里克尔特的影子。就是在心里,我也还不确定应该怎么称呼他。

从伯灵顿的烘焙店出来的时候,天还在飘雨,雨不大,细细的。里克尔特陪我去取车,刚走到跟前,一下子便认出来我开的是妈妈的越野车,就像先前认出妈妈的毛衣一样。刚才在店里,他又跟我说了声对不起,说不应该拿我身上的毛衣开玩笑,接着便问我,周六晚上是怎么安排的。蒙特利尔有一家演喜剧的夜总会,他说,周六晚上恰好会来一个魔术师,去见见他应该挺有意思。从巴特勒去蒙特利尔很远,开车要三个小时,他这么说让我心里打鼓。什么意思呢?想让我在那儿和他一起过夜吗?再考虑考虑吧,我对他说。我是这样想的,如果答应,那么原则性的东西现在就得拿个主意——结束后是他开车送我回家呢,还是两个人待在蒙特利尔不走了?另外,还得想好,我俩要真有什么事,要不要告诉爸爸呢?那可就突破我的底线了,因为我现在还真是没作好向爸爸坦白的准备。再说了,真的应该跟爸爸坦白吗?

就快上车了,我俩站在人行道上,里克尔特突然拉住我的手,轻轻吻了一下我的脸,淡淡的,没什么特殊的感情。"雨中吻一个女孩子,很稀奇很浪漫,让人向往不已啊。至少我是这样。"他柔声地说。

回想起这一幕,我站在大学的小吃店门口,情不自禁伸出手,轻轻摩挲着脸上他的嘴唇亲吻过的地方。

从大学开车回家的路上,我想起中午看见的那个身穿黄褐色雨衣的女人,她的头发和妈妈的很相似;随后我又想起,过去这个月其实见过不少女的,她们都让我联想到妈妈。偶然瞥见她们的背影,我的心会猛地跳起来,脑子里有个声音在惊呼:是她!就是她!她还活着!然而转瞬之间,希望化为泡影,无限怅然之中,心如乱麻,仿佛大梦一场后醒来。来日方长,以后这一生中,该有多少次,在公交车上,在商场里,甚或在爸爸工作的校园的小路上,我会把那些闯入眼帘的身影错认为妈妈?又该有多少次,内心中的狂喜会刹那灰飞烟灭?待我活到五十岁、六十岁甚或七十岁时,是否还会在恍惚之中,瞥见她的身影,永远不变的身影,从我面前轻轻飘过,消逝在机场宽阔的大厅里?或者匆匆从我身旁经过,穿过高楼大厦的走廊,冲进即将关闭的电梯?电梯门轻轻关上,我和她是不是又将永远分离?

"今天怎么样?"吃晚饭了,爸爸问派格。

派格盯着手里的墨西哥肉卷,那是我从巴特勒的杂货店里买来的。"简直太奇特了,"她说,"中午吃饭,肯尼又拿了詹妮弗的盘子,去舔里面剩的面条和奶酪。好讨厌啊,恶心死了。他都得了三个泡泡了。"派格上的初中就在附近,学生们住在周围四个不同的村子里。学校为了鼓励孩子们守规矩,发明了一种名叫"泡泡办法"的制度。学生只要表现不好,名字后面就会被画上一个大泡泡。泡泡数量达到四个时,校长就会找学生谈话,给家长写张字条,把学生放学后留下来,不准他们按时回家。派格说的男生叫肯尼·希尔顿,是艾略特和颖芝的儿子,早已登上了泡泡榜。这男孩儿我其实很喜欢——大家都挺喜欢他,包括派格,尽管她不会承认。不过话说回来,肯尼也确实是个捣蛋鬼。

"那他被叫到唐娜的办公室去了?"我问。唐娜是学校的校长。

"当时没有,因为詹妮弗没去告他。可是后来我们在讨论莎士比亚的剧目时,他还是被校长叫去了。"每年春天,学校六年级和七年级的学生们都要表演一场莎翁的戏剧,而且年年不同。上演的剧目虽然在原著基础上改编了很多,但演出依然十分精彩。演出前孩子们要排练好几个月,爸爸偶尔也会带上一批大学生,到巴特勒来观看表演。"十二岁的孩子表演莎士比亚的剧目,"爸爸曾经说过,"那是非看不可的,否则就等于没有真正看过莎翁作品。"

"怎么回事呢?"我问,"他又干了什么?"

"他老是把教鞭当剑玩儿,还说莎士比亚剑不离身呢。"派格回答说,一边把杯子里剩下的牛奶喝下,做了个鬼脸,告诉我,"我觉得牛奶好像变质了。"

"哦,莎士比亚也不是剑不离身的,"爸爸纠正派格,说着拿起她的杯子闻了闻,耸了耸肩膀,继续说,"不过有时候倒是需要剑的。今年演出的是《皆大欢喜》,对吗?"爸爸看着妹妹,脸上带着微笑,双手放在大腿上,耷拉着肩膀。真不知道什么时候爸爸的笑容才不会如此哀伤,如此凄惨。

"嗯。"

"剧中至少有一处是提到了剑的,写得非常妙,我念给你听啊:'记忆中,以剑击石,石未破剑却碎,那是我坠入爱河之时。'不过嘛,击剑格斗这种事倒是没有提到过。肯尼要演士兵什么的,也不能随便拿个道具来当剑啊,挥舞过去挥舞过来不像那么回事。"说完他转过头来看着我,问,"你呢,亲爱的?"

"我?"

"今天做了什么呢?"

很明显,爸爸说这些话,是在努力同绝望作战。说实话,我真的想表示一下支持,做给他看看,我也是对生活——我自己的、派格的生活——有一些兴趣的,可是一想到妈妈和里克尔特的关系那么暧昧,话到嘴边又咽了下去,和里克尔特一起吃午饭的事就没有告诉爸爸。还是暂时保守秘密吧,我想,于是临时编了个谎话:"看书,还有就是看外面下雨,下雨的样子很有一种神圣感。"

"你没出门?"

"出了,去接派格放学,然后去了游泳池。"

他点点头,沉默了。要是换了以前,爸爸一定会问我看了什么书。

"这几天你做梦多不多？比平常多吗？"派格问。

我坐在书桌前，吸着大麻，一旁的窗户只开了两三厘米。回房间的时候，我把带视频接口的小电视搬了上来，观看一场魔术表演的录像。录像带是我在萨默维尔的一个魔术"商场"弄到的。说是"商场"，其实也就是一个小商店，一套房子的饭厅和客厅加起来大小。房子很破旧，以前属于高档小区，如今已经破败不堪，没多少人愿意住下去了。商店跟古玩店有些相似，东西堆得到处都是，人走进去颇有些胆战心惊，生怕一不留神碰掉个宝贝物件什么的。唯一的区别是古玩店里放的是瓷灯和英式写字台，而这家商店里却是堆积如山的木盒和金属罐，这些玩意儿一层又一层地码在沙发和椅子上，颜色鲜亮，非常惹眼。商店的一面墙边放着一个架子，很高，一把把脏兮兮的折纸花束和一些旧丝巾随意地堆在架子上，原本鲜亮的荧光色已经随时间流逝而黯淡了。到马萨诸塞州上大学后不久，但凡是去波士顿附近的地方，这家商店我总要经常光顾，权当朝圣之旅了。店家是位绅士，比我外公还老，两只手关节突出，长满了老年斑。他以前表演魔术非常成功，艺名"恶人罗兰"，真名其实叫林赛·麦克迪，现实生活中根本和"恶人"扯不上一点儿关系，因为他脾气极好，在生人面前甚至有些害羞。我的外公外婆住在康科特附近，上大二时，有一次我们全家去看他们，我还把爸妈和派格带到了萨默维尔，专门去拜访林赛。在我表演过的魔术中，有四个戏法就是从他那儿学来的，其中两个是因为我去萨默维尔时特地请他出来喝茶，他就亲自传授给我了。跟大多数魔术师一样，林赛也是一位讲故事的高手，跟我聊天的时候，总要说起他以前那些情人、搭档和助手，逗得我开心不已。不过，林赛也和其他的魔术师——还有他那个年代的男人们——不一样：他是个真正喜欢思考、善于倾听的人。虽然一年中我和他见面顶多三四次，可是在某些方面，他对我的了解程度丝毫不亚于我的任何熟人。我非常喜欢他的商店，非常喜欢他这个人。妈妈失踪两周后，我给林赛写了封简短的信，他也回信了，斜体字书写，用的是那种老式而优雅的自来水笔，非常漂亮。因为妈妈只是失踪而不是死了，所以林赛在回信里并没有说什么节哀之类的话，但是回信及时，让人感觉很宽慰。现在想想，是不是应该找个时间再去拜访拜访他呢？

"好像是吧，比平时多。"我回答派格说，一边伸手按下录像机的暂停键。屏幕上，魔术师——一个三十多岁的男子，比"恶人罗兰"大概年轻五十岁——正在划一根火柴，等火柴一划燃就把火焰变成活的鸽子——此时他身旁已经变出了两只鸽子。什么时候我也能用上活的动物呢？我心想。问题是，即使能用，可是我一旦上学去了——假如能回学校的话（应该能，一定能，我对自己说）——谁来照顾它们呢？还有一个麻烦，就是动物权利保护的问题。在魔术表演中使用鸟类和小兔子，"善待动物组织"一定不会答应；不要说他们，就是我自己也不答应。不过，要是真能变出活生生的动物来，观众准会佩服得五体投地。想想看啊，帽子里蹦出一只兔子来，那绝对是经典。

透过眼角的余光，我看见派格伸出一只手，煞有介事地在鼻子跟前挥舞着，仿佛屋子里弥漫着催泪瓦斯一样。真是扫兴。本来我是不喜欢在派格面前吸大麻的，可这会儿瘾发了真是难受。本想先吸完再说吧，没料到派格穿着睡衣突然在我房间门口冒了出来。

"干吗问这个啊？"我问派格。

"有时候我很担心，我会不会像妈妈那样？"

我立刻明白了她的意思。妹妹之所以问起做梦，原来是和妈妈失踪有关。派格还是个孩子，过分担心让她快受不了了，我应该安慰她才是。

"我才不会担心呢。"我想了好一会儿才说出口，"对不起，没说清楚。我是说，我做梦一点儿都不会影响睡眠。"

"父母有一方患梦游症的，子女患梦游症的几率比普通人要高十倍。"

梦游有遗传，这我了解，小时候我自己就梦游过好多次。不过，真的会比普通人高十倍？这个数据显然是派格在网上或者图书馆查到的。还有，她从《梅约诊所家庭健康指南》里看来的也有可能，这本书家里就有，可以说是专为忧郁症患者准备的小册子。现在脑子已经有点儿晕乎，听到这个数字，我觉得没什么意义。不过，即便是清醒的时候听到这个数字，我也会觉得它毫无意义。

"是吗？那就是说我也遗传了。"我安慰派格说。

"对啊。你记得梦游的次数吗？两次？三次？"

"不止两三次，要多得多，反正他们是这样跟我说的。好像持续了好多年。"

"那你也只是睡着睡着坐了起来，不认识爸妈而已。"

"有时候是这样，不过也还是叫唤醒障碍。"

"是小儿唤醒障碍。"派格说，"太常见了。"

"这个词你也知道？是上网查到的，还是在哪本书上读到的？还有你刚才讲的那个数字，也是这样来的？"

"现在信息很丰富的。"

吸完最后一口大麻,我把烟灰倒在盘子上。盘子本来是厨房里装甜点的,我特地带到楼上,就是为了干这个。倒完烟灰,我坐到床上,拍了拍身边的床垫,招呼派格也坐过来。派格顺从了,让我有点儿意外。

"数学的概率你学过了?知道概率什么意思吗?"

"意思是可能性。"她说,"几率,对吧?"

"对,表示事物发生的可能性,我们用它来估算事件发生的几率。所以我要强调一点:虽然唤醒障碍在我身上属于小儿病症,但是它仍然意味着我也从妈妈那儿遗传了这个毛病。既然我已经遗传了,那你有这个毛病的概率就小多了——过去是这样,将来也是这样。好了,我来问你:你梦游过吗?没有,根本没有。"

她看着我,说:"不对。"

"别开玩笑。什么时候的事?如果有,爸妈一定会告诉我的。"

"你错了。我告诉过妈妈,不知道她有没有告诉过爸爸。"

我有点儿发蒙。"你给我仔细说说。"我稳住心神,对派格说。

"是8月份的一个晚上——妈妈失踪前大约一个星期——我觉得我下楼去了一趟。"

"你觉得?"

"我的游泳包换了个地方。"

"是你自己记不起放哪儿了吧?"

"它跑书房去了,电视机旁边。我一直把包放在前门旁边,免得出门忘记。"派格对自己的游泳包非常上心——里边总是装着一条干浴巾、一套干泳衣,外加一副护目镜——跟她对滑雪装备的态度一样。有时候,她会穿着泳衣从游泳馆出来,浴巾围在身上,像条裙子似的,上车后便把浴巾摊开放在后排,让它晾干。反正不管怎样,每次出门,她总要认真检查一遍,确认要用的东西是否放进了包里。

"可能是你没注意,把包放进书房里了,也就那么一次嘛,"我说,"也或者是爸妈拿过去的。"

"还有啊,包打开过的。"

"打开过?"

"东西都拿出来了,放在地毯上。"

"妈妈怎么说?"

"她说我大惊小怪,肯定是我自己忘记收拾背包了。还说即使我半夜起来过,也只是偶尔为之。"

"那就好,说明你梦游的几率很小。"

她深吸了口气:"可是后来又发生过一次。就在上个星期,醒来以后,我居然在车库里。"

"真的吗?"

"真的,在妈妈的车里。"

"夜里吗?"

"嗯,半夜里。而且怎么走出去、怎么走进车库,一点儿印象都没有,也记不起是怎么坐到方向盘后头的,反正就是坐那儿了。"

"你确定吗?"

"确定什么?在床上醒来的还是在车库醒来的?这还用问?"她反问道,话语中充满了讽刺意味,"当然确定。"

跟许多小孩子一样,派格小时候也很喜欢坐在爸妈的怀里,手把在方向盘上弄着玩儿。虽然现在距离考驾照还有几年的时间,爸妈依旧经常把车让给派格,让她从车库里开进开出。

"你为什么没跟我说呢?"我问,"为什么没告诉爸爸?"

"我不想让爸爸担心,他自己都一团糟。至于你,现在不正告诉你吗?"

我想了想,说:"哦,那我得说声谢谢了。"

"我是说,我觉得,早知道这样,8月份那次游泳包的事就应该弄大一点儿,可是那会儿爸爸又要去开会,家里鸡飞狗跳的。你知道的,他第一次出远门,第一次不在妈妈身边,我可不想把他留下来,乱了大家的计划。妈妈可能也不想。"

派格的想法我完全理解,可是看她紧张的样子,我也不想火上浇油了。"我明白了,"我说,"看哪天还是跟爸爸说说吧。我倒真的认为没什么大不了的,你也别这么想。再等一两天吧,我跟爸爸说,或者你也可以告诉他。"

"好吧。"派格同意了,上身靠在床头板上,双手交叉抱在胸前,"现在,来跟我讲讲你的概率和几率吧。"

"我觉得你是过分担心了。"我笑着告诉她。

电视屏幕上依然还是那幅画面,魔术师刚刚把第二只鸽子放回身旁的笼子。有好一阵子,我和派格呆呆地看着屏幕。魔术师的脖子上文了一个太阳和一轮新月。

过了一会儿,派格问我:"梦游做过的事,你能记得多少?"

记不起多少,这一点我跟大多数梦游者一样。只记得有一次,梦游醒来,看见妈妈在一旁抽泣,家里发生大事了,天都要塌下来似的。那是晚上10点,我才六岁。记忆中,主卧旁的卫生间里,妈妈独自瘫坐在浴缸旁的地砖上,全身蜷缩成胎儿状,痛苦地抽搐着,身上穿着件白色睡衣,鲜血正顺着一条大腿流下来。梦游醒来的时候,我手里正拽着一只便携式芭比玩具屋,塑料做的,而且在这之前,我对妈妈哭泣的情景根本就视而不见。爸爸这时已经冲出家门,到车库取车了,留下我一个人突然清醒过来，看见妈妈出了这种状况，简直吓呆了，手里的玩具屋"啪"地落在铺了瓷砖的地上，摔坏了玩具屋的房顶和其中一面墙。一块细小的塑料片飞起来，正好打在妈妈的脸上，把她眼睛下面的皮肤割破了。鲜血和她的泪水混杂在一起，伤口看上去愈发恐怖了。

直到好几年之后，妈妈才跟我说起那天晚上到底发生了什么事：是流产，她的第三次。以前她流产过两次，所以这次刚有点儿动静，她就已经明白，又一个孩子保不住了。

"什么都记不得。"我告诉派格，"真的什么都想不起。"派格还小，这会儿又特别焦虑，所以我最不愿做的事情，就是和她分享那场噩梦一样的经历。心里本来已经够乱的了，说这些不是雪上加霜吗？

"一点儿都记不得？"

"记不得。"

派格似乎想了想，问："那这些天又梦到什么了？你刚才不是说梦更多了吗？"

"我这个人，做过的梦不大能记得起的。"

"一点儿也想不起了？"

"那倒不是。昨天晚上还做了个梦，梦见校园里的一幢房子——也不是整个房子——有八个面，叫八角大楼什么的。我在里面上过两次课，房子比较旧了。"

"然后呢？"

"我倒是想跟你讲点儿有趣的、新鲜的事，可是我只记得当时嘴巴里在嚼香烟。"

"哇，好恶心。干吗要嚼？"

"还有更恶心的呢，因为烟是点燃了的，我是在变魔术。"

"屋子里还有谁？"

"另外还有两个人，不知道是谁。"

"说的对，确实没意思，恶心死了。"

我笑了："好吧。你呢？做了些什么梦啊？"

"梦见猫咪乔了，它在看着妈妈走出家门。"

"真的是做梦？"

"真的。"

"嗯，说不定它是真看见了。"

"我跟它在一起呢——在梦里头。我们跟在妈妈后面。"

"她去哪儿了？"

"我也不知道，所以都急死了。只记得我和猫咪一起跟在她后面，她下了楼，打开前门走出去，顺着大路朝村子那边去了。我们一直跟着她，她还走路中间呢，走黄线，不过也没关系，反正是晚上。"

"那倒不一定，是晚上梦游，走路中间更不好。"

派格气得翻白眼："我是说晚上没多少车在路上开。"

"哦。"

"好啦，反正就我、妈妈和乔。妈妈离我们也就二十五米远，你知道的，学校游泳池那么长。"

"你喊她了吗？"

"我想喊，可是喊不出来，喉咙哑的。做梦都这样，是不是？然后她就不见了，太让人沮丧了。"

我想了想："你们走到小超市了吗？到桥那儿没有？"

"没有。后来嘛，莫名其妙，我和乔又在家里了。"

"我不是专家，这个梦不知道怎么解释。不过，做这个梦大概说明你很想妈妈吧，仅此而已。"

"哼。"

"你问我的。"

她伸出手,指着电视屏幕上的魔术师和鸽子,问:"你不会也去弄几只鸽子来吧?"

"不会。"

"那就好。否则乔要是把鸽子给吃了,或者它们死掉了,会很伤心的。"

"天哪,你这人怎么这么恐怖!"

"这不叫恐怖,"她说,"叫面对现实。"

✧

　　你会在睡梦中手淫。你自己不知道，是别人告诉你的。没办法，控制不了。对有些人来说，只是在睡梦中手淫、自慰而已，没别的。

　　是啊，没……别的。

　　遗憾的是，你不止会这样。夜幕笼罩、昏昏然、睡眠第三阶段慢速脑电波、非快速眼动期……这颇有节奏感的一系列临床术语构成了一首不太优美的诗歌——事情就从这里说起。一开始，你的心跳蓦然加快，内心感到一阵狂乱，似乎刚从睡梦中醒来。可是你明明还在睡眠之中，前额叶皮质处于休眠状态，对于四肢即将采取的行动，它真的是无能为力，只好任凭双手往下身摸过去。有时，光是自慰远远不够，一双手于是伸向旁边躺着的人——不管那个人是谁。要是旁边没有其他人呢？没关系，身体自会起来走动，去寻找能满足它的人。

　　睡眠与清醒，有意识与无意识，它们之间真的有界限吗？真的是隔了一堵墙吗，像柏林墙那样？其实不是。它们之间，也就隔了一层纸，就像光谱上连成片的两个区域。

　　这层纸一旦捅破，最后的防线也会随之崩溃，接下来的，是颤动，是自我释放，是睡醒后的羞愧。更糟糕的是，这张纸还经常被捅破。

第八章

　　推着购物车走在小超市里,对二十一岁的我来说是一种全新的体验。过去许多年,我曾经无数次逛过超市,然而没有哪一次是像现在这样,推着个金属手推车,走过一排排货架,漫不经心地选购商品。小时候,我坐过手推车,也在手扶推车的爸妈身边蹦蹦跳跳地走过。后来,派格坐进了推车,我在旁边一边走一边买。再后来,我去了阿姆赫斯特,那儿的超市也没少光顾,假期回家也依然到这儿的超市为家人采购。只是,每次拿在手里的也就一个塑料篮子。若是忘了拎上篮子,就干脆把一袋猫食、一堆苹果和几罐奶油搂在怀里,像个马戏团里的小丑一样,一歪一扭走到收银台。时光荏苒,现在我倒喜欢上手推车了。当然了,若是每周都得前来采购,乐趣一定大打折扣。心里虽然这样想着,可总有一种恍若隔世之感,难道我是在做戏不成?有那么一两次,周围竟然没有别人,高高矗立的货架之间,明亮的灯光之下,是一望无际的过道。我抬起脚尖,轻轻踢了一下推车,推车便顺势滑向前方,轻飘飘跑出去竟然有五六米远。本想再来几次,不料第二次推它时,它竟打了个转儿,像个保龄球似的骨碌滚出去,一头撞上摆满盒装麦片的货架,力道居然很大,货架顶端的几只纸箱"哗啦"一声跌落下来,吓得我心里突突直跳。即便这样，像采购这样平常的家务事后头，依然藏着我那逝去的童年以及浓浓的哀愁。那些年，派格还未出生，每逢周六上午，爸妈总要带我去超市采购。超市里，我总要拉着爸爸或妈妈，在一排排货架旁流连驻足，买上自己喜欢的物品，把它装进幼儿园或学前班的小书包，或者和学校的午餐盒放在一起。关于过去的那些点点滴滴，有的也许真正发生过，有的也许是在后来的日子里，在茶余饭后和爸妈的交谈中即兴杜撰出来的，还有的也许是在翻看幼时的影集时发掘出来的——那影集里记载着我和小伙伴们的快乐时光。至于是哪一种，我却怎么也记不清了。后来，上了小学二年级，那之后的日常生活即便现在回想起来，也都历历在目——有午餐喜欢吃"美而美"三明治的日子，有喜欢吃花生酱加香蕉三明治的日子（后来都上大学了，每次从学校回到家里都很馋，仍旧最喜爱这种三明治），还有喜欢吃咖喱鸡蛋沙拉的日子（说到这里，我还真算得上是个超级美食家）……

　　细想起来，幼年那些往事多半是杜撰的产物，可是这又有何妨？每当脑海中回放这些画面时，心里总会觉得无比舒畅、无比放松，以致让我深信，所有关于超市的记忆都是那么真实、那么触手可及——那时派格已经出世，妈妈在家照顾尚在襁褓中的妹妹，采购的事自然落在我和爸爸身上。真是物是人非啊，就在我此刻伫立的地方，两排货架开外，手推车的后面，便是超市的面点区。记得那年要庆祝十岁生日了，我和爸爸来超市采购物品，买蛋糕粉、糖霜、面包屑和蜡烛，都是做纸杯蛋糕要用的。（想起那时过生日要爸妈做纸杯蛋糕而不是生日蛋糕，每个纸杯还要装点成不同花样，而且爸爸居然满口答应，我不禁会心地笑了，笑自己竟然可以如此矫情。）妈妈那时还在给派格喂奶，所以爸爸自然成了生日聚会上的搬运工，为了前来为我庆祝生日、在家里过夜的小伙伴们跑上跑下。第二天是周六,朋友们回了各自的家,爸爸便带我去了波士顿,到一个名叫"魔法俱乐部"的地方看表演。俱乐部坐落在一家喜剧表演厅的二楼,又破又旧,每逢周末借给魔术师们表演节目。那天的演出真是让我大开眼界,之后到二十一岁前,我已经在那儿表演过两次,其中一次,"恶人罗兰"也来观看,还给我送来了鲜花。

"丽安娜?"

我正在独自遐想,听到有人叫我。回头一看,是玛丽莲·布莱斯,妈妈的朋友,在爸爸眼里是个让他抓狂的人。玛丽莲住在巴特勒镇后面的小山上,是个陶艺家。以前爸妈时不时拿玛丽莲开玩笑,爸爸甚至给她的工作室取了个名号,叫"和平、爱和扎染",说她靠卖大麻为生,但凡有人经过工作室,她都会拿出货真价实的大麻兜售——其实不是这回事。在佛蒙特的画廊里,玛丽莲的陶器每件能卖几百美元,在马萨诸塞州和曼哈顿的画廊里甚至能卖一千多美元。玛丽莲的丈夫叫贾斯汀,好像极少在巴特勒露面——不是去了他在米德尔伯里或伯灵顿开的酒馆,就是到其他某些餐馆"访学"去了。玛丽莲夫妇有个儿子,叫保罗,比我小三岁,常跟他妈妈一起吸大麻,懒散得像只饱食终日的家猫,好像在上大学一年级,不过我有点儿不好意思,因为总也记不起他上的是哪一所大学。

"你好,玛丽莲。"我说,还是有点儿走神。

玛丽莲身上穿了件黑底带紫的裙子,是农家妇女常穿的那种,下面套了条牛仔裤。裙子上的印花是阿拉伯风格的,有几次表演魔术时,用的道具上就有这种图案。玛丽莲身材高挑,又浓又密的红褐色长发今天梳成了一条辫子,长长地拖在背上,一直垂到腰间。要不是因为两只眼睛之间距离太近,她也算得上是个美人。玛丽莲手扶着推车站在我身旁,活像一个屹立在讲台后面的发言人。

"我是一直在想,要不要去你们家看看。"她摇着头说,脸上带着一丝苦笑,似乎在自责,又好像对自己很失望。妈妈失踪后那些天,玛丽莲一直没露过面,大概是跟其他大多数人一样,生活照旧,对这种事也十分淡然了。

"我们还好。"我说。

"我知道你们还好,可是除了这样,还能怎么样呢?你什么时候回学校?"

"不回去了。"

"什么?"

"我是说这学期不回去了,可能1月份再回去吧。"

"天哪。"

"没关系的。"

"跟我再说说吧。你爸呢,还好吧?派格怎么样?"

"我刚说了,都还好,就是有点儿累了。我的意思是,事情很麻烦,可是又有什么办法呢?爸爸要上课,派格要上学,还要练游泳,我嘛……"我指了指装满纸巾、猫食、咖啡、麦片、饼干和啤酒的推车,说,"我要买东西。"

"看来没你不行。"

"也不是,我……我反正就留下来呗。"说着我飞快瞟了一眼玛丽莲的推车,不过马上觉得这样有点儿不太好,那是人家的隐私——虽说推车是公用的,可里面的物品却是关乎个人的。我把视线移开了。

"有新的线索吗?"玛丽莲问。

"没有。"

"一个大活人怎么就失踪了呢?"

"活人不会失踪的。"

"你们需要什么吗?"

我吸了一口气,想了想,说:"好像不需要什么。"

"确定吗?"

"确定。"我说。随后,我有点儿按捺不住地问道,"我能问你一件事吗?"

"丽安娜,你尽管问吧,问什么都可以。"

"你跟我妈在一起的时候——你懂我的意思——有没有吸过大麻啊?"之前我在网上读到一篇文章,说梦游患者吸食大麻可以减少半夜发病的几率。大多数医生认为这种观点纯属无稽之谈,不过玛丽莲喜欢大麻,这我是知道的,而且我也在想,妈妈会不会为了控制住梦游的毛病铤而走险呢?另外,我也很好奇妈妈到底是个什么样的人。我真想知道。

"没有。哦,有过。"

"是有过的,对吗?"

"偶尔吧,大概有那么两次。一次是她辞职了,不再去伯灵顿那家建筑公司干了,想冷静冷静。另外一次是你外婆查出来有老年痴呆症那天。"

"就这两次?"

玛丽莲警惕地看了看周围,似乎想确定过道上是否就我和她两个人:"让我想想啊,好像不止两次,可能三四次吧。你上大学以后我们吸过一次,后来是去年春天,保罗上大学那次,我们又吸了一次。"

"看来你们是生活中有了变化就会吸一次啰。"我说。想到这一点不禁笑了,"生活中的大事件,好事和坏事,反正是大事。"

"你们这些孩子,长大了,出去了,既是好事也是坏事,两样都是。说是坏事,是因为我们做爸妈的,都有点儿自私,不想让宝贝们离开家。可是话说回来,我们也觉得自己挺了不起的。我想说的嘛,就是现在保罗上学了,我那空荡荡的窝里就我一个人了。"

"那你们吸的时候,我爸加入过吗?你丈夫呢?"

"哎哟,孩子们长大了是吧,开始问起爸妈吸毒的事儿来啦?"

"哎呀,得了吧。"我半开玩笑地说,"你和保罗有时在一起吸大麻,我知道的。"

"这个嘛,那是……"

"对呀,我爸有没有跟我妈一起去你那?"

"来吸大麻?那没有的,你妈可不想让你爸或者你知道这事。"

"真的吗?也不让我爸知道?"

"真的。你妈吸大麻,你爸不让的。"玛丽莲说完哈哈大笑了一声,是那种发自肺腑的笑,实在让我感到意外。

这时,我脑子里突然冒出一个念头。要不要把它说出来呢?我问自己。不行,忍不住,还是得讲出来。

"应该是这样。"我说,"那我妈是不是有什么秘密瞒着我爸呢?你知道的,就是有什么事情,她会告诉你,但是不会说给我爸听的那种?"

听了我的话,玛丽莲顿时像触电一样站直了身体,每一根神经都似乎绷紧了。然后,她伸手摸了摸背上的辫子,似乎想要看看辫子是否还在:"什么样的事情?"

"我也不知道,闺蜜之间的那种事情呗。"我装作傻乎乎地说。心想，这样也许能让紧张的气氛缓和一点儿。

"比如说？"玛丽莲加重了语气。

"比如她梦游的事。"

"那可不是什么闺蜜之间的事，梦游可不是好玩儿的。"

"我知道。"

"不过你既然提到了，那我就告诉你吧，她的确跟我讲过这事。"

我竖起了耳朵。

"她感到很害怕。"玛丽莲停顿了好久，说，"所以才去了睡眠诊所。我说的是自从你那次把她从桥上拉下来以后。"

"她告诉你了？"

"对。"

"我还以为，怎么说呢，这件事她一定很难为情，所以不会跟别人说起。没想到她还是跟周围的人说了。"

"跟我说了。她真是吓坏了。"

"她说起过睡眠诊所吗？"

"嗯，我觉得她挺满意的，那边的人帮了她的忙，梦游控制住了，至少有一段时间。"

"是啊，至少有一段时间。"我附和着说。然后，不知怎么，也许是条件反射，"那天晚上我都睡着了，没醒。"这么说，原本不是想要玛丽莲同情我、安慰我，可是话一出口，我就知道，误会来了。

"别这样想，亲爱的，不是你的错，真的不是你的错，你别这么想。"

我摇摇头，心里内疚得要命，真想把自己像个贝壳一样找个沙堆给埋起来。"我妈有没有说起过那里的熟人什么的？"我问。

"睡眠诊所那边？"

"是啊。"

"干吗问这个？"

"好奇呗。"

"你是不是知道什么？"

"只是想了解一下她的生活圈子而已，就是她和那个……"

玛丽莲深吸了一口气："那个警官吗？他也找我谈过话的，不过这个也自然。"

"噢，那你知道我说的是谁了？"

"加瑞特嘛。"

"是加文。"

"对，是加文。他是在睡眠诊所认识你妈妈的。"

"他们什么时候认识的，我妈说过吗？"

"你想说什么呀？"

我俩这是在说台词吧？我心里想，这一来一往，绕过来绕过去的，都跑题了。还是直说算了："你有没有觉得，我妈和加文是在搞婚外情呢？"

玛丽莲叹了口气："没有，不是这样的，我看顶多也只是情感上出轨而已。"

"你说的我好像明白，可是又不完全确定。"

"你还小。我觉得你妈妈和加文只是互相喜欢而已，虽然年龄相差有点儿大，你妈妈比加文至少大十岁吧。他俩又不是小孩子，不会冲动行事的，而且你妈妈绝对不会做出对不起你爸的事，她不是那样的人。不过嘛，她和加文确实也有共同的东西。"

"他俩都梦游。"

"这个嘛，倒也是，不过我指的可不是这个。我指的是，他俩互相之间非常坦白，无话不说的那种。我觉得你妈妈哪怕在你爸面前也不会这么坦白，跟我也不会这么坦白。"

"你觉得她会跟加文说起我爸吗？说起他们的婚姻生活如何如何？"

过道里走来一个人，是个老太太，买东西的，身上穿的大概是她丈夫的法兰绒衬衣。老太太和我对视了一眼，两个人都微笑了。等她走了，玛丽莲回答说："也许会吧，不然有这种朋友关系的人会聊些什么呢？大概就是各自的生活中缺少什么啦，有什么缺憾啦，诸如此类的吧。我觉得有异性知己的人，一般都是婚姻出了点儿什么问题。"

"我爸妈的婚姻有什么问题吗？"

"哎呀，丽安娜，不是这样的。我只是说，你父母的婚姻也不是绝对美满的。你是个聪明的姑娘，知道大家都追求什么样的婚姻吧？"

"完美型的。"

"对。"

"那我爸妈的婚姻出什么问题了呢——在我妈看来的话？"

"我也不知道。我是说，可能也不该这样说，但是你爸这个人呢，也不是很容易相处的那种。他现在……"

"这段时间他的确受了很大的打击。"我为爸爸辩解，"他很痛苦。"

"噢，搞了半天你们不是太好嘛，我看你们不止是累了那么简单吧。"

"当然不太好。"我说，"其实是糟糕极了。好得起来吗？"说着我突然莫名其妙有些生气，这么短的时间里，玛丽莲就能把我们一家忘到九霄云外，妈妈和加文之间又有玛丽莲所说的那种情感上的出轨,这会儿玛丽莲又当面说我爸的不是,几件事情合在一起,真让我心烦意乱。

玛丽莲过来拉着我的胳膊:"你说的对,我刚才居然信以为真了。我自己还是个做母亲的呢,居然没看出来。去我家里喝杯茶吧?真的想和你待一会儿。保罗上学去了,我这边也孤单得很。贾斯汀也总外出,到处跑,家里还有工作室那边,都太安静了。"

我吸了口气,说:"好啊,当然好啦。"

"你看你,推车里买了那么多东西,在给你爸爸和派格做饭吧?要不周末我到你们家来吃晚饭?"

"可以啊。"

"那我到时打电话联系啊。对了,丽安娜,刚才不该告诉你那些事情的,对不起,真的。"

我把胳膊从她手中抽了出来,擦了擦眼睛,免得泪水流下来:"不用说对不起,有些事情可能知道了更好。"

"不对,不知道更好。"玛丽莲说。说完我和她拥抱了一次,闻到她裙子上有股大麻的味道。上次派格不也是闻到我衣服上的气味了吗?应该跟我一样的反应吧?真是越想越讨厌自己!玛丽莲刚才说喝茶,大概是指大麻吧?即使是真的喝茶,应该也会附带着吸点儿大麻吧?真是这样的话,到时我能抵挡得住吗?

加文在我手机上留了言,说他动作够快,搞到了两张蒙特利尔魔术演出的门票,希望我能和他一起去,否则去看表演的就只能是他爸妈了。听着他的留言,我呆呆地看着放在厨房灶台上的一小袋大麻,心里正拿不定主意,到底应该把它扔进马桶里冲掉,还是去把工具拿来准备吸上一顿?已经是正午时分了,家里就我一个人,买回来的菜都已经打开收拾好,楼下的地板我也用吸尘器打扫过了。正午的阳光透过窗户洒进屋里。这么明媚的天气，换了以前，一定会让我心情舒畅。可如今呢？阳光照射下，百叶窗上覆盖着的灰尘暴露无遗，玻璃窗格上一道道黑乎乎的东西也甚是显眼。

不想给他回电话。一提起加文这个名字，就让我想起那四个字——情感出轨。可是，一想到他，心依旧怦怦跳了起来，脸颊上似乎还有他嘴唇留下的余温。听玛丽莲说话的口气，好像对妈妈和加文之间的关系很有把握，不是那种身体上的出轨。可是她真的能确定吗？况且，即便真的没有对爸爸不忠，妈妈和这个男人的关系也非同一般啊。

想了半天，我还是没把大麻送进化粪池，不过也没吸上。如此一来，这个下午我也不会吸它了，因为再过几个小时就得去学校接派格，带她去大学校园游泳。吸过大麻以后我一般不会开车，另外，我也不想再让妹妹闻到我身上的大麻味儿了——这大概算是我的最后一道防线吧。我把袋子小心密封好，放到楼上的卧室里。

回到厨房，我重新拿起手机。妈妈以前总是教育我，那些有难度的、烦人的琐事要尽快搞定，不能往后拖。她说，再怎么拖它们也不会消失掉，没必要在这些事上面磨蹭。她跟我讲过一个例子，是关于一个特别讨厌、特别烦人的客户的，说自己以前总是早上一起床便给他打电话，问题解决了，这一天就不会再感觉生气或者焦虑了。想起妈妈的建议，再想想加文的留言，还有他的音调——里边总是带了一丁点儿讽刺的意味——身上放松了一些，在圆凳上坐了下来，又听了一遍留言。其实，那天在超市碰到玛丽莲之前，我就已经知道妈妈和加文的关系不一般了——岂止不一般，是有点儿不正当——可是，谁让我认识了加文，谁让我喜欢跟他待在一起呢?那天穿着露脐装站在他面前,听着他叫我"魔女丽安娜",我的那颗心啊,跳得可真快——谁叫我喜欢这种感觉呢?

想了半天,我还是给加文回了电话——没办法,管不住自己。

"你失联了吗?"他上来就是一句,"我都在为你担心了。"

"哦,我可没别的地方好去,你知道的。"

"当然有啦,蒙特利尔啊。你收到我的留言了吧?仔细听过了吗?我俩还没断交吧?"

"演出几点钟?"

"7点。"

"7点?"

"哦,还有一场是晚上10点,可要是看那场的话,我送你回巴特勒就凌晨3点了。我周日还得上班呢。"

我想了想,刚才真是小人之心——竟然以为他要带我去住酒店,还在那儿犹豫要不要拒绝呢!

"这样一来,就只有早点儿吃晚饭,随便吃点儿。"加文继续说,"而且我要带你去的餐馆都是年龄比较大的人去的。你嘛,估计是那儿最年轻的客人了。不过,那里的意大利饭和巧克力慕斯蛋糕可是一流的。跟它们比起来,上次你在伯灵顿吃的那块蛋糕简直就是普通的三明治了。"

"嗨,说什么呢,我就喜欢三明治。"

"说说而已嘛。这样吧,我把晚饭预订好,5点钟。时间有点儿早,店里的伙计可能有点儿不乐意,不愿意将就我们,不过还是会给我们留一张极好的桌子,这样好让过路的人看看,店里来了位年轻食客,他们饭店可不是养老院包下来的!"

"好吧,看你说得那么好,我都不好意思拒绝了。去吧。"我一边说,一边拿着手机走到客厅的一扇窗户前。阳光从窗外倾泻进来,洒在我的身上,头上飘浮的灰尘在光线照耀下闪闪发亮,活像一道明媚的光环。

"太好了。那我快 2 点钟的时候来接你?"

我突然想起了什么:"不用,我正好在伯灵顿有点儿事要办。"我撒了个谎,"要不我们在州际公路的停车场那儿碰头吧,14 号出口的购物中心那儿。可以在谢尔希商店那儿见,这样你就不用大老远跑到南边的巴特勒来,下午和半夜都不用开车了。"

"这样安排啊?我怎么觉得这里头怪怪的?"

"什么意思?"

"我来猜猜啊,你肯定是没跟你爸说起过我。"

"哇,你可真会猜。"

"不过话说回来,不说也没关系。"

"为什么?是因为你本来就不该约我出去?"

"不是。我上次跟你讲过,有些事情现在还不太明朗。我的意思是说,有时候事情说得太明白了,反倒会让人不舒服。嘴上不用讲那么直白,心里明白就行,这样大家的生活都简单些,就像你刚才说开车的事那样,我觉得不来接你有点儿不厚道,可说到底又有什么关系呢?你这样,我这边倒容易安排了。"

"对啊,那就 2 点 30 分碰头?"

"完全同意。你知道吗?这可是我的第一次噢。"

第一次?一连串问号从我脑子里冒出来:第一次跟小姑娘约会,还是第一次跟他正在调查的一名失踪女性的女儿约会?更进一步说,难不成是第一次跟他的情人的女儿约会?

"第一次什么?"我简短地反问了一句,也不知道话音里有没有流露出戒备。

"第一次去俱乐部看魔术啊,以前从来没去过!"

"噢,那倒是,跟上周在你外甥女家看到的比起来,这个要有趣多了。"

"比你表演的有趣?不大可能吧。这次的魔术师会打扮成茉莉公主吗?我很怀疑。"

"你简直念念不忘了嘛。"

"可能吧。"他说,"不过我可没什么坏心思啊。"

挂了电话,我心里挺开心,笑意荡漾在脸上,面颊有些发热。看来两个人都不想把约会的事告诉别人,各自也都有充分的理由,这样一想,反倒觉得坦然了。去伯灵顿见加文,确实没必要告诉爸爸,至于周六晚上要在外面过夜的事,也用不着杜撰出个冠冕堂皇的理由,随便编个小小的谎话就能蒙混过去。

那天陪派格去游泳,我没好意思去办公室打扰爸爸。今天,我决定还是要去看看。玛丽莲说过,我爸不容易相处,我妈感情上又出轨加文。听了这些话,那两天我就跟做了场噩梦一样,心里像压了块大石头,浑身不舒服。多亏加文的电话,说的虽然不多,我心里的疑虑却打消了不少,现在身上轻松了许多。话虽如此,当时跟玛丽莲说起爸爸和加文的时候,要是多问几句就好了,逼她说说到底是什么意思。现在后悔也没用,因为我压根儿就问不出口。谁让我是阿赫博格家的女儿呢?本能驱使我站在爸妈这边,相信他们,为他们辩护。尽管这样,到了下午,趁着派格在大学游泳池里练习的机会,我还是身不由己,朝英语系的大楼——一幢石灰岩和汉白玉混合砌成的建筑——走去。至于要问爸爸什么(或者说,要不要问),我自己也不太清楚,可是内心中，总觉得一定要搞个明白。爸爸仍旧是我心目中的爸爸，他和妈妈的感情也没出过问题——不一定非要完美无缺，但也应该是稳定的。唯有这样，这颗心才能踏实下来。这样一个秋天的下午去爸爸办公室，还有一个很好的理由，就是跟他谈谈派格正担心害怕的事：她也很有可能梦游过——一次或两次。是时候和爸爸一起讨论下一步该怎么办了。

到办公室时，门开着。一个身材苗条、年龄跟我差不多、长着一头浓密的赤褐色长发的女孩儿正坐在爸爸身旁，两个人正全神贯注地说着话，谁也没注意到有人来。我靠在门外的墙上，悄悄听了几分钟。原来，那个女生正在讲她如何看待华莱士·史蒂文斯的毕业论文。不就是跟导师讨论学习吗，我想，干吗这样装腔作势、拿腔拿调的？我自己也跟指导论文的导师谈过话，好像没这么无聊吧？除了这个以外，爸爸和那女生的谈话似乎也太亲密了一点儿，后者显然是特意拉了把椅子，坐到了老师身边。过了一会儿，两个人说完话，女孩子站起身来。我这才注意到，她身上穿了件前些年很流行的紧身T恤，胸前印着一个俄罗斯宇航员的头像。女生经过我身边时，我压根儿没理睬她，径直走进办公室，在爸爸对面的椅子上坐了下来，然后伸出手，把身后的门关上了。

"哎哟，真是稀客。"爸爸对我说。

"我在游泳池那边，太无聊了。下面还有学生来吗？"

"有的，要过几分钟。今天怎么样？"

"遇到怪事了。"

"说具体点儿。"

"今天在超市碰到了玛丽莲·布莱斯。"

"是吗？"

"嗯。"

"你小的时候,我很喜欢跟你和你妈妈一起去超市买东西。"爸爸略带沉思地说。

"为什么?"

他往后坐了坐,身体靠着椅子背,双手放在腹部上。座椅是真皮的,靠背高得出奇,把他衬托得矮小了几分。爸爸穿着一件蓝色的牛津衬衫,脖子上系着一条针织领带,外套脱下来挂在门边的木头衣架上。

"那时我带你,很幸福的感觉,每天不是喂你吃就是哄你……还有,老实说,就是买啊买,花钱。总之,不是跟你在一起,就是跟你和你妈妈在一起。你说说,我能不喜欢吗?"

"妈妈认识里克尔特警官,你知道吧?"

"这话题转换得太快了吧?"

"对不起,我突然想到的。"

"我知道,从爱荷华飞回来那天他告诉过我。"

"可是妈妈居然从没说起过他,那时候她在……"

"她在睡眠诊所的时候?"爸爸接过我的话——真是善解人意,"是没有说起过。怎么了?"

"我那天就想问。"

"那为什么今天才问?"

"这段时间太忙了。"

"是吗,要不你去小学那边做志愿者?你挺喜欢小孩子的。"

"我是喜欢给他们表演魔术。"我纠正他的话。

"那就再去表演嘛,也可以念书给他们听。"

"还可以去做手工呢。你都不知道,妈妈教过我多少手工。"

爸爸转过头,看着窗外,脸上一副若有所思的表情。"说起

139

那个警官,"他说,然后停顿了片刻,"还好我有不在场的证据,否则啊,在他眼里我肯定嫌疑最大,说不定他就只怀疑我一个呢。幸好那天我在爱荷华,否则里克尔特警官绝对会认为是我杀了你妈妈。"

这话犹如惊雷一样,把我吓了一大跳,我的耳朵里嗡嗡直响。听爸爸说话的口气倒是十分轻巧,平静得很。可是我听了,只觉得背脊上一阵寒意袭来,心里莫名地发慌,又感觉有些恐惧,胃里一阵翻腾。

"怎么会有人这样想?"我问爸爸。声音虚弱又有些飘忽。

"噢,这种事情,做丈夫的总是首当其冲的嫌疑人,不过到后来一般都会洗清嫌疑。"

对了,这会儿应该把玛丽莲·布莱斯的话告诉爸爸。恍惚中,我似乎听到自己在说:玛丽莲·布莱斯说,你这个人不太好相处。问题是,我做不到,反而像个小孩儿一样喃喃地说:"可是你俩那么相爱。"

"那是。"

我不说话,等着他继续说。爸爸转过头来,看着我的眼睛。

"可是……"我小声地说,期待着他能说下去。

"没有什么可是。"他说。语气果断。

"我能问点儿别的吗?"

"当然可以。"

"只是随便问问。我一直在想妈妈流产的事,那么多次,证明她是真的真的很想再要一个孩子。你也想要的,是吧?"说着我把一条腿缩了回来。

"没错,你和你妹妹是我的全部。"

"你和妈妈有没有研究过,她为什么老那样呢?"

"你是说流产吗？"

我点点头。

"当然研究过。"他说，"你妈妈什么都去检查过——B超、核磁共振、子宫镜，还查过甲状腺、催乳素，卵巢也检测过，结果发现卵子的染色体没有异常。至于子宫，也是一点儿问题没有，正常极了，比一般人都好，好很多。"

"那是为什么？"

"不知道，找不出原因来。"他说，"那几年我和你妈的关系有些紧张，也不知道是因为流产呢，还是因为整天都在检查。"

"你呢？也没找到真正的原因？"

"没有，只能猜测。"

"猜出什么来了？"

"噢，原因可能在我身上。"

"你身上？"

"对，十年前还没有针对男方的检查，现在才开始研究会不会是男方的问题，做分子核型分析。所以说你妈流产有可能是我的问题。"

"你和妈妈没想过收养孩子吗？"

"想过。记得我们刚要开始办申请手续，你妈就怀孕了，这一次真是奇迹中的奇迹，因为最后结果居然非常完美。"

"那时候妈妈是不是从来不会梦游？"

"哦，偶尔也梦游，不过跟后来这些年不一样。那时候她不大会走出卧室，也很少会起床活动，有时候嘛，怎么说呢……有点儿类似于儿童时期的唤醒障碍。后来就是一而再，再而三地流产——我觉得还是我的错——还有就是梦游。可能是我这个丈夫当得不好吧，出不了远门，心里憋得难受，真的。我很爱你妈，可就是处理不好她生病这件事。你那时在上大学,我在家里呢,成天就为了些杂七杂八的事烦躁。"

我觉得有些头晕。爸爸听起来很疲倦的样子。

"那是什么……"

"说下去啊。"爸爸催促我。

"那是什么引起的呢?"

"你妈妈梦游吗?这个很难说,具体是什么导致她更严重了我们也不知道。有可能是因为安眠药,你上高中那段时间她在吃;有可能是更年期;还有可能是因为你长大了,要离开家了。你上高二那年,也是你妈睡眠出现异常最多的时候,那时你正在申请大学。"

"可是只要你在家,她就会一晚睡到天亮啊。"我这么说是想问清楚,爸爸在家的时候妈妈有没有真正梦游过。

"对的。在我记忆中,只要我在家,你妈即使起床也是醒着的——不管是在佛蒙特还是外出度假——总之绝不是梦游。"看得出来,爸爸回答非常谨慎,简直有点儿字斟句酌的意味。只有两种人可能作出这样的回答:一种是博学多才的大学教授,另一种是心怀鬼胎、极力想掩盖某种事实的人。

"可以跟你说件事吗?"我问爸爸。

"当然可以。"

"派格说,她可能也有梦游的毛病了。"

爸爸顿时坐直身体,注意力集中了。"说下去。"

"她说第一次是8月的一个晚上,可能起床把游泳包换了个地方。还有就是上个星期,她醒来以后居然在车库,坐在妈妈的车里。"

"前面那次应该没什么关系。"

"后来那次就有关系了。"我接过他的话说。随即又告诉他,派格很担心,这之前一直没跟我们讲过。

"今天晚上我会跟她谈谈。"爸爸说。

"你觉得我们应该警惕吗?"

"警惕倒不必,还没到那个地步。不过既然你妈妈都失踪了,我们是应该注意的,要把这事挂在心上才行。我回头可以打电话给睡眠中心。"

"谢谢。"我说。

爸爸耸了耸肩,说:"唉,有什么好谢的。这些天我都好像一根木头似的。"正说着,背后传来了敲门声。

"你还好吧?"爸爸问。

"不好,不过会好起来的。"

"晚上我们再继续谈谈。"他伸手指了指门,"去吧,开下门。"

我站起来去开门。又是一个女生,很漂亮,棕黄色短发,戴着一副紫色的圆边眼镜,看样子好像一个在唱片店或者怀旧衣服店里打工的女孩儿。看见她的头发我就想起了自己的几个熟人,她们也曾经把头发染成这种颜色。

"哦,是萨姆啊,你总是很准时。"爸爸欢快地说,声音像唱歌似的悦耳动听,"丽安娜,这是萨姆,研究伊丽莎白·毕肖普的学者,很有才华。萨姆,这是我女儿丽安娜。丽安娜也是一位很有才华的……"说着他略微停顿了一下,让我产生了一种很奇怪的、被侮辱的感觉,"魔术师。"

我跟新来的女生打了个招呼,示意她在刚才的椅子上坐下,没想到她不仅早已大方落座,甚至还脱掉鞋子,盘腿坐在了椅子上。这女生在我爸面前竟然如此随便,这背后该不会有什么吧?

原本我都不愿去多想，可是又实在忍不住。再看看她，连袜子都很有品位，牛仔裤也是紧身的。

"晚上回家吃饭吗？"我问爸爸。

"要回。吃墨西哥肉卷吗？"

"别的我也会做。"

"那当然，"爸爸笑着说，"你一直都很能干，非常棒。我为你感到骄傲，真的很骄傲。"

科学家用 SRV 代指"睡眠暴力行为",用 SBS 代指"睡眠性行为"。

司法案件中,与 SRV 相关的指控包括谋杀以及谋杀未遂,与 SBS 相关的指控有强奸、性侵犯、因意图强奸而伤害、不正当性行为和有意暴露私处等。

《临床睡眠医学》杂志曾刊登过一份研究报告。报告指出,在一共十起以梦游作为理由的暴力犯罪案中,有九例的被告最终被判无罪;而在一共九起以梦游作为理由的性犯罪案例中,有四例的被告最终被判无罪,更有另外两例的原告撤销了诉讼。

假如肇事者关心的是无罪判决,那么上述这些数据无疑是种安慰。实际上,这些案例中真正应该得到关心的,是那些被侵犯的人、被强暴的人以及被杀害的人。

第九章

"哇,我的天。"派格慢悠悠地说,语气淡淡的,"蒙特利尔的魔术表演?那是用法语说台词啰,有点儿土,算我一个吧。"这天是周六,上午,我在花园打理菜地,把枯枝烂叶清理干净,好让土壤过冬。派格在一旁帮我把已经干掉的西红柿枝叶收拾好,放进手推车,拿去丢掉。干枯的西红柿藤条又细又长,活像一只只僧帽水母的尸体,小时候在佛罗里达海滩上看到过。之前我对爸爸和派格讲,要和一个家住蒙彼利埃的大学同学一起去蒙特利尔的俱乐部。"朋友是男生吗?"爸爸问我。"不是,"我说,"是女生。"爸爸听了,显得有些失望。

"很可能英语和法语都说。"我纠正派格的话。

"哦,原来土语是通用语嘛。"派格在讥讽我。

"你知道吗,我就不会取笑你喜欢的东西。"

"我喜欢的东西都很正常。"

"我的也是。"说着我又拔起一株干枯的西红柿。西红柿幼苗是妈妈5月的时候栽下的,那时她得全靠自己——我还在马萨诸塞的学校里写期末论文,爸爸很可能在自己的学院,花园里的活儿他从来不帮忙——栽种花草的事通常由妈妈一个人完成。其实,不仅是花园里的活儿,其他事情妈妈也大多是自己动手,连她自己的工作也常常是单独做的。想起来我的心里有些难受。

"跟你一起去的这个女生,你是怎么说服她的?"派格问。看到手推车里已经装了许多土渣和小石头,派格赶忙从里边刨出一把小铲子,跪在地上,东挖挖西挖挖,想把之前遗漏的甜菜根刨出来。

"是她先提出来要去的。"

"她也是魔术师?"

"不是。"

"她有病?"

"别这样,派格。你消停一下不行吗?我知道你的意思,你不喜欢魔术就算了,我又没逼你看。"

派格挖到一个甜菜,随手又把它扔到草丛里。"爸爸希望你是跟男生一块儿去。"她说。

"真的吗?"

"我觉得你留在家里,他感到很内疚——每天开车送我上这儿上那儿的,还要给我做午饭,干活儿。"

"他跟你说过什么啦?"

派格耸了耸肩:"他希望你有男朋友,可以带你出去。是谁都行,只要是男生。他这些天什么样子,你是知道的。"

"哦,他不该感到内疚的,你也不要。"

"我?我才十二岁,妈妈不在了,爸爸像个僵尸。我才不会觉得内疚呢。"

"那就好,我可不希望你因为我留在家里就感觉不好。留在家里是我自己愿意的。"

"那就是说真的不是男生啰?"

"真的不是男生。我干吗要撒谎?"

147

"我可不知道。妈妈有自己的秘密，爸爸有自己的秘密，为什么你就没有自己的秘密呢？"

我愣住了，盯着派格。派格不动声色地跪在地上，眼睛看着土。

"什么意思？"

"什么什么意思？"

"秘密啊，你怎么知道爸妈有自己的秘密？"

派格双手握住铲子，像握了把大钢钎似的，用力往土里一插。"去死吧，吸血僵尸！"她嘴巴里喊着，"去死！"

"我说真的，派格。"

派格还是头也不抬地看着地上："抓住他了！僵尸从此又少了一个！"

"你怎么知道他们有自己的秘密？"

"因为有时候和妈妈在车里，我拿她的手机玩'贪吃蛇'，她的电话响了，她会告诉对方她不方便接电话。"

"那可能是因为妈妈要专心开车。"

"客户的电话，还有爸爸和玛丽莲的电话她一直都接的。"

"谁打来的——就是她不接的那些电话？你知道吗？"

派格把铲子从土里抽出来，仔细查看它的表面，仿佛是在检查上面是否有鲜血："不知道。"

"同一个号码？"

"我说了，我在玩'贪吃蛇'。我没有查看来电号码，也不知道该怎么查。"

"你也没问？"

"有几次问过，她说又不是要紧的电话，不用关掉收音机去接。还说等下打回去。"

"也有可能是客户什么的，要不就是给她做头发的人。"

"那些人的电话她都接，我就至少听到过一次——那段时间她在设计舒格布什的滑雪屋，开车送我去游泳池或者山上时经常打电话，都是用手机打。"

"这个也就是近三年的事。"我咕哝了一句，一边和妹妹说话，一边在心里计算着。

"对。我的意思是说，四年前周围很多地方还没通手机信号呢。"派格说，"哦，对了，是今年夏天。不对，是今年春天。"

我想起了加文，真希望能信任他。妈妈的那些电话里，会不会有加文打给她的呢？这样想虽说毫无根据，但若真是这样，那他为何要撒谎说妈妈已经跟他失去联系了呢？真的不该这样想，可是我忍不住。与此同时，我又觉得自己已经被他吸引了：以前也约会过不少男孩儿以及比加文年轻的男人，可是从来没有现在这种奇妙的、对蒙特利尔之行无比向往的感觉。本来可以试图说服自己，和加文约会只不过是为了从他那儿打听到一些线索，关于妈妈失踪的信息，因为如果不是这样，他肯定不会向我透露半个字的。可是内心中——内心深处——其实我清楚得很，我跟加文约会远远不止这个。

"爸爸呢？他有什么秘密？"

派格又挖到一个超大的甜菜，有芍药根大小。她把甜菜放在杂草丛生的地上，甜菜像个保龄球一样滚动起来。

"打得好极了！不要减速带啦！"

"派格，你刚才说爸爸也有秘密。"我又问了一次，"你指的是什么？举个例子。"

"举不出来。"

"那你干吗这样说？"

"你别这么脑残。"

"你从哪儿学到这个词的？小小年纪就开始乱说了？"

"说不定就是从你那儿学来的！爸爸不是说过吗，单词就是单词，没什么大不了的，有些词比较好，只是因为它们更能表达说话人的意思而已。"

"爸爸这么说是因为他是教授，在给学生讲课。这会儿情况不同，别拿爸爸的话说事，你还太小，不能用脑残这样的词。"

"我都七年级了，比这个坏的词我们还用呢。我还可以叫你蠢货。"

"派格！"

"你又不是我妈。"

我感觉自己的脑袋都快炸了，赶紧深吸了一口气，尽量冷静下来。"不是你妈，可也差得不远了。"我说，"我很抱歉，可是没办法，现实就这样，你不可以用那样的词，就像不可以抽烟、不可以喝啤酒一样。"

派格没有回答，继续东挖挖西挖挖，最后又找到一个很小的甜菜，跟一颗葡萄一般大。"今天的收成真差。"她说，手里捏着甜菜，看样子要向我道歉似的。没想到她又继续说道，"一堆垃圾，妈妈在天堂里都要发飙了。"说完，我和她一时无语，空气都快凝结了。过了片刻，派格抬起头来，睁大眼睛看着我，脸上带着顽皮的笑容。看她这副样子，我忍不住笑出声来。过了一会儿，派格把甜菜平放在左手心上，右手中指弯曲，对准甜菜冲我轻轻一弹。甜菜没射中我，可也没差太远——又一次说明我这个妹妹有着超强的运动能力。

我开着车，目的地是伯灵顿城外的塞尔西百货商场，加文会在那里跟我碰头。还好,这次我没有刻意打扮,不会弄巧成拙。不过心里还是有一点儿担心(不是头一次了)——跟妈妈比较起来,我可算不上什么美人。妈妈比我高挑,金黄的头发漂亮得无法形容。我的头发呢?灰灰的,又稀又薄,我自己都嫌弃。夏天失踪的时候,妈妈已经是四十七岁的人了,可是头发依然浓密柔顺,如丝一样顺滑。

出门之前,我原本挑选了一双高跟鞋,黑色的,后跟系带的款式,可是天气预报说,晚上的气温会逼近零下一两度,况且我也没有合适的紧身裤来搭配,所以最后还是穿上了那双棕色的靴子,弗莱牌的。因为穿了靴子,于是又把衬衫和长裙换成了一条白底带金黄印花的裹身裙——裙子上印着金黄色的蕨菜,很长,一直拖到脚后跟——外加一件皮夹克。这样的打扮决定下来,真是费了我不少心思,我几乎翻遍了衣柜,把里边三分之一的衣服拿了出来,铺在床上、地板上一一搭配,看怎么组合好看。光是内衣的选择我就足足纠结了十分钟,虽然并没有打算和加文在外面过夜,可是万一呢?想起白天和派格的对话——妈妈有自己的秘密,爸爸有自己的秘密,我呢,也有自己的秘密。

正拿不定主意时,派格从我卧室门口走过,一斜眼就看见屋里凌乱的景象——一条条裙子躺在床上,下摆都快要拖到地板上了,有几条的衣架还没取;衣柜的抽屉开着,内裤、衬衫和袜子翻得乱七八糟;地板上散乱的衬衣和夹克活像一张张小地毯。派格摇着头,说:"呵呵,要跟女生一起去蒙特利尔,说得跟真的似的。"逼得我赶忙辩解说,看完表演后,说不定有机会和魔术师见一面,所以要穿得职业化一点儿,更成熟才好。派格听了根本不信。

到停车场时,加文还没来。趁着还有时间,我再次仔细看了看头发和嘴巴上的口红。想起来都有些讽刺，我竟然坐在妈妈的车子里，对着她的镜子审视自己的面容。不过今天的打扮还好，不像上次，穿着妈妈的毛衣跟加文见面。

加文开着一辆"讴歌"来了。车子刚洗过，车身还滴着水。车子一停下，加文马上开门下来，走到右边，替我拉开副驾驶门。

"车子的事情我知道的不多。"我说，"可我还真没想到，佛蒙特的警官居然会开讴歌车。"

"低档的而已。"他笑着说，"但是很干净。"

"还是红色的呢。太容易招惹超速罚单了吧？"

"要超速才会被罚啊——要么就是没有关系的那种。说实在的，要你在这儿跟我碰头，我老觉得心里过意不去，本来应该去接你的。"

"那不是安排好了吗？"

"还是没跟你爸提起我？"

"没。"

"这样也许更好。肯定也没告诉别人，是吧？"

"谁也没告诉。"

他摇摇头："玩火啊。漂亮姑娘们是不是就是这样失踪的？"

"我可没想玩失踪。"我说。然后在副驾驶位置上坐了下来，系好安全带。

加文今天戴着太阳镜。他一坐进车里，我便看清楚了他的眼睛。他仔细打量着我，一番审视之后，他说："嗯，今天不错，很漂亮。"

"谢谢。"

"下一站去哪里？蒙特利尔。那家餐馆你一定会喜欢的。"

然后我们就上了高速，一路向北。蔚蓝的天空上飘着几朵白云，散落着，十分自在。沿着州际公路行驶，不久就看见大片水域，那是尚普兰湖的水面。东西两边连绵的群山被我们抛在身后，加拿大的国土慢慢靠近，地势也逐渐平坦起来。一路上，除了偶尔想起妈妈和梦游的事情，以及始终没能鼓起勇气问出口的几句话，大多时候心情还算平静。我这是在谈恋爱，不是在做侦探，更不是为了破一件谋杀案而来的。加文的这辆车，他和我妈的关系，甚至我为什么会喜欢他，这些我都尽力不去思考。是的，我喜欢他，这种喜欢让我心里既甜蜜又幸福。

加文点了一瓶雷司令，说我应该会喜欢这种葡萄酒。可是等主菜都吃完了，他的第二杯都还没喝完。主食我点了意大利饭，是他推荐的，很好吃，只比葡萄酒差一点儿。吃饭前我和他各点了一瓶莫吉托梨子酒。黄绿色的鸡尾酒荡漾在酒杯中，配上几片薄荷叶，甚是好看。我有些控制不住兴致，一口气喝光了第一杯。梨子鸡尾酒我还是第一次喝到，以前一提到鸡尾酒，脑子里所能想到的果汁配料也只是橙汁而已，没想到还能加梨子汁。一顿饭还没吃完，服务员已经往我的杯子里加了三次酒，现在连瓶底的那点儿也倒给了我。脑子已经有点儿晕乎了，这我知道，脸上的笑容也不大收得住，变得松松垮垮的。平常吸过大麻以后，我再怎么也能控制自己，可以说是行动自如、来去自由，可是说到喝酒，我就不大自信了。一来我从未喝醉过，二来也极少喝酒。酒这种东西似乎不太一样，好像更能让人脑子……迷糊。酒这玩意儿，让人沉醉，让人中毒（"中毒"这个词的意思我不是不懂）。这会儿，我的身体已经不大听使唤了，不过俗话说得好，酒能壮胆。

喝着喝着，我自己也知道应该停下别喝了，可又觉得为时已晚。怎么说呢？喝一杯是喝，喝十杯也是喝，这最后一杯我也是喝定了。之所以这样，一来是因为雷司令的味道我确实喜欢，二来呢，酒精带来的感觉也的确不错，我那自妈妈失踪——死了——之后一直绷紧的神经因此松弛了下来，笼罩在头顶上的那片乌云也似乎暂时消散殆尽。失？死？两个字竟然如此接近！转换也就在一念之间。用词可不能含糊，我暗暗发誓，说话前要三思，发音要准确，否则加文会认为我喝醉了。可是还用说吗？我这状态不是明摆着吗？我和他坐的地方位于餐馆的一角，我们肩并肩坐在一张L形的靠背沙发上，面前是餐桌。加文说的对，餐馆的女招待确实给我们留了一个好地方，但并不是靠窗的座位，过往的人根本注意不到。坐在这里，自然而然会生出浪漫的感觉。

"原来你不认识这位魔术师。"加文说。

"不太认识。你提议来看表演之前，我都没听说过他，不过他的信息我在网上查到了一点儿。"

"哦？"

魔术师长得很帅，我现在都还记得，虽然那天没说出来。他年纪不大，三十来岁，顶多三十五，眼睛黑亮，说话带苏格兰口音，属于新生代的魔术师，上台时穿黑色紧身T恤，表演时真刀实枪地干，还不时挥舞着电影《理发师陶德》中的那种剃刀，做出些动作，吓得观众魂飞魄散。他身上还有文身，看他表演让我心里一阵躁动。"这个魔术师嘛，很时尚，很现代，是犀利版的大卫·科波菲尔，不是你妈妈那代人喜欢的类型。"我说。

"说不定他也能从笼子中逃脱呢。"

"据我所知，他不演这个。我是魔术师，又不是大猩猩。"

"你知道我的意思,我是说像胡迪尼那样的——用手铐、铁链之类的道具,还有在水底下表演什么的。"

"到时候你就知道了。"

"会不会有那种把一个女人锯成两段的魔术呢?"

"哎呀,那种东西早过时了。"我摇了摇头,告诉他。本来是想轻轻笑一声的,可真正笑出来的时候声音听上去竟然如此刺耳。说话间,我的脑海里已经开始出现幻觉,好像自己正全身赤裸,一会儿睡在箱子里,一会儿又躺在床上,加文骑在我身上。天知道我都多长时间没有跟人做爱了。

"或者说把一个观众升起来,浮在空中?"他又问。

"观众中真要有人浮起来,那也一定是盟军。"

"二战吗?"

"做托儿的。"我想都没想就纠正了他。

加文点点头,我这才意识到他是在开玩笑。我有些把持不住,盯着他的嘴看,看他的笑容。

"噢,茉莉公主还真不好糊弄呢。"他说。

"哈哈,等着吧,一会儿让你眼花缭乱。"

"嗯,可能吧。我不是一直在跟你说吗,看你表演是一件很有意思的事。不过下面才是真正最棒的——这家餐馆的甜点。"

"巧克力慕斯吗?"

"对,巧克力慕斯,不是布丁。"

"我喜欢布丁。"

"布丁是儿童食品,这里的东西是做给成人的。"

"限制级的?"

"那要看你怎么个吃法了。喝咖啡吗?卡布奇诺?"

我冲面前的葡萄酒扬了扬下巴。本来是想用手指一下杯子,告诉他我还行——可是即便喝多了，脚下不稳了，又会如何呢？我今天穿的是靴子，又不是高跟鞋。对，是靴子，不是高跟鞋。不会有事的。我这是在哪儿呢？对了，在蒙特利尔，身旁这个男人嘛，很帅，很性感。第一次见他是在8月那个可怕的早晨，在我家房子外面，那一刻我还记得。他很性感，是一个性感的警察。我咯咯地笑了起来。他扬起眉毛。我伸出手，端起酒杯，一仰头把最后一点儿雷司令喝了下去，笑着说："好啊，咖啡配慕斯，好极了。"

来了一个服务员，把餐桌清理干净，侍者过来拿了我们点好的甜点单。加文问起魔术表演中的一些习惯，说如果魔术师恰好邀请我上台和他一道表演——肯定会的，因为我是观众席中最漂亮的年轻女子——那我是否应该告诉他，我也是一名魔术师呢？问这话的时候，加文靠在长沙发那头，右手放在垫子上，离我的大腿也就不到二十厘米。我觉得自己很成熟，葡萄酒给我壮了胆，让我萌生了一个念头，去做以往从未尝试过的动作。桌布遮住了我的下半身，我拉住加文的手，用力压在我的大腿上，上半身朝他凑过去，伸出脖子，嘴唇飞快地在他耳垂上掠过，接着又抓起他的手，放在我的嘴边亲吻了一下，眼睛盯着他的脸，之后把他的手放回了沙发上。

晚上的表演我非常喜欢。魔术师很优秀，不过没来对地方。俱乐部的大堂里散落着若干张小桌子，只有一半坐了人，一共也就七八十个。真希望他下一次表演能满场。看着表演，我几乎——虽然不是全部——忘记了吃晚饭时被酒精激起的欲望，感觉脑子开始违心地清醒起来，于是我赶忙又点了一杯红酒，喝完又再要了一杯。台上的魔术师在表演吞钞票，从观众那要来的一张张加元和美元纸币消失在他嘴里，没一会儿又重新出现在主人的钱包里。吞钞票之后是表演碎冰锥刺穿胳膊，引得加文、我和其他观众时不时鼓掌喝彩。除了鼓掌，我一直拉着加文的手。魔术师非常不错，场上气氛活跃，观众也很积极地参与。三分之二的魔术我都见过，如果愿意，其中的一半我也可以表演，不过得花很多工夫练习。

去停车场的路上，加文告诉我说，其实他更喜欢看茉莉公主表演。我打断他："今天我不想回家。"

"哦，要回去的话也是我开车送你，这会儿是绝对不能让你开车的。"

听了他的话，我把挽着他的胳膊抽了回来，站到他面前拦住他。"不对，我不是担心喝酒喝太多了。"我大声而又清清楚楚地重复前面的话，"今天我不想回家，我想跟你在一起。"

加文久久地看着我，然后，正如我所预料的，亲吻了我。大街上，他伸出手搂住我的腰，把我拉入怀中，表情庄重地低下头，吻了我的嘴。我闭上双眼，周围是一片无声的世界，只能听见自己的心跳。我张开嘴，感觉到了他那试探性的舌尖。我也伸出舌尖，调皮、热烈而放肆地挑逗着他，一颗心怦怦地跳个不停。他也热烈地回应着。忽然，我明白了，明白了自己为何会在这里，为何留在佛蒙特，留在家里。原来自己所作的选择，都是为了这一刻。

然而，那天晚上我和加文并没有做爱。

早上醒来，我睡在加文的床上——应该是他的床——盖着加文的被子，身上还穿着昨晚的裙子，胸罩没解开，内裤也没脱下。

我脸朝下躺着,头深深地埋在枕头里。太阳穴突突直跳,嘴里臭得不行,连我自己都能闻到。真是奇怪,眼珠最好不要动,动一下都伴着巨大的刺痛。怎么会这样?我伸出手,按摩着太阳穴,努力回想夜里发生的事情:我先是上了加文的车,之后好像一直在睡,反正是不知不觉就睡着了——准确地说是昏睡过去了——一直睡到家。不对,是这里,不是家。我隐约记得车子抵达了伯灵顿,开进停车场,然后我出来上了电梯,进了加文的公寓。电梯墙上镶着古色古香的木板,老式的铜牌印着楼层标志,恍惚中仿佛走进了另一个时代。我给家里拨了个电话,打算在电话的录音机上留个言,没想到爸爸接了电话。我撒了个谎——很有可能漏洞百出——说这会儿在蒙彼利埃的朋友家,一切平安。电话上爸爸怎么回答的?知道我平安很高兴吗?也许吧,具体说了些什么,我记不起来了。

床头柜上摆着一只闹钟,指针已经过了正午。我突然一阵懊悔,强烈的负罪感像把刀子一样插得我心里生疼。想起以前许过的诺言,大麻要少抽,至于白葡萄酒和莫吉托梨子鸡尾酒,也不应该随便碰。酒后失言,只怕我这张嘴都快跟棉口蛇一样毒了。头痛一阵阵袭来,我深吸了一口气,好不容易稳住自己,坐了起来,像个耄耋之年的老妇人一样小心翼翼地伸直了腿,双脚轻轻地、缓缓地放在硬木地板上,环视四周,脑子里映出一个画面:一个高加索山上的老太太,形容枯槁如干柴,脸上带着安详幸福的表情,正在慢悠悠地吃着一杯酸奶。床头柜旁放着我的手提包,弯腰实在太痛苦,我就用一只脚把手提包勾过来,伸手摸到包里的粉盒,打开照照镜子,看看自己到底狼狈成什么样了——样子确实难看,跟预想的差不多。包里还有口香糖,我赶紧拿了两颗放进嘴里。

卧室的门关着，门底下塞了一张黄色的纸，是从拍纸簿上撕下来的。我轻手轻脚地走过去，把纸片捡起来——是加文的留言，说他上班去了，咖啡在厨房里，药柜子里有止痛药。纸片上写了他的一个朋友的名字和号码，这位朋友就住在公寓楼里，如果我要去塞尔西停车场取车，坐他的车去绝对没问题。唉，看看我这副样子，估计跟《难伺候》和《烈焰情人》里的那些人物不相上下了。

我伸手去拉门把手，赫然发现，把手上的复位弹簧按钮已经按下去，门居然从里面锁上了！这可是加文自己的卧室，难道从蒙特利尔回来，我进了房间后按下去，把他锁在外面了？好像不大可能，可万一是这样，那我心里也够难受的，到现在也不知道他是否跟我上过床。另外一个可能，就是加文上班前关门，顺手把按钮按了下去。等他回来一定得问问。

打开门走出卧室，通往客厅和厨房有条小过道，就几步路。长沙发上还有一条蓝色毛毯，一张床单——原来他是在这儿睡的。沙发上方的墙上挂着一幅宽宽的黑白照片，是冬日里的牛奶厂，看样子刚下完雪，树上光秃秃的没有叶子。公寓布置非常简单，不过很明显是刻意设计的风格。家具简洁明快，有棱有角，许多都是用铬材料做成的，很有现代感。房间里唯一显得凌乱的是大门一侧，加文的滑雪板和靴子斜放在那儿，旁边还有一双跑鞋。

我找到卫生间，进去小便，把两粒止痛片放进嘴里，拧开水龙头喝了口水。没喝够，又喝了一口。接着挤了点儿牙膏在手指上，把手伸进嘴里，将牙膏抹在牙齿和舌头上，又喝了口水漱掉。回家再冲澡吧，咖啡也不在这儿喝，去路边的小店买。至于纸条上的那个朋友，还是别打电话了，叫出租车就行。

有两件事我很后悔：一是昨晚喝得太多，二是故意回避讨论妈妈的异睡症问题——哦对了，还有加文的异睡症问题。前面一件除了道歉别无他法；至于后面一件嘛，离开这儿之前兴许可以多了解了解加文。问题是，这样做会不会侵犯人家的隐私？当然会，不过侵犯了又怎么样？先动手再说，不是搜查他的房间，而是好好检查一下。搜查和检查也就一墙之隔，只要不超越底线就好。

公寓只有一间卧室，从窗户望出去看得见尚普兰湖，楼层应该是在六楼或七楼。整个公寓楼共八层，算是伯灵顿市较高的建筑了，原先是城里环境最优雅的酒店，后来改成了合作公寓。电视机搁在客厅的橱柜上，我随便拉开了橱柜的一个抽屉，里边全是照片。翻了翻，认出其中一张里有加文的妹妹，是我去生日聚会上表演魔术的那家的女主人。还有一张是加文的父母，加文长得像他爸——一样高高的、刚硬的颧骨，一样的黄头发。有几张是加文十几岁以及上大学时拍的，和他的狗——英国史宾格犬——在一起。靠卧室的墙上放着书柜，柜子很高，上面放满了军事书籍和各种警察手册，还有两本小说，都是和战争有关的故事。柜子上还摆放着加文去飞钓的照片、大学毕业典礼上和父母的合照，还有一张和一群男男女女站在三块大石头上的合影，大概是朋友或者家族的表亲或堂亲，他们都穿着泳衣泳裤，地点大概是佛蒙特的某一条河。两个衣架上挂着加文的领带，脏衣服呢，明显是扔在地板上的。客厅还放着一根飞钓竿、一只工具盒和一把猎枪。我想，真要是认真搜查房间，大概手枪什么的也能找到。

我走到窗前，看着远处湖光山色，黄昏的阳光洒在水面上，然后闭上眼睛，从窗户边退回屋内。时间过得真快，真的太快。

领略过无数风景,还是觉得眼前这一切如此美丽,如此浪漫。阿迪朗达克山脉上的日落一定更加动人。

厨房比我预想的干净,可是转念一想,干吗厨房就一定得是乱七八糟的呢?橱柜是白色的,台面是米色的,妈妈见了肯定会觉得不错。想起妈妈,我心里哆嗦了一下。她来过这里吗?老天,希望没有。

我应该打个电话,跟加文说声"谢谢"。心里虽然惴惴不安,但事情终归是要做的。我把沙发上的毛毯和床单掀到一边,坐了下来,拨通了加文的电话。

"很抱歉,"电话通了,我马上对加文说,"不好意思,真是太难为情了。"

"别这样,都是我不好。昨晚看表演,你点第二杯红酒时我就该拦住你。不对,点第一杯的时候就应该拦住你。当时我就预感你快醉了。"

"下一次吧,该拦我就拦我吧。"

"我会的。我年龄比你大,但是不敢过多地表现出来,怕你觉得我在你面前指手画脚,让你难堪。不过你刚才说还有下一次,我觉得很开心。"

"你想的话我也没意见,不过下一次我是不会再喝酒了。"

"在学校里你可能没怎么喝酒吧?"

"没怎么喝酒,不过要抽……"我正要说下去,突然想起他是个警察。

"大麻是吧?"他说,笑了起来,"别担心,我不会随便评价人,更不会把你抓起来。"

"谢谢,也谢谢昨天晚上的事情。我很开心,一个很愉快的夜晚。"

"我也是。"

"还要谢谢你，呃……把我送到床上睡了。"

"也就三秒钟时间罢了。刚给你脱了靴子，你就睡着了。跟之前一样。"

"跟之前一样？哇，我这人可真好伺候。"

"的确。"

"好像我把你锁到卧室外面了。"

接下来对方的反应我可没预料到——沉默片刻后，加文问道："什么意思？你把我锁到外面了？"

"卧室门锁住了，从里面锁的。"

"真的吗？"

"真的。"

"这个嘛，我觉得不是你锁的，你这么做不大可能。肯定是我拿衣服出来的时候不小心锁了门。"他这么一说，我俩的谈话立即变了些味道。听他的语气，好像是在安慰我，但是听起来特别假。为什么要撒谎呢？我想象不出来。

"好吧。"我说。话题是暂且搁下了，不过我心里知道，从此以后，好奇心和疑惑感会如影随形地跟着我，折磨着我——跟秋天的许多事情一样。

"你给我兄弟打过电话吗？"加文问，"他就住在同一幢楼，今天没事，在家里看球赛，他肯定很愿意送你去停车场。"

"我坐出租车去。"

"不用，打电话给他吧，没关系的。"

"再说吧。"我只好含糊地应付道，然后赶紧转换了话题，"你的公寓我挺喜欢。"

"谢谢，希望你下次再来。"

"我会的,不过千万不要准备冰镇的红酒哦。"

"我会记住的。"他说。

跟加文说完,我又拨通了爸爸的电话,告诉他我正在回家的路上。电话那头,派格正在高声唱着《泥醉天使》的主题歌,显然是在一旁嘲弄我。我把沙发上的床单和毛毯叠好,回到卧室拿靴子,顺便把加文的床整理干净。突然注意到窗前有张黑色的小桌子,一尘不染,上面放着加文的电脑——这不正是我要找的东西吗?真是"得来全不费工夫",里头该有多少宝贵的信息啊!有好一会儿,我呆呆地看着电脑。好啦,既然无法拒绝,何不马上动手?我打开电脑,系统启动了,开机界面是加文坐在升降机里的一张照片,应该是滑雪时拍的。照片上,碧空如洗,雪花飞舞,松树上银装素裹。好一幅美景——我该不是打开了通向纳尼亚的衣柜门吧?① 别太过分,我告诉自己,要适可而止,必要时关掉电脑。

可是我已经欲罢不能。电脑桌面上放了一个文档,从名称上看估计是警局的一件案子。点开一看,记录的是一起家庭暴力引发的谋杀加自杀事件,这几天新闻中一直在报道,说是一个失业的汽车修理工,家住在纽波特,先是把自己的妻子杀了,然后自我了断。昨天下午到停车场跟我碰头之前,加文大概还在调查这起案件。看完案子,我关掉文档,打开加文的邮箱,心里虽然很是忐忑,可是事已至此,没有回头路可走了——至少现在没有。搜索一次就好,我告诉自己,仅此一次,绝不搜索第二次。在搜索栏里输入妈妈的名字,按下回车键,结果马上便出来了——

---

① 指2005年安德鲁·亚当森执导的动作冒险电影《纳尼亚传奇》,讲述佩文西家的四个孩子打开衣柜门,意外进入一个名为纳尼亚的奇异世界,在那里经历了一连串冒险的故事。

十七八封邮件,都是妈妈发给加文的——可能还有别的,只是没有全部显示出来。所有的邮件都极为简短,意思却清清楚楚。

> 正在给湖畔的苹果树地块设计一家宾馆。周三去现场。一起去吃纸杯蛋糕?

> 一觉睡到天亮,无情况。

> 氯硝安定后有梦,胆小者慎入。你呢?

> 周六派格比赛,沃伦招待几个苏格兰过来的诗人。有空过来喝杯咖啡?

> 我也想见你,必须见你,不过不行,这周没空。不好意思。

> 周二去咖啡厅,很好。11:30?

> 好极了,那天刚好要去睡眠中心。到时见。

每一封邮件的回复我都仔细读了,里面没什么可怀疑的细节。不过,妈妈信中那句"必须见你",倒是让我愣愣地看了许久,心里颇有些五味杂陈的感觉——妈妈说这句话时,其中有何意味呢?除此以外,大多数邮件也就是事务性质的:在哪儿见面,什么时间见面,等等。相比之下,梦游的事加文在信中说得更多,不过一般也是顺便提起,语调比较苦涩,其他时候也是当作冷笑话讲出来而已,比如:

> 是啊,假若我信神,也是信夜游神。

梦游也能治愈？当然，等梦游到屋顶上落下来那天。

都说梦和异睡症之间没有关系，这一点我明白，可是我还是觉得二者有关联，否则梦游性行为就没那么可怕了。（"法官大人，我的当事人患有极为少见的异睡症，所以才会和这名女子发生性关系。"）

有将近三年的时间两个人没有发过邮件。妈妈写的最后一封信有点儿道歉的意思，说很对不起加文，还是没能赴约，因为那天是周五，是大学的第一个家长开放日，她和沃伦以及派格要去阿姆赫斯特学院。看到这里，我松了口气，加文没有骗我，因为至少从电子邮件的日期上看，他和妈妈的确有很长一段时间没有见过面。但同时让人不安的是，为什么妈妈的电脑上却找不到这些邮件了呢？很明显，每次给加文发送一封邮件，或者收到加文的邮件后，妈妈都会立即删掉，说明她心里有所顾虑，要么就是有愧疚感。也就是说，不管怎样妈妈都不想让别人看见这些邮件。当然了，这么说首先要假定，删除邮件的人确实是妈妈本人。

走出卧室之前，我盯着门上的锁看了很久，然后关门，看能否在不经意间反锁上。试了几次，发现确实有可能，但是概率很小。

伟人们是怎么看待睡眠这种现象的呢？我查了查，发现甘地和艾伦·坡都说过，沉睡等于走向死亡。

随后我又收集了一些关于睡眠的趣事——人们在睡眠过程中的奇特行为。故事很多，让我感觉不再那么孤独，不再那么疯狂，不再那么异类。

后来，我突然意识到，还是独自一人更好。那一刻，我停止了所有的探索，所有的研究。

第十章

周一早上,我坐在客厅地板上一边叠着洗好的衣服,一边听着音乐。门铃响了。我开门一看,是牧师来了,赶紧请她进来。幸好——不对,岂止是幸好,是非常好——厨房里整洁又干净:爸爸去大学上班了,派格去了学校,洗碗机我已经收拾好,灶台也细心地擦洗过。牧师叫凯瑟琳·爱德华兹,在教堂任职至少有二十五年了,比我爸妈在巴特勒住的时间还要长一些。凯瑟琳今天穿了条卡其长裤,一件海蓝色开衫,鼻梁上挂着金丝眼镜,总让我觉得她其实更像一位律师。几天不见,她的头发灰白了不少,不过双眼依然炯炯有神,脸上带着微笑。想起昨天早上我在加文床上醒来还余醉未消时,面前的凯瑟琳已经在教堂讲经说法了,心里真是一阵惭愧,赶忙伸手关掉了 CD 机。

"我也是临时想起来,应该来看看你们了。"她说,"你爸在家吗?"

"没有,已经去米德尔伯里了。喝咖啡还是茶呢?家里好像还有苹果酒呢。"

"不用了,我刚和大家吃过早饭。你爸那天打过电话,我答应要过来一趟的。"

爸爸居然会给牧师打电话,真是太阳从西边出来了。"电话上说什么了？"我简单地问，没表现出惊奇。

"自然是说你妈妈啊。"

"那是自然。"我指了指身后的客厅，"要进来吗？我刚洗完衣服。生活过得是有滋有味。"

"谢谢。"她说，一边脱下脚上的帆布鞋。我告诉她不用脱鞋。进了屋，凯瑟琳在饭厅吧台的圆凳上坐下，我也陪她坐了下来。

"你真是个好孩子，"凯瑟琳说，"把派格和你爸照顾得那么好。"

"应该是吧。谁能想到，我居然很会照顾人。"

"你妈妈可能还没消息吧，听你爸的意思。"

"他为什么要打电话给你，能告诉我吗？我是说，是不是关于我妈的什么具体的事情呢？"

"哦，也就是很短的一个电话。"

"明白了。"

"下个周末你要去表演魔术，是吧？"她说，没有回答我的问题。

我点点头："伊莉莎·鲍恩过生日，是你牵的线，再次谢谢你。"

"你认识她吗？"

"不太认识，她比派格小三岁。"

"哦，那要小心了，听说她在主日学校里捣蛋得很，老师都害怕给她上课呢。所以嘛……先别谢我。"

"没问题的。"

凯瑟琳专注地看着我："你坦白告诉我，现在需要什么？有什么我能做的吗？还有教会，有什么可以帮忙的吗？"

我转过头去，不敢正视她的眼睛："我不知道。"

"我承认，教堂的执事们做得不够，我自己也做得不够。我丈夫都说了，我们大家都做得不够。"凯瑟琳的丈夫是位理疗师，不过具体是在哪儿做，我不太清楚。他俩生了一对双胞胎儿子，比我大几岁，其中一个在读研究生，另外一个不知道在干什么。

"我说的是真心话，真的不知道需要什么，我，还有家里人，我们真的不知道。我是说，我们家都不去教堂的，所以爸爸给你打电话，我感到很意外。"

凯瑟琳耸了耸肩膀："就这样吗？"

"就这样，可我心里难受。"

"这个跟你们去不去教堂没关系。一件事归一件事，我保证。"

"你觉得妈妈有可能还活着吗？现在还抱希望是不是太不理智了？"

"你问我吗？我可是每个周日都在跟大家说，凡事要满怀希望的……"

"下面要说'不过'了吧？"

"不过，我觉得可能性不大。我很抱歉，丽安娜。"

我看着刚才叠好的那些衬衫，是妹妹的。"这样说来，她是上天堂了。"我喃喃自语道。

"是的，百分之百，没有'不过'了。"

"即便我们不去教堂。"

"对，再说一遍，一件事归一件事。"

"去年上过一门关于天堂的跨学科课程，讲哲学和宗教的，中间提到几种天堂，妈妈如果是在那些地方，一定会比其他人更幸福。"

"这个嘛,对你妈妈来说,地球上的天堂就是你和你妹妹,希望你知道这一点。你妈妈曾经说过,你是这个世界上脾气最好的姑娘,是她有一次流产过后说的。她还跟我说,心里很是过意不去,你都那么好了,她居然还迫切地想再要一个孩子。"

我有些疑惑了。妈妈和凯瑟琳虽然是熟人,可是也没熟到交流这种私事的地步啊?难道说她真的无助到去找牧师谈心的程度了?"妈妈跟你说过她流产的事情?"我问。

"说过,流产又不是什么国家机密,"凯瑟琳握住我的双手回答说,目光也柔和起来,"也不是什么羞耻的事情。而且有一次,我去医院看一个人,正好看到你妈妈在那儿。她流产过四次,是吧?"

"五次。"我纠正她的话,心里在喊,天哪,太多了,真的太多了。

"总之,这些事她确实跟我讲过。她说她自己就是个做姐姐的,很开心,所以也想给你生个弟弟或妹妹,还说自己当这个妈妈当得很开心。反正她很想让你知道,她很爱很爱你。"

"这个我从来没怀疑过。"

"有多少次是你救了她的命呢?两次?三次?"

"这些都是谣传。只有一次——那天晚上在桥上,而且也不是救了她的命,也许她掉下去也只是摔坏腿而已。"

"谣传是比较可怕。"凯瑟琳说,语气中带了一丝恼怒。她放开我的手,重新坐到板凳上。她这么说,我马上紧张起来。

"外头是不是有什么谣传,关于妈妈的?"我问她。虽然不太确定她指的是什么,可是直觉告诉我,一定和妈妈梦游有关。

"也就是一些闲言碎语,没什么意义。"

"只要是可怕的,肯定有意义。可怕的东西总是强大的,是不是真的倒是其次,力量才起决定作用。"

凯瑟琳胳膊交叉放在胸前,说:"你这姑娘,真聪明。"

"准确地说,是好奇。"

"好吧,这话你可能听说过。"迟疑片刻后,她说,"就是有些人在说,你妈妈死的那天晚上,是出去跟某个人见面。"

"对,外面有人在传,说她跟别人跑了——你懂的,不要爸爸、派格和我了——太疯狂了。"

"我同意,这些谣言太疯狂了。稍微想一想就知道怎么可能,你妈妈是那么爱你跟派格。不过,虽然说你妈妈出去跟别人见面不可能,但是外面这么传也是有原因的:几大罪行中,通奸罪可以说是最让人感兴趣的了。不是吗?"

"有说起那人是谁吗?"

"没有。"

"真的?"

"真的。"

我不相信。直觉告诉我,凯瑟琳要么是在保护我,要么就是不愿意说别人的闲话。"那我爸爸呢?"我改换策略问道。

"你爸爸?"

我耸了耸肩,尽量装出一副若无其事的样子:"有什么关于他的谣传吗?"

凯瑟琳摇了摇头,眼睛看了看下方,很快又抬起头看着我,叹了一口气,说:"好吧。既然你想知道,我就简单说说。有个说法传得很多,说是你妈妈失踪那天晚上和大学里的一个女生在一起。据说是你爸爸有外遇了,那个女生找上门来,不知道你爸爸出差去了,半夜敲门,结果就发生了后面的事。"

"我的天……"我喃喃地说,又赶紧补充道,"对不起。"我从未想过，会有另外一个女人来跟妈妈抢爸爸。不对，是那个女人，那个长着金黄色头发拿着伊丽莎白·毕肖普奖学金的女生。叫什么来着？萨蔓莎，简称萨姆，那天坐在爸爸身旁、T恤上印着宇航员头像的那个，年纪跟我差不多。这样的小姑娘，爸爸也和她眉来眼去？没错，当时我就看在眼里了，那几个女生都把爸爸的办公室当成了自己的家！要不是亲眼所见，我还以为，爸爸即使有外遇，也应该是找和他年龄相仿的女人。这样想，看来是我错了。

"没关系，"凯瑟琳微笑着说，"不过不要相信，都是编出来的。"

"也许吧。"

"你妈妈会为你感到骄傲的，真的，希望你明白这一点。你为你爸爸和派格做了那么多，她会为你感到自豪的。"

"我没回学校上课，她也会很失望，心里会很内疚的。"

"也许吧。"

"好啦，爸爸干吗打电话给你呢？"

凯瑟琳有点儿神秘兮兮地笑了，随后又点点头，说："呀，又回到老问题上来了，是吧？"

"这跟刚才我们讲的事情一样奇怪，是不是？"

"你爸打电话来，是想把事情做个了结，尽管他自己也不太明白了结是什么意思。"

"做个了结？"

"也就是说，时候到了，应该举行一个追悼会——即便是找不到你妈妈的尸体。他打电话来就是想讨论这个，问我什么时间合适，哪一天，哪一天可以……"

"我爸又不是正儿八经的教徒！"我毫不客气地打断她，声音又大,情绪又激动,两个人都吃了一惊。不过,爸爸居然提出要开追悼会,真把我给气坏了。追悼会?亏他想得出来!

"确实不是。"凯瑟琳见我又气又恨的样子,不动声色地说,"我相信他是在为周围的人考虑,为你妈妈的朋友考虑,为你的外公外婆考虑,还有你姨妈、你和派格。他是这样想的,其他人也应该有一个机会来表达自己的哀悼和悲痛啊。"

"她也没失踪多久啊,才一个月零三天。"

"说的对,而且我也没有说,你爸爸已经放弃了所有的希望啊。可能我刚才不该那样说吧。你爸爸只是想……想找个机会让大家说说话,表达一下心情。你们都需要痛痛快快哭一场,应该哭一场,哭一场就好了。"凯瑟琳继续往下说,尽量给我解释她的想法,解释爸爸的打算和出发点,但是我怎么也听不下去了。从厨房的窗户望出去,后院里那些树静悄悄矗立着。今天才9月27日,有些树的叶子就已经落得精光,打眼一看,还以为是隆冬季节呢。这番光景,是因为今年下的雨太少了吧?

我突然想到了一个办法:既然牧师讲了,关于妈妈那天晚上为何出门,众说纷纭,其中不乏捕风捉影式的胡编乱造,那何不来个顺藤摸瓜,亲自去听听,看看到底都有哪些八卦。应该去找个合适的人谈谈。这个人不能像牧师那样,说一句留一句,道听途说的闲话不肯向我和盘托出。这个人应该交往颇广,喜欢八卦,是个消息中转站似的人物。巴特勒小超市的熟食区刚好就有这样一个人,是个女的,叫佩吉,就是那年秋天为我们家做墨西哥肉卷的那位。佩吉有两个孩子,女儿是海军,儿子也在海军陆战队,聊天是她最大的爱好之一。她这个人,有些口无遮拦,不过心胸还不算狭窄。

到小超市的时候快到中午了，我运气不错，熟食柜台后面只有佩吉一个人，正在做三明治和肉卷。超市老板是个老太太，和我外婆差不多年纪，跟她丈夫一起买下这家超市的时候，我还没出生呢。老太太这些年把超市经营得越来越红火，这会儿正在收银台，跟电力公司的两个线务员有说有笑。

"你好像从来没这么早过。"佩吉正在切西红柿，见我来了，笑着说。

"第一次，对吧？"我说。

她停下手中的活儿，问我今天是不是还要肉卷。

"那是自然。"我说，然后看着她开始动手做了起来。

她一边做，一边问我，周末过得好吗，我爸和派格怎么样。

"他们还是老样子。"我说，"至于我自己嘛，刚去蒙特利尔看过一场魔术表演。"

"跟你妹妹一起去的？"她问。

"不是的，和一个大学同学。"

"男朋友吗？"她满怀希望地问。

"不是，一个普通朋友。"

她有些失望。时机到了，我趴在柜台上，压低声音，悄悄地问了一句："可以问你一件事吗？"

"啊？当然可以。"

"这三四十天里你有没有听别人说过我妈什么呀？"

"比如说？"

"你见的人多，认识的人也多，他们什么都会跟你讲的。"我想先拍拍她的马屁。

"那倒是，大伙儿到我这儿来可是什么都说的。"

"那是肯定的。"我附和着说。

"大家总问我,有没有你妈妈的消息。你知道的,我们这儿装了警用传真机嘛。"我点了点头。那是自然,小超市可是镇上的通讯中心,手机和数字时代到来之前,我们如果有什么口信要带给其他人,都是让收银台转告的。即便是2000年的今天,假如有谁匆忙之间要出趟远门,需要找个人为他那头两百多斤的美洲驼挤奶,来趟小超市一定能把事情搞定。如果有谁听到路上有消防车的鸣笛声,打个电话到小超市一问,就能知道是谁家着火了。同样的道理,如果谁想打听失踪的安娜丽·阿赫博格近来可有消息,来小超市绝对是正确的选择。

"是问有谁看见过她吗?"我问。

"对呀。特别是那天早上出去找你妈妈的人,都来打听我们这儿有没有她的消息,任何消息都行。他们觉得自己付出了劳动,应该有所回报,特别是唐尼。"

"唐尼·亨普斯特德?"我问佩吉,"为什么?"还记得那天早上我告诉爸爸妈妈失踪了时,爸爸叫我打电话找人,唐尼是我首先要找的人之一。

佩吉有点儿不自然地往四周看了看,说:"丽安娜,这个我真的不想说。"

"为什么?"

"算了吧。"

"求您了。"

"你真的不知道?"

我不回答,等着她说。终于,佩吉摇摇头,双手不自然地摆弄着围裙的带子,说:"有些人在说——我觉得肯定不是真的——在说你妈妈是出去跟他见面的。"

我吃了一惊,幸好脸上没表现出来:"你是说她失踪的那天晚上?"

"嗯。"

"大家认为他俩好上了?"

"是有些人,我没有。"佩吉说,"不可能的,我知道,太荒唐了。"

一提到唐尼,那位个子高高的、运动型的男子便浮现在我眼前。妈妈失踪那天,唐尼的胡须修剪得整整齐齐,身穿白色T恤,屁股上还挂着个收音机。唐尼白天做投资管理,晚上是义务消防员,有两个儿子,一个在上小学,另一个上初中,跟派格一个班。印象中他好像大多时候在家里工作,偶尔也出差。妈妈挺喜欢他,也喜欢他的妻子艾琳,去体育馆健身都是三个人同行。妈妈还替他们家设计了阳光浴室:一个大穹顶下,足以放下五张躺椅,一张玻璃桌,外加一个直径四十厘米的咸水池,而且是加热型的。

"他们只是朋友。"我说。

"那当然,你妈妈和贾斯汀·布莱斯也只是朋友,可是也有人在说他俩呢。"

"这也太荒谬了。"

"我知道。"

"他的妻子玛丽莲是妈妈最好的朋友之一。"我提醒佩吉。本来还想告诉她,贾斯汀·布莱斯这个头都快秃了的"美食家",这个把炸薯条蘸蓝莓芝士看作高级食品的家伙,我妈怎么可能看得上他!

"这我记得。"

"我妈妈有梦游症。"我明确地告诉佩吉。真后悔来这儿找她,后悔说起这个话题,今天真是一个错误,"每次犯病都是她一个人——我爸不在家的时候。8月的那天晚上也是我爸出远门，她就梦游了。事情的真相就是这样，你我都知道的，事实就是事实。"

"你说的对，丽安娜，说的对，可是你问我我才说的呀。周围的人不是喜欢议论吗？可能刚才那些事我不该说吧。"佩吉说完低下头，眼睛盯着面前砧板上的菜和肉。

"这些说法警察知道吗？"

"应该知道吧。"

"是你告诉他们的吗？"

佩吉抬起头，看着我的眼睛："他们没问过我。"语气中有些失望。

回到家，我拿出佩吉做的三个肉卷，扔进了垃圾桶。之后，我好长一段时间没去小超市。

周一晚上，从泳池开车回来的路上，派格对我说："不给糖就捣蛋？我可不玩儿，那是小孩子玩儿的。"说着把湿毛巾使劲儿往游泳包里塞，可怎么也塞不进去，最后干脆把它扔到了后座上。

"你才十二岁呢。"我提醒她。话虽这么说，这一带的小孩儿，只要过了七年级，差不多都会对这个游戏失去兴趣。所以她这么想也可以理解。可惜之前我还在给她出主意，建议她穿什么样的服装。记得两年前，妈妈还亲自动手，把派格打扮成了一个坟墓天使。我那时在大学里，回家后看到妈妈给派格拍了无数张照片。看了照片我吓了一跳，派格身上裹了条又肥又大的灰色袍子，袍子很长，一直拖到脚后跟。袍子是用白色连衣裙染成的，不花上好几缸油画颜料根本做不出来。除了袍子，派格脸上还戴了一张戏剧（悲剧）中常用的面具，背上背了一对玩具翅膀，头上戴着假发。妈妈一直很喜欢万圣节，现在回想起那些年她带我去玩的"不给糖就捣蛋"的游戏，以及亲手为我设计的那些服装，倍感温馨。记得有一年，妈妈把我化装成一只大章鱼，过完节后，大章鱼那八只硕大的、用卡纸折成的触手没扔，第二年妈妈就地取材，把我打扮成了一只巨型蜘蛛。有一年我化装成狩猎女神阿尔忒弥斯，服装是妈妈亲手缝制的，而且为了效果更好，她居然去一家箭术俱乐部，从一名会员那儿弄来了一副特别漂亮的弓和箭。上一年级的时候，万圣节到了，我和妈妈一起出门，装成一对魔鬼母女——那时候我六岁，具体怎么玩的记不起来了，后来仔细看照片才恍然大悟，妈妈那天晚上玩得那么尽兴，纯粹是因为可以穿上那套魔鬼妈妈的紧身衣，那效果真是性感非凡，辣妈的诱惑估计没几个男人能抵御得了。

"反正我不喜欢。"派格咕哝了一句。

"好啦，现在还没到10月呢，还有几周可以考虑。"

"不要。"

"因为妈妈不在？"

"不是。"

"我也可以帮你弄个很棒的形象出来啊。我的意思是说，虽然我不是妈妈，万圣节也是她的拿手菜，可是我也不是笨蛋啊。"

"你？你只会给我穿件肚脐装，把我打扮成侍女。"

"天哪，怎么说话的？像个……"我说不下去了。

"像个什么？"

"像什么我就不说了，只想告诉你，你也太怪里怪气了。"前面是上山的柏油马路，弯弯曲曲的两车道，已经进入巴特勒的地盘了，公路一旁流淌着盖尔河。我盯着前方，感觉派格正满腹狐疑地瞪着我,赶紧转换了话题,"晚上作业多吗?"

"不多。可以问你个问题吗?"

"好啊。"

"这两天怎么没吸大麻啊?是在蒙特利尔吸过头,所以那天才没回家吧?要不就是戒掉了?"

"我没在蒙特利尔吸过,戒没戒掉我也不好说,反正这几天没吸就是了。没什么特别的原因。"

"你身上没味道了。"

"这样你不是更喜欢吗?"

"那是因为我啰?"

"不知道,也许吧。"

"哎,你可别因为我就戒掉啊,把你拴在家里我已经很不好意思了。"

"那天我不是跟你说了吗,别这样想,我留在家里不仅是为了你和爸爸,也是为了我自己。现在就回学校,我还没作好思想准备。"

"帮我个忙好吗?"

"说来听听。"

"教练说,夏天我可以出去训练,这样滑雪就不会断掉。游泳好是好,可是比不上滑雪。他说我们两个——我和露西——可以去智利,明年夏天可以在那儿训练一段时间。"

听了这话,我的第一反应是,明年夏天派格就十三岁了,那不得在智利过生日吗?想起俄罗斯、罗马尼亚甚至国内的那些体操女孩儿们,跟妹妹一样大,一天到晚关起来训练,童年根本无从谈起,也不知是什么样的大人在照顾她们。

"诺格尔教练会去吗?"

"当然不去,他又不是我的私人教练!你知道的,那是夏令营,滑雪很好的人才能去的夏令营。"

"那好吧,你要我做什么呢,怎么个帮忙法?要我去游说一下爸爸,让他同意你去?"

"会同意我去的,他又无所谓。"

"怎么会无所谓,你说的什么话呀?"

"我知道他爱我,我是说,这段时间他恍恍惚惚的,找他没用,所以要你帮我做点儿事情,办签证啊,填表什么的。"

"夏令营要多长时间?"

"要么两周,要么四周。"

"哇,在智利一个月啊,不错嘛。"

"想想啊,到时你就轻松了。"

我摇了摇头:"我现在也不累。"

"嗯,也对。"

"我会跟爸爸讲的,"我说,"晚上吃饭的时候吧。要不吃完饭,你把夏令营的网址给我,我好好了解了解,明天再给你的教练打电话。"

"谢谢。还有一件事。"

"什么?"

"还要保证那段时间我不会再梦游。"

"我跟爸爸谈过了,跟他说了。"

"我知道,他也跟我谈过了,可是好像没怎么担心,而且跟睡眠诊所预约的时间好像是六七周以后。"

我松了口气,没想到爸爸还真预约了诊所。"那你又梦游过吗?"我问派格。

"没有。"

"那就好,这样去智利之前还有好几个月,去睡眠诊所来得及,没问题的。"

"那你的呢?"

"我的什么?"

"你预约的时间啊。"

"我不去睡眠中心啊,又没什么大问题。"

"你不说实话了吧?你明知道有大问题,妈妈发病之前你就梦游过了。而且爸爸也说了,他想让你一起去。"

"他跟你说的?"

"嗯。"

"他给我预约了?"

"好像是。"

"哎哟,这我头一回听说。"我说,心里暗暗对自己说,回头一定要找爸爸谈谈。希望他这么做只是为了安慰派格——有我一起去,派格就不会觉得自己是个异类,不会孤独了。话虽这么说,我还是心里打鼓,对于自己的异睡症病史,我其实了解得很少。

"对了,万圣节的事,你还是再想想吧,"我说。两个人都有些焦虑,不如岔开话题好了,"否则过了万圣节又后悔怎么办,我可不想见你失望的样子。"说着我瞟了派格一眼,觉得她好像听进去了。一路上,派格打开收音机,换了好几个频道,总算找到一首我俩都喜欢的歌曲。

吃完晚饭,天早黑了,我朝巴特勒镇中心走去,那里的街灯很明亮。家里的饭桌我收拾干净了——这活儿都是我干,没让爸爸和派格插手。吃完饭,派格要写作业,爸爸看书或看电视,一边喝他的威士忌,喝到睡着为止。我今天突然心血来潮,碗也不洗了,有的扔在水槽里,有的留在灶台上。人呢,径直上了楼,走进卧室,拿上大麻、小碗、玻璃管和连帽衫,朝镇上走去。吃晚饭时,凯瑟琳牧师来过的事我没说,虽然答应过她我会转告爸爸;牧师所说的了结一事我也没质问爸爸,没问他为什么之前不跟我说——当着派格的面我不想说这些。说到底,我不太确定这个事情到底该不该说。开追悼会?太早了点儿吧?想起来就生气,爸爸居然就这么放弃了,而且还是在众人面前!先是派格,现在又是爸爸,难道他不应该接过担子,走在最前面,坚持到最后吗?

吃饭时我没提这些,反倒把派格梦游以及她预约了睡眠中心的事提了出来。

"是的,"爸爸说,"要过一段时间才开始呢,不过应该是在亚吉尔医生开诊之前。"

"那我呢?派格说你想让我也去。"

爸爸伸手去拿威士忌杯子,以掩饰自己的尴尬。看他的样子,不知道他是真的认为我应该去诊所做个检查,但事后忘了告诉我,还是忘了跟我说,其实他是对派格撒了个谎,让我也去做个检查,这样派格就不会太难受了。

"是的,"爸爸喝了一小口,说,"我跟医疗保险公司谈过了,你们两个的费用他们都会承担。"

"为什么偏要我去?"我一听,奇怪了,心里一紧。真没想到,他居然连保险公司也联系过了。

"哦,因为你是你妈妈的女儿啊。你们两个我都爱,你们俩睡得安稳是我的愿望。不要大惊小怪嘛,没什么神秘的。"爸爸努力镇定下来,面带笑容地说,"睡眠测试可能不太舒服——我知道你们都听说过，身上要连接好多线头，还有监视屏、摄像头什么的——不过到最后还不是每个人都睡着了。"

"那我们两个都要做啰？"派格问。

"对。"爸爸说，"同一天做。不过你们两个我都不担心，真的。记得吗，派格，你其实只梦游过一次。"

派格纠正爸爸，说还有一次，拿游泳包的那次。

"那次不算，很有可能是我或者你妈妈不注意时干的。"爸爸回答说，"做个测试嘛，这样不就了结了吗？"

了结——独自一人走在桥上时，我的脑海中一直萦绕着这个词。先是从登门来访的牧师嘴里说出来，然后吃饭时爸爸再次吐出这个字眼。想起这些我都心乱如麻。

从来没有想过，妈妈的葬礼或追悼会具体该怎么办：有哪些程序，仪式到底什么样——像什么，谁应该上去发言，又该唱什么歌，等等。想想自己会唱的圣歌，也就那么几首颂歌，而且还是圣诞节唱的。是啊，妈妈走了，也可能已经死了。不过，也只是可能，不是肯定。家里每个人都还迷糊着。我自己呢，不仅迷糊着，还要小心应对成人世界的诸多秘密，那些仿佛被秋风肆虐、席卷而下的落叶一样的秘密，它们将我包围，把我湮没。为什么有些话我不肯告诉爸爸？道理很简单，他也有秘密不告诉我啊。可是仔细想想似乎不对：他究竟是有什么秘密瞒着我呢，还是因为要保护我而有意不说出来？保守秘密和保护孩子可是两码事。就拿我自己来说，派格是妹妹，才十二岁，所以有些事情我当然要瞒着她了。

正想着，已经到了桥头。我向前走了几步，就来到上次发现妈妈的位置，于是在人行道上停住了。我把身体靠在水泥护栏上，伸出胳膊肘托住脸，看着下面流淌而过的盖尔河，胳膊肘底下差不多就是妈妈赤脚站过的地方。然后，在忍了将近一周之后，我终于没能坚持住，伸手把上衣胸前大口袋里的大麻掏出来，取出一些放进小碗，细细地吸了一口，努力想让自己放松下来。

那天晚上，我拉着全身赤裸的妈妈回了家。至于路上的事情能记起多少，妈妈从未告诉过我。遗憾的是，妈妈经历了多少事，她又是怎样的一个人，对于这些，我都已经无从知晓了。那件事之后，我曾经几次——每次都是试探性地——询问她：有什么能想起来的吗？每一次，妈妈几乎都会红着脸回避我的问题。莫非其中有难以启齿的东西？爸爸显然这么认为。妈妈呢，我相信她可能是觉得很丢脸吧。

在我看来，一个人觉得自己的梦很丢脸，这有点儿不公平，完全没这个必要。梦本来就是不可控制的，就像天气、潮水不能被控制一样。

同样，对于她的另外一次梦游——给绣球喷上油漆那次——妈妈也是绝口不提的，不管事后想不想得起来，至少没有跟我说起过。关于梦里去过哪些地方，妈妈也从来没和我分享过。

为什么？因为她根本就不是在做梦，而是在梦游。做梦和梦游的区别，我是知道的。

第一包大麻吸完了，我破天荒地又弄了一包——好几年没这样了。

长长地吸了一口，让烟停留在肺里，闭上双眼。脑海里又出现了一个词语：自杀。站在栏杆上该是一种什么样的感觉呢？像妈妈那样？真有趣，居然没人想过妈妈有可能是自杀，我自己也没想过这种可能。干吗这样想呢？安娜丽·阿赫博格深爱着她的两个女儿，抑郁症也不严重——不是说已经控制住了吗？想想看，过去这么多年里，为了给两个女儿——有时也为她自己——设计万圣节服装，她花了多少心思啊。

话虽这么说，某个夜晚，这名女子还是来到桥上，差点儿从这里纵身跃下。

今晚，天空中挂着一轮明亮的半月，万里无云。桥下河水潺潺，水位比记忆中低了许多。河水清澈，若是白天过来，水底的石头清晰可见。此刻，夜幕笼罩，只看得见大块的礁石，如海里的冰山一样，将流过来的河水分成两股。一块块石头，有的跟甲壳虫汽车一样大，有的更是大得出奇。

河的这一段太浅，即使是涉水过河，河水大概也只及我的肩膀。干旱时间太长，倾斜的河岸更多地暴露在空气中。同两端相比，大桥的中部距离河面远得多，河水又那么浅，从这里跳进河水，估计比平时需要更多时间吧。

我以前参加过葬礼。外公外婆虽然健在，爷爷奶奶却已经去世——爷爷走的时候我上幼儿园，奶奶则是两年前。这样说来，爸爸算是过来人吧？应该是的。可是对我没用。说心里话，爷爷奶奶去世的时候，我伤心倒是伤心，不过也算不上特别悲痛。离世之前，两位老人已经患病卧床了好长时间，备受疼痛折磨。爸爸安慰我说，他们已经作好离去的准备了。

深深吸完最后一口大麻，小碗见底了，映出天空中的点点繁星。我往空气中吐出一口烟，默默地念了一句：我真是个魔女。这样想着，心里不由得笑了。顺手把玻璃管放在了栏杆上。

仿佛受了激将似的，我爬上了护栏。先是双膝跪在栏杆上，然后，慢慢地，试探着站了起来。栏杆大概一米二高、三十厘米宽，虽然不及台伯河、塞纳河上的那些大桥栏杆好看，中间的那些柱子映衬着远处的绿山山脉，也还是显得十分雅致。我展开双臂,在栏杆上站稳,准备一旦即将失去平衡就往桥面上跳(或者干脆仰过去)。站起身时,我大着胆子往桥下瞄了一眼。桥很高,一旦掉下去,除非双脚或腿首先入水,否则多半没命,不死也得摔个残废,双腿截肢、四肢瘫痪都有可能。样子一定不好看,而且很痛。

不对,还有一种死法:溺死。河中心距离岸边太远,我游不过去。

抬起头,我看着天空中那轮明月,双臂仍像翅膀一样展开,伸长脖子,这种感觉真好。伸直了十个手指头,想起妈妈也曾经站在这里,双臂也如同我一样展开。我的妈妈,赤裸全身,像裸体的天使,肌肤在那一晚更显苍白,仿佛文艺复兴时期艺术家手下的石膏塑像。夜幕之中,明月之下,光着身子独自屹立在此处,会是一种什么样的感受呢?那一刻,她的内心在发出长啸,还是犹如台伯河、塞纳河桥上那些六翼天使般沉静呢?

不知道。不,渴望如潮水一样涌来,让人感受到了欲望和需求的不同。现在我感受到的,不是可以去做,而是非去做不可。

等到脚下站稳了,我把套头衫脱下,扔到身后的人行道上,然后解开衬衫纽扣,小心地脱了下来。身体里,有个声音在说:你吸多了,失去控制了。可是没用,我把手伸到背上,解开胸罩的挂钩,胸罩便一路坠落下去——很可惜,本来是想看它像风筝一样飘然而去的——内衣这种物体落地不应该是慢动作吗?

远处传来车辆的声音,轰隆隆像是辆皮卡。它会朝这边开过来吗?我伸出手指,摩挲着胳膊上的鸡皮疙瘩。不知什么时候,也不知什么原因,眼睛里已装满泪水。附近的某个地方,说不定正躺着妈妈的尸体。如果不是,那它也许已经漂去了下游,这最后的旅程,是不是从我此刻立足的地点——人们找到妈妈睡衣一角的地方近在咫尺——开启的呢？

我拉开牛仔裤的拉链，解开扣子，连内裤一起脱到膝盖上方。突然想起，这不是还穿着运动鞋吗？鞋子不脱掉，裤子怎么脱得下来呢？这可是……常识啊。

于是我跪了下来，想把鞋带解开。先从右脚开始吧。忽然，左脚趾头在什么东西上滑了一下，好像是一块石头，也好像是一根粗树枝——不对，是我的玻璃管，那该死的玻璃管——我要摔倒了。那一瞬间，我的身体在摇晃，在踉跄，仿佛一个失去了平衡的走钢丝演员，即将从高空跌落，底下的观众们睁大了眼睛，屏住了呼吸，惊呆了。时间很短，大概也就一秒钟吧。恍惚之中，我的脑海里跳出两个字：街道。接着身体往后一仰，朝着人行道——不是盖尔河——我便重重地落在了人行道以外的柏油路上，手心朝上翻滚了半周，侧着身子躺在地上。双手和两个肩膀擦着地面，一阵火辣辣地痛。真是万幸，地面如此坚硬，居然没摔出个脑浆迸裂。

桥头那边横着的公路上，皮卡车轰隆着开了过去，桥面一阵战栗。司机没注意到我。我重重地翻身过去，平躺在地上，大口地喘着气，心里刚刚平静一点儿，厌恶感随即袭来。此刻的我，上身赤裸，意识模糊，忍不住哭泣起来。

缓缓地，小心翼翼地，我坐了起来，检查自己的身体。双手在流血，还好不太厉害。右侧身体擦伤很大一块，还好是皮外伤。现在主要是两个手腕疼，不过还能忍受。转了转眼珠子，就当有人在对面一样，再拍拍身上——一方面看看是否有骨头折了，另一方面也当安慰自己，谢天谢天，人没死，活得好好的呢。要是掉进河里，肯定会一头砸在石头上，即使不当场毙命，要不了几分钟也会淹死。站起身来，我看见地上的玻璃管就在我脚边，挨着脱下来的衣服。我伸手掏出运动衫口袋里的塑料包，打开来，抓起里头的大麻撒进河里。夜风吹来，大麻估计有一大半飘进了岸边的灌木丛。随后，我衣服也没穿，捡起地上的玻璃管，用力扔进了盖尔河。只听下游传来"噗"的一声轻响，玻璃管划开水面，沉入了水底。

曾经有一个情人，她并不在意我有梦游的毛病。横亘在我和她之间的问题，是性梦游。

曾经还有一个情人，她不在意我有性梦游的毛病。然而导致我和她分手的，却是梦游本身。

至于我自己，一直以来的问题却是：我做过什么，我都知道。

第十一章

　　第二天一早，派格坐校车上学去了。再过十五分钟，爸爸也要出发去学校上班。利用这点儿时间，我在厨房里堵住爸爸。他一只手拿着一沓学生作文，另一只手端着橙汁，正准备出门。
　　"说实话，为什么要让我去睡眠诊所？"我单刀直入地问道。
　　爸爸目不斜视地盯着我，也不知道是生气呢，还是在跟我无声地对峙。很显然，我令他措手不及。
　　"因为这样安排能减轻派格的恐惧感。"终于，他回答道，"说句实话，我觉得她是多虑了，有点儿小题大做。我自己其实不太担心。"
　　"那你不觉得应该事先跟我商量一下吗？"
　　"你的梦游史可比她长多了。"
　　"所以你就说都不说一声，直接替我预约了？至少应该提前问我一下吧。"
　　"为什么？你就那么忙吗？"爸爸的语调突然尖酸起来，以前可是很少这样（也可以说从来没有）。
　　"你什么意思？"
　　"没什么意思。"爸爸的语气柔和下来，"对不起，我知道你也不好过——跟我一样。我没别的意思。"

"那说实话,派格的问题到底有多严重?还有我,怎么样?"

"说实话?一点儿也不严重,都只是预防而已。"他说,顺手把杯子放进水槽,推开我,走了出去。我是否应该相信他呢?

时间还没到中午。"干得不错。"我对自己说。吃早饭时爸爸和派格都没注意到我手上有擦伤的痕迹。换好衣服后,我感到右手腕仍然疼,背上也疼,但还能忍受。不过最重要的是,我在桥上那段荒唐的一幕没让人看见。事情已安然过去,现在我已经在玛丽莲·布莱斯的家里,和她面对面坐着了。玛丽莲的家坐落在巴特勒镇背后的小山上,房子后面是她的陶艺工作室,里面有烧窑。离房子不远的地方有一口池塘,是夫妇俩几年前自己造的。现在房子里只有我和玛丽莲。坐在客厅里望出去,远处凯旋山的壮丽景色尽收眼底,那是佛蒙特少数高度达到一千五百米的山丘之一。我坐沙发,玛丽莲坐在一块紫红色的圆垫子上,面前的圆桌上摆着一套茶具。圆桌底座是一个老式的牛奶罐,上面盖了只窨井盖大小的黑色大理石圆盘。我默默地看着玛丽莲倒茶——茶叶是乌龙茶,装茶水的是一只特别的茶壶,红色的,由黏土焙制而成,是玛丽莲从中国带回来的。茶叶要在壶里闷三分钟,不多也不少,烤箱上的计时器正提示着时间。

我来之前,玛丽莲肯定在吸大麻:客厅里散发着大麻的气味,而且她的双眼发红,这是吸大麻后的典型表现。背包里有眼药水,我差点儿拿出来给她用。随后,玛丽莲说了一句话,更是证实了我的怀疑。"这个壶啊,这些年味道好极了,就像放了一千个杯子进去一样。"

只有吸过大麻的人才会说出这样的话来。

"是不错。"我说。除了这个,真不知道该说什么好。说点儿别的吧，听上去总会让她觉得我这人口是心非，况且我也不是特别喜欢喝茶。以前喝过几次，也都是用袋泡茶冲自来水，放到微波炉里煮一分钟后直接饮用而已。

"慢慢喝，里边有茉莉花的清香呢。"玛丽莲热情地告诉我。

"茉莉。"我跟着她说了一遍。这些天总是听到这个词，兴许是预示着什么吧。具体是什么，我心里却没谱。

"还有百合花。"玛丽莲又补充了一句。我伸手端起茶杯——玛丽莲亲手做的，Y字形，墨色——喝了一小口。比起咖啡，味道差了很远，不过还好，能喝。这个结论让我自己都有些意外。

"好喝。"我告诉玛丽莲。她正仔细端详着我的表情。

"你喜欢，我真高兴！"

"我妈来这儿也喝这个？"

"那当然，她最喜欢了。"

我点点头。在家里，不管是否工作，妈妈都是喝咖啡的，说明她并不太喜欢喝茶。"你那天在超市里说起我爸妈的事，这几天我一直在想。"我说。

"哦，那些事啊，其实应该听了就忘掉的。我自己都记不起说过什么了。"

"你说过，我妈和那个警察走得很近，我爸是个讨厌鬼。"

"我说过他是讨厌鬼吗？没有吧？"

"你说他这人很不好相处。"

"父母的秘密，小孩子不需要知道的。我就随口说说而已。"

"爸妈的秘密，我一定要知道。"

"为什么？"

"因为我妈失踪了。"

玛丽莲眨了一下眼，然后闭上，这样保持了大约一秒钟的时间。这是吸过大麻之后的典型动作——她想摆脱晕乎乎的状态,清醒一下头脑——可是徒劳无功。过了一会儿,她睁开眼,眼睛里的红血丝丝毫没有减少。"你妈失踪和你爸什么关系也没有。"她说。

"我知道。"

她端起茶,喝了一小口含在嘴里,品味着——也许是假装品味着——茶叶的味道,似乎有所顾虑。"那干吗这样问呢?"她问,"你想知道什么?"

"比如说,我妈是怎么说我爸的?"

"她在那个警察面前可不是罗宾逊夫人[①],如果你一定要往那方面想的话。"

"我相信你,可是她会不会有什么事不愿告诉爸爸,而是告诉了加文·里克尔特呢?我的意思是,也许是一些小事,比如说她拿爸爸写的诗来开玩笑什么的,或者说更重要的事?"

"我不认为她会拿你爸的诗开玩笑,对他的作品她应该是很尊重的。"

"那她说过什么?"

玛丽莲上身微微前倾,顺手把茶杯放在了桌上。"你不知道我有多爱你妈妈。"她说。大麻的作用下,她的嗓音给人软滑的感觉,"你不知道我有多想念她。"

也许吧,玛丽莲是用她自己的方式爱着妈妈、想念着妈妈。话虽这么说,妈妈失踪之后,短短几天里,玛丽莲就把我、爸爸和派格忘到了九霄云外——对她来说,生活照旧,好像什么事也没发生过似的。所以她这么说一点儿也没令我感动。不过,我还

[①] 1966年奥斯卡最佳影片《毕业生》中的女主人公,挑逗、勾引大学毕业生本恩的中年妇女。

是装出一副感动的样子，因为也许只有这样，才能彻底瓦解玛丽莲的防线。吸了大麻以后，她快要扛不住了，看样子话都已经到了嘴边。

"我知道，"我说，"我还知道她对你也是同样的感情。"

"我跟她就像亲姐妹一样。"

"是啊。"

"是啊。"她重复着我的话。

外面院子里，十几只火鸡旁若无人地走了过去。起初，我以为它们只是漫无目的地逛逛而已，没想到它们在一棵糖枫树下停住了——原来是矮矮的一根枝条上挂了一个盘子，里面装着鸡食。好热闹的一家子！要是以前，我一定会目不转睛地看着它们，直到它们离去，心里跟它们一样幸福和快乐。

"对了，我妈和加文，"我说，"他们只是因为梦游走到一起的吗，我指的是第一次见面的时候？"

"差不多吧。"

"差不多？还有什么？"

"没什么，真的没什么了。"

"有什么好瞒我的？"

玛丽莲避开我的视线。

"肯定还有其他的。"我步步紧逼。

"哎呀，丽安娜，你一定知道的。"看着我一言不发，玛丽莲继续说，"有一次你妈妈跟我聊，听她的口气你好像是知道的。好像是说你曾经撞见过你爸妈，然后你妈妈还不停住——她那时是睡着了的。"

"撞见他们干吗？在做爱？"

"天哪，我不该说的。"

"要说的,很重要。继续啊。"

玛丽莲伸出双手,放在额头上,轻轻地摇着头。抬起头来的时候,分明是要哭的样子。"是性梦游。"她说,"听起来很有趣,不过也没什么大不了的,可问题是你爸爸是个非常保守的人。妈呀,要是我也性梦游的话,贾斯汀别提会多开心了。我上次告诉你,你爸这个人很难相处,就是这个意思。他这个人,很正统……态度很正统……其实有什么大不了的呢?当然了,也许我不应该说三道四,每个人都有不是的,对吧?你看看我,我吸大麻,控制不住自己,还把不该说的告诉了你。真的不该告诉你。"

我无力地靠在沙发垫子上。性梦游,我从未听说过这个词,可是联系起妈妈的异睡症来,这个词的意思就再明白不过了。想起睡眠中心的辛迪·亚吉尔说过,患者会在睡眠中发生性行为,我有种骨鲠在喉的感觉。"不,告诉我是对的。"我说。希望玛丽莲不会从这么简单的一句回答中觉察出我的心情。

"你没怪我多嘴吗?真的,你没怪我吧?"

"没有。"我撒了个谎。

"我的意思是,你妈妈是个与众不同的人。可能他们都这样吧,在睡着以后。"

"他们?"我好像知道玛丽莲指的是谁。我懂她的意思,可怎么听都觉得她好像是在说狼人,所以不自觉地问了一句。

"就是梦游的人,还有性梦游的。反正你爸给气坏了,觉得自己不行,不能满足你妈妈,可是你妈妈呢,又感到很羞愧。其实没必要,可她就是很羞愧,真的。然后你爸呢,让她对于自己的所作所为……她的欲望,更加觉得无地自容。那些年,她的性生活就是一个雷区。"说着她转了转眼珠,冲我微微地、近乎哀伤地笑了笑,"他俩的婚姻还算顺利,真是个奇迹,说明你爸妈都是真正的好人，内心也很强大。"

我有些恶心，放下了手中的茶杯："我爸说，他也不清楚为何妈妈只在他出远门的时候才梦游。其实他是明白的，是不是？"

"当然明白。只要他在家，只要他在床上，你妈妈就能找到他，跟他做爱，或者试图跟他做爱。有时候嘛，你懂的，你妈妈就自己解决了，可是在她睡着的时候，你爸热乎乎的，那才是她需要的。"

"那他不在的时候……"

"她就试图去找另一个人——我说的是试图。不过好像她也没有找过任何人——至少这一带没有。也许她一个人在酒店的时候会找到某个人吧。她怀疑这事好像发生过一次，是开什么建筑设计会议的时候，那时她在伯灵顿的那家公司上班。叫什么来着？"

"刘易斯 – 福勒 – 德格罗。"我提醒她。

"对。她有时候要出差的，晚上要出去见客户。可是，我的天，在巴特勒这个地方她能做什么？难道说凌晨2点去敲尼克·麦克莱伦的门，叫他出来一起玩儿？或者说找到唐尼·亨普斯特德家里，叫他去你们家？"她哼了一声，摇摇头，"当然了，要是她来这儿想跟我们睡，贾斯汀可是没意见。我开玩笑的——就算是开玩笑吧。"她又补充了一句。

"这样说来，妈妈梦游根本不止五年了？"

"不，不止，是五年前开始加重了，不仅更频繁，而且形式变了。她突然开始下床，去了大桥，还往树上喷漆。反正，你懂的，就是更频繁了。"

"你觉得妈妈经常跟加文谈起这个吗？她会经常跟他谈……谈自己性梦游？"

"当然会啦！"玛丽莲说，"这是他们的共同点——都是性梦游,加文自己也是这种异睡症患者。"

"太乱七八糟了。"我告诉加文,"你都想不到我有多混乱,我自己也没想到。"我俩在伯灵顿,正坐在教堂街的一间酒吧里,不过没喝酒,喝的是低因咖啡。加文因为有梦游的毛病,所以很少喝酒,这我已经知道了。我呢,自从蒙特利尔那天晚上过后,对红酒、啤酒什么的就再也没了欲望。今天的午饭是陪着爸爸和派格吃的,之后我就开车来了伯灵顿。原因嘛,很简单,大概跟妈妈一样,我也需要找个人谈谈,需要找加文谈谈,告诉他我了解到的信息。

"混乱很正常。"加文说,"没关系的,不混乱才麻烦呢。"

"我差点儿掉下桥,差点儿就从桥上跳下去了。"我告诉他。

这下加文有点儿慌了。他今天还穿着上次去单位的那件夹克,打着同一条领带,不同的是脖子下的领结松了一些。听了我的话,他把领带又往下拉了拉,露出衬衫的衣领,然后定睛看着我。我把头天晚上发生的事叙述了一遍。听我说完,他转过头去叫酒保。本以为他要来杯啤酒,没想到他又要了杯低因咖啡。

"还有,我爸妈的性生活我也知道了很多。"我继续说道,"很……多……很……多。"

"大麻都扔掉了吗?别的包里还有没有?"加文问我,好像还想着桥头上发生的事。

"都扔掉了。"

"很好。"

"为什么?怕我还会做那样的蠢事?"

他点点头:"有点儿,不过主要是担心里头是不是添加了东西,致幻剂什么的。佛蒙特有过这种事。"

"我只是吸太多了而已。"

"不管怎样,扔掉了就好。"

"是扔掉了。"我向他保证,"真希望没去找妈妈的朋友聊。想起妈妈站在桥上,想起她给绣球喷漆,这些行为想起来都已经够可怕的了。现在可好,妈妈又多了一个形象——色魔僵尸。"

"不是这样的,不是每次都这样。"

"加文,我查过资料了,每次我都要查资料的。那天晚上我昏睡过去,你把自己反锁在卧室外面,其实是因为你自己害怕,害怕睡着了会来侵犯我。我说的对吧?"

"那天在餐馆,我先是喝了一杯威士忌,后来又喝了一杯葡萄酒。后来看魔术表演,又喝了杯葡萄酒。虽然没醉,人也没糊涂,可是不能大意,酒精是引发这类事件的因素之一。"

"这类事件……用词真恰当,警官先生,既好听又委婉。"

"可是我们真的不是僵尸。"

"好像找不到什么政治正确的称呼嘛。"

"这样说吧,我们不是活死人。至少不全是。"

"妈妈失踪会不会和性梦游有关?"

"有这个可能。起初我们也在调查这个,不过发现可能性很小。你知道我怎么想的——我上次跟你讲过。我认为你妈妈是在沉睡中走进了盖尔河。这是一起比较典型的异睡症导致的事件。"

"我记得你说过,你和我妈妈都属于一个小型的梦游互助小组。我也不是生气,不过你当时应该说清楚,其实这个小组就你们两个人,应该叫性梦游互助小组吧?"

"你说那天在巡逻车里,你妈妈才失踪几个小时的时候?不对吧,我要是那样说你会怎么想?"

"那好吧,那后来呢?后来你至少应该跟我分享一点儿这方面的信息吧?你可是有很多机会的。"

"本来是要告诉你的,早晚的事,不过总要等到我和你的关系发展到某个程度,一个对我们很重要的时刻吧。"

"关系",我在心里反复咀嚼着。这个词能从他的嘴里吐出来,让我觉得很受用。"哦,我和你有关系啰?"我问加文。

加文挺直了背,双手交叉放在胸前:"基本上可以这么说。我跟你已经约会过两次,这次嘛,应该算第三次。希望还有第四次、第五次。"

"那好,你就跟我说说,把你知道的梦游的事都跟我说说,还有你跟我妈妈讲的那些事,也说说。"

于是加文便讲了起来。

讲他的过去,讲那位曾指控他进行性侵犯的女生。那时他和她都才十六岁,一起在佛蒙特中部的一个夏令营做辅导员。因为这次指控,他差点儿留下犯罪记录,一辈子也摆脱不了性犯罪的污名。他很坦白,说正是因为这件事,他才报考了附近的一所州立大学,这样可以离家更近,可能对大家来说也更安全。他还说,那次过后,他又谈了几个女朋友。一开始,女友们还觉得他在睡梦中的行为挺新奇,很刺激,是加进性生活中的一点儿调味料,不过时间一长,新鲜劲儿便消失了,最后谁也不能忍受,于是都和他分了手。"看来这种阴暗面",他说,"一般的情爱关系还是消受不起的。"

后来,他去了睡眠中心。梦游虽然减轻了许多,身体里的那头怪兽却没能完全遏制住。偶尔,它还会在半夜里苏醒过来,试图满足它那如饥似渴的色欲。

那天晚上，我没有跟加文一起回公寓。不过我还是充满了好奇：他那奇特而神秘的另一半会是什么样的呢？是否应该去试一下呢？我自己又是一个什么样的人，居然会有这种想法？是因为古道热肠、乐于助人，觉得自己有能力帮助他、安慰他甚至治好他的病，还是因为渴望刺激、追逐性游戏所带来的快乐呢？加文·里克尔特要是知道了，一定会断然拒绝的，那我不就尴尬了？我也太幼稚了，加文不会占我便宜的。

从酒吧出来，我径直回了家。派格和爸爸已经睡着了——妹妹在自己的卧室，爸爸靠在客厅的椅子上。我叫醒爸爸，关掉电视机，把他喝过的威士忌酒杯放进洗碗机，然后也上床睡觉去了。

一觉睡到大天亮。临近中午时，爸爸从学校打电话回来，说警局那边有了消息，妈妈的尸体找到了。

盖尔河冰凉的水里，安娜丽·阿赫博格的尸体时而漂浮，时而沉没，在沉浮之中日渐腐烂。坠河后的那几分钟，妈妈的肺里还有少许空气。很快，河水涌入，将空气排挤干净——仿佛一场肺泡里的宫廷政变，而肺泡的主人早已无力阻止——身体越来越沉重，逐渐漂到了水底。随后的几个星期，秋风乍起，斗转星移，河岸边的树叶从苍翠变为金黄（另一种生死轮回罢了），妈妈的尸首继续分解、腐败。分解，膨胀，发臭，一切都是细菌的功劳。五脏六腑开始充盈气体，尸体再次浮出水面，活像一艘小型飞船。不过，里面装满了死亡气息，安娜丽·阿赫博格的身体不可能像飞船那样高高飞起。妈妈身材苗条，几乎没长任何脂肪。瘦削的尸体跟鲶鱼和寄居蟹一样，可以自在地待在水底，极少露出水面。

最终，尸首中的气体占了上风，水波也占了上风。盖尔河的波涛裹挟着妈妈的身体，把她带到了十里开外的下游。一路上，尸体时而沉入水底，时而在水面上漂流。若说漂流的姿态，大多时候是死人浮在水上的典型模样——脸和手脚朝下，像一个小写的字母 n。随波逐流的死尸总是这样：河里大大小小的卵石，高高低低的淤泥，刮擦着妈妈的十个手指、她的前额、她的双膝，刮掉了她身上的一层层皮肤、血肉。

有些日子，她的尸首会暂停漂流的节奏——兴许是因为一棵滚落水中的枯树或是一块虎视眈眈的大石头吐出的"舌尖"，毫不客气地拦住了她的去路。蜗牛、鳌虾和红点鲑鱼分食着她的身体，享用着她身上汁液最多的部分。

什么力量才能重启她的旅程？帮助她摆脱枯树或岩石的，要么是永不停歇的水波，要么就是她身体日益增多的气体——水波推动她向前滑行，气体让她浮出水面。河底的污泥，连同丛生的水草，牢牢地依附在她的身体上；杂乱而繁多的水藻，仿佛一件件首饰，又仿佛一身铠甲，披挂在妈妈的尸首上。

河水击打着她，继续把她带往下游。她在水中颠簸着、起伏着，四肢和躯壳在瓦解、在分裂。不，那是一场浩劫。生命消失殆尽时，身体自然走向消亡；潜伏在河里的石头无情地刮擦着她的大腿、她的乳房、她的右侧脸庞，就像刀子一层层刮起奶酪的表皮。仔细想想，河水里有的岂止是这些物质？！泥沙里暗藏着的，不是还有几十年前就埋下的铁栅栏吗？那锈迹斑斑的熟铁棍，将她的左臂活生生撕扯下来。还有那些腐蚀得不成样子的轮毂盖，一个个犬牙交错，活像一只只星形飞镖，把她腰间的肌肉大块地切下。这就完了吗？没有。还有那数不清的石头、枯枝，像耐心而饥肠辘辘的野兽，一旦水波把她的身体席卷、撞击过来，便毫不留情地撕咬着她、吞噬着她。

再往下，艾特金大瀑布附近有座闲置多年的小型水电站，水闸处还矗立着高大的进水格栅。尸首还未抵达格栅，就已经变成一团黏糊糊、恶臭无比的胶状物，包裹在其中的是那具尚属完整的骸骨。至于她身上那件海军蓝的睡衣，早已成为历史；躯体上数不清的筋腱，加上赤裸的头颅，毫不避讳地接受着河水残忍的冲刷。水电站是20世纪初期的产物，到了今日，已算是古董，唯有水下可见其遗迹。显要的成分如厂房，连同其中的发电机和变压器，都早已不知所踪，只剩下没入水中那排简单粗陋的涡轮机、电缆竖井和钢支墩。

也正是在瀑布上方、电厂附近，尸首开始了它最为剧烈的运动轨迹。想象一下，数日甚至数周之前（搜救的人可能会说，那是数日之前），一艘孤独的皮划艇消失在众人的视野中。风浪无情，把它席卷至一片湍流之上。假若尸首仍旧停留在上游，人们完全有理由相信，可以在最后的目击点找到它。那又是何处呢？不就是那一小片睡衣被挂落的地方，地图上的那个小圆点吗？

能找到尸首的，自然不是人类，而是一条名叫萝拉的拉布拉多母狗，一条身形庞大、活蹦乱跳、喜欢四处嬉戏的浅黄色杂种狗。能找到尸体，萝拉靠的多半是嗅觉。她的主人原本住在湖对面的奥塞伯福克斯，是一名才华横溢，为了艺术不屈不挠、不畏艰险的摄影师，来佛蒙特的巴特勒只为拍摄日日变化中的秋叶。五彩斑斓的树叶荡漾在秋风中，让摄影师心醉神迷。忽然，他发现远处有几株红枫，枫叶在凛冽的秋风中战栗，令人无法抗拒地吸引着他。他不假思索，蹚入冰冷的盖尔河，想要捕捉枫叶最后的身影。萝拉跟在主人身后，却被尸体强烈的腐臭径直吸引了去。刺骨的河水里，她兴高采烈地扑腾着四五十斤重的身体，四条腿欢快地划着水，心里一定充满了无限的喜悦和好奇。

多亏了持续的干旱。水位若是正常，萝拉能看见尸体吗？尸体的味道她还闻得到吗？

不大可能。

摄影师一定不会发现尸体。连日甚至连续数周的干旱无雨，让盖尔河遭受了多年不遇的低水位。不对，是几十年不遇。

当然了，要不是因为萝拉，摄影师也只会拍下几张红叶，随后攀上陡峭的河坡，回到岸边。因为不论是河是湖，尸体只要浸泡其中，经过如此漫长的时间之后，都会面目全非。最终，妈妈从头到脚已被污泥包裹，哪里还能分辨得出？幸亏萝拉生性倔强，这才发现了她的尸首。那是怎样一副身躯啊！安娜丽·阿赫博格半沉半浮躺在浅水中，像一块腐烂的木头撞击着水闸的格栅，血肉之躯早已所剩无几。要不是因为干旱，因为萝拉闻到了烂肉的腐臭味，妈妈的尸骨很可能被卷入格栅栏中，就像一只只苹果卷入榨汁机，压得粉碎，消失在涡轮机里，最终随洄水再次流进盖尔河。

多亏天气连日无雨，最终才找回妈妈的遗体。最后，尸骨被打捞起来，轻轻放进一个网兜里（把水滴干），而后转移到一只带拉链的专用收尸袋里，送到伯灵顿医院的太平间。在那里，妈妈被推进一个独立的冷藏室，那是专门为保存高度腐臭的尸体而设立的。

妈妈的牙科信息已经送到太平间——其实早在数周前就已准备就绪，以免出现一旦发现尸体而妈妈的牙医又不在的紧急情况。尸体在太平间进行了解剖。

解剖尸体的法医来自佛蒙特州立医疗检测中心，他身材修长，脸上的胡须已经开始发白，喜欢锻炼，只要天气许可，总是骑车去太平间上班。法医解剖的结果令每个人都颇感意外：安娜丽·阿赫博格的死与盖尔河没有直接联系，死因不大可能是溺水。

　　如此一来，调查又得从头开始。

卷二

1987年5月23日晚上,已婚男子肯尼斯·帕克斯——一位仅五个月大的婴儿的父亲——在起床后,驱车至二十三千米之外的岳父家,用刀刺死岳母。之后,帕克斯手持拆卸轮胎的套筒扳手,将岳父打成重伤。事后,帕克斯开车到警察局自首。最终,陪审团以帕克斯事发时处于梦游状态而判其无罪。

梅丽莎·托马斯,苏格兰人,已婚,和丈夫一起住在一所大学附近。夜半时分,梅丽莎常常从熟睡的丈夫身边起床来,与年轻的大学男生们幽会。起初,梅丽莎会主动去学生宿舍楼的大厅和男生们见面。后来,不知出于何种原因,男生们开始陆续上门,到梅丽莎家的前院等候她的出现。通常,梅丽莎会同时与三四名男生发生性关系,整个过程中几乎从不说话,虽然发生性关系的方式完全由她自己做主。一段时间之后,梅丽莎的丈夫在房子前面过道上堆放的木屑中发现了若干只丢弃的避孕套,此事才得以暴露,众人的行为才被制止。直至今日,梅丽莎仍然声称对此事毫无记忆。参与此事的两名大学男生曾经坦白说,和梅丽莎发生关系时——或者用其中一名男生的话来说"她和我发生关系时"——他们非常确定梅丽莎处于熟睡状态。

2009年1月,家住威斯康星州北部的提摩西·布鲁格曼在熟睡中起床。当时身上仅穿着内衣的提摩西走进附近的树林,次日被发现冻死在雪地之中。

七十七岁的詹姆士·卡伦斯住在佛罗里达的棕榈港,据报道曾经在熟睡中走进了一口池塘,池塘中生活着数量众多的鳄鱼。此次梦游卡伦斯没有死,原因是他随身携带了一根手杖并成功抵挡住试图上前攻击他的鳄鱼。

如同集邮一样,我搜罗了大量类似事件,把它们储藏起来,就像某些人囤积火柴盒、明信片和古钱币一样。

在这些事件里,我看到了怪异,看到了异常,也看到了本我那强大而原始的力量。这些事件让我认识到,本我是多么独立自主,多么不可抗拒。

还有,在这些事件里,我也看到了……我自己。这些事件足以证明,在这个世界上还有许多人和我同病相怜。

第十二章

那年秋天，回忆安娜丽·阿赫博格成了我生活的一大支柱，在记忆中，我也小心珍藏着妈妈的往昔形象。至于那些在脑海里不断回响的名词，那些标签，那些令人联想起欲火中烧的狼人的词语——例如异睡症、睡眠性爱、梦游、性梦游——要让我漠视、忽略，我真的做不到。环视家中四壁，屋子里的物件没有一样不在提醒我，妈妈是一个多么特别的人。就连那只里面还装着我那些已经不再使用的魔术道具的小箱子，那只我一直舍不得转手卖给别人的箱子，也能瞬间让我想起与妈妈有关的往事。

那年我十一岁，派格还是个婴儿，爸爸正好去哥伦比亚大学开会，妈妈也跟着去了，带上自己的两个女儿。现在回想起来，我和派格始终都只能算是妈妈的女儿，不是爸妈的女儿，也不是爸爸的女儿。到目的地之后，爸爸去城外的大学校园开会，妈妈则带我去我最喜欢的魔术道具商店买东西。商店在百老汇第十二街的史传德书店旁。记得那天我们也去了书店，在那里消磨了好几个小时，还去了一家专卖巧克力的小馆儿。（所以说，我对巧克力类甜点的爱好可是早就培养出来了，那是在妈妈去世以及我认识加文·里克尔特的好多年之前。）魔术店在一幢大楼的第二层，以前我们一直是走上去的，唯独那次坐了电梯，因为派格还小，像个袋鼠宝宝一样，装在妈妈胸前的背袋里。

柜台后面站着一位先生，和林赛——之前提到过外号是"恶人罗兰"的那位——一样，仿佛来自另一个时代。不过除了气质相仿之外，面前这人与林赛完全相反——我大学里认识的林赛，是位干净漂亮、举止优雅的老魔术师。可是面前这位呢？举止生硬、言谈粗鲁，大腹便便，肩膀上悬挂着两条松松垮垮的吊裤带，耳朵后面长着几撮参差不齐的毛发，一头浓密的灰杂色的头发又脏又乱，仿佛十天半月没洗过一样。在魔术商店里，以及教授魔术表演的录像带上，总是能看到他这样的男人。店主的手背上长满茶色的雀斑，动作倒是又快又流畅，观看这双手演示一些小魔法，是我很喜欢的一件事。另外，像我这样的小女孩儿，这个年纪的魔法师也还比较容忍——条件是不要太苛刻。那天上午，店里除了我和妈妈以外，没有别的顾客。

那天店主为我们表演了一个魔术，名叫"魔法平底锅"，使用的道具是一只长柄煎锅，深大约十厘米，自带一个银制锅盖。具体的玩法是：魔术师首先把煎锅展示给观众看，空无一物，然后盖上，很快又"唰"地揭开，锅里立马出现一大堆东西，有海绵、花朵或者丝巾，等等。这个魔术我很喜欢，同时又有些担心，不知道能否在锅里装点儿实在一些的东西——比如硬糖什么的，又大又花花绿绿的那种，装上一大堆——这样表演起来更能吸引观众。不过如此一来，表演的难度可就太大了，因为实在的东西不易压缩，锅底的暗盒恐怕藏不住。当时的想法很天真，觉得如果可以的话，将来我尽可以在同学面前，在那些小屁孩儿面前显摆显摆。为了这个，妈妈和我也就和店主聊上了，一起讨论该怎么办。妈妈还问店主，是否可以透露暗盒的具体大小。就在这时，派格突然醒了，哭闹起来。妈妈温柔地把她从背袋里抱出来,解开自己的衬衣纽扣,把旁边道具演示台上的椅子拉到柜台跟前,坐下开始喂奶。派格立刻安静了下来。

那时是 1988 年。妈妈经常在佛蒙特的公共场所给孩子喂奶,我从来没觉得有什么好奇怪的。那天在曼哈顿,妈妈给派格喂奶,我本来也没多想,没料到那位老魔术师见了,却说:"如果你愿意的话,可以到仓库去。"一边说,一边低下头瞧着我们身旁的地板。妈妈那只已经被婴儿贪婪的小嘴遮住的乳房,对他来说好像刺眼得很,跟光芒万丈的太阳似的。

妈妈笑了,对魔术师的尴尬颇感意外,但很快便回过神来,说:"哦,没关系的。你不是要给我们看盒子吗?我是说那个暗盒,我猜它一定是隐藏在锅盖的背面。每次你揭开锅盖的时候就松开暗盒,这样那些东西就出来了,是吧?"

魔术师瞟了一眼手里的道具,然后看着我,就是不看妈妈。"这样吧,你还是换个地方。"他说,低头看着面前的玻璃柜子,"万一有客人来怎么办?"

妈妈摇了摇头,平静地说:"我觉得客人们不会在意的,真正在意的人是你。不过像你这个年纪的男人,不是大多数都见过乳房什么样吗?如果来的是女人,那就更不用大惊小怪了,哪个女的没见过乳房?你也看到了,我这两个女儿,一个肚子饿了,另外一个又想在这儿买几个魔术道具,现在让她俩开心就是你我分内的事。所以不如这样,你把心思放在丽安娜身上,我呢,就照顾好这个小家伙。这不皆大欢喜吗?"

店主一听,知道自己没辙了。妈妈说的话很有道理,语气也很坚决,让他不得不服,只好不再言语,派格也就继续吃奶。几分钟后,派格吃饱了,店主便又一次和妈妈攀谈起来。

那天傍晚,三个人满载而归回到了姨妈家。我的大购物袋里不仅装着那只"魔法平底锅",还有一副魔术扑克牌和一束弹簧花。后面两样都是店主赠送给我的。表演魔术时,弹簧花可以藏在中空魔术棒或者袖子里。

妈妈就是这样一个人,跟一头母狮子差不多,护子心切得可以不要性命。记得上高中的时候,指导老师反复告诉我,有些大学我是考不上的,结果妈妈站在我这边,和老师据理力争。上十年级的时候,我在外面参加聚会,班上的一名男生开车送我回家。妈妈一看(闻),这男生居然喝过酒,立马怒不可遏地开上自己的车,把他送回家,让他父母看看儿子醉醺醺的模样。

不幸的是,我过早地失去了妈妈,派格也过早地没了妈妈。遗体找到后,我终于明白,我那勇敢无畏的妈妈真的是一去不复返了。尽管如此,在我内心中,却有一个东西在萌芽、在长大,它让我暗暗发誓,要把悲痛化为力量,去战胜梦游这头怪兽。

坠入盖尔河之前,妈妈很有可能已经死亡。法医说,她的肺里有积水,但几乎没有呛水的迹象;身上的外伤也说明,即使没有落水,她也会很快死亡。

至于死因,是头骨破裂外加急性硬脑膜下血肿。大脑和头骨之间有积血,说明入水前头部受到过猛烈撞击。这些证据显示,似乎有某个人或物体——警方把解剖结果通知了我和爸爸,当时我想到的是一根木制垒球棒——从背后袭击了妈妈,击中了她的头部。可是接到通知那天傍晚,我和大学室友艾丽卡在电话里讨论这事。艾丽卡说,我想象的场景太奇特,更有可能的情况应该是,我妈当时是在大路的人行道上,有人按住她的头猛烈地撞击水泥地面。想想也对,有谁会手拿一根垒球棒到处走呢?

还有一种可能,就是妈妈和某个人发生了性关系,而且是双方情愿且动作十分激烈的性关系。(世界上难道会有双方情愿且动作如此激烈的性梦游？私下里我想。)当然了，这也是假想而已。法医的记录显示，尸体生殖器附近有擦伤，但是由于尸体——可以说是完全赤裸的尸体，除了那件残破不堪的海军蓝睡衣以外——已在河水里浸泡了好几个星期，其间不断遭受岩石、木头和各种垃圾碰撞和刮擦，所以很难证明伤口的来源。另外，尸体上还有骨盆破裂的现象，但根据法医的判断，发生时间仍然可能在死亡之后，地点也可能是在水中。总之，妈妈的尸体（残存的部分）已变得破烂不堪，好似一团稀糊糊的果冻，一堆断了线的木偶。多日浸泡之后，盖尔河的水已经把她身上的每一根筋、每一块肌肉和每一处组织都冲刷得干干净净，发泡翻起的皮肤已成深棕色，活像一块发酵过头的农夫奶酪。

病理学家用内窥镜检查了尸体的阴道壁和骨盆带，没有发现任何外来的毛发。另外还可抽取阴道中的液体进行检查，看是否残留有精液或血液，不过在经过盖尔河的水浸泡过后，即使妈妈在生前有过性接触，任何遗留下来的体液也早已被冲洗干净。尽管如此，病理学家还是做了检查。检查结果是没有发现任何可疑液体。

病理学家还通过挤压死者的脾脏对尸体进行了毒理学检查。脾脏血液比大脑或肝脏组织检测起来更便宜，所以这也为纳税人节省了一点儿开支。检查结果出来之前要等待几个星期，不过谁都不认为会有任何新的发现。

对了，还有一个东西，就是那块挂在即将枯死的枫树枝上的小布片。

抱着一丝希望，调查人员再次来到发现布片的河边，仔细搜寻线索，比如除妈妈之外某一个人的DNA。

什么也没发现。

妈妈葬礼那天早上,爸爸和派格都不想吃早饭。我虽然不饿,但还是开车去了趟布里斯托的面包店,买了十几只枫叶烤饼,煮了一壶咖啡。前一天晚上外公外婆住在我们家,是来参加葬礼的。两位老人睡醒了,估计想吃点儿什么东西。我猜对了。外婆的老年痴呆症日益加重,几分钟前还在二楼的卫生间里迷了路,不过她很喜欢吃烤饼,吃饭好像也能让她不再乱跑,可以安静地和其他人待在一起。外公说想给大家煎几个鸡蛋,可是一听到鸡蛋两个字我就恶心,所以就说算了,我不吃。爸爸要在葬礼上致悼词,这会儿独自在书房修改、背诵文字。姨妈、姨父和表弟——两个金发碧眼、喜欢闹腾的男孩儿,一个上四年级,另一个刚上一年级——晚上在布里斯托的一家乡村旅社过夜,现在过来吃早饭。派格很喜欢两个表弟,因为只要是球类运动他们就都爱(我觉得男孩子都这样),这次出门还随身带了橄榄球和足球。他们三个有个共同点——精力充沛、凡事喜欢比个高下。

这时距离找到妈妈的遗体已经一个星期了,而就在三天前,法医才宣布,妈妈并非死于溺水。

我从柜子里拿出三条裙子,颜色倒很合适,都是黑色的,样式上却不太适合,都是夏天穿的,要么比较暴露,要么比较活泼。我把裙子放在床上,正考虑穿哪件,派格进来了,身上穿着姨妈昨天在伯灵顿给她买的黑色连衣裙,在我裙子旁边坐了下来。

"我觉得你应该说几句话。"她说。

"你是说在葬礼上?"

"对。"

"爸爸比我会说话得多,而且我在上面恐怕也控制不住,肯定要出丑的。"

"没问题的。不过我可不关心你在上面说什么。"

"那你关心什么?"

"关心你站在上面能看到什么。"

我不说话,默默地看着她,不知道她想要说什么。派格继续说:"可以看见坐在长椅子上的那些人,他们的脸,脸上的表情,说不定能看出是谁干的。"说这话时,派格一脸严肃。

"你以为你是谁,卡姆·简森①还是南茜·朱尔②?"我说。

"难道你不觉得,杀妈妈的那个人有可能就坐在教堂里吗?"

"从来没觉得。"

"凶手们都会重回作案现场的。"

"才不是呢。"

"他们其实很笨的,但总是自作聪明,最后总是做傻事。"

我知道她是从哪儿听来的:法医的检查结果公布之后,加文的老板、沃特伯里刑事调查局的局长在媒体上就是这么说的。他说,如果安娜丽·阿赫博格是被谋杀的——尽管尸体头部遭受的撞击并不能完全证明这一假设——那么不管是谁干的,凶手很可能在某个环节留下了破绽。可是我认为不见得,加文也有同感。这几天我只见过加文一次,所以很想他,可是外公外婆、姨妈姨父来了,我实在走不开。另外,妈妈的尸体找到后,州警察那边

---

① 美国同名儿童故事集的主人公,一个拥有超强记忆能力并借此破案的小学女生。
② 20世纪30年代美国同名小说中的主人公,一名屡屡侦破离奇案件的少女。

也行动起来，开始重新排查她的那些客户和朋友，还包括——我觉得很明显——我爸。警方一再安慰我们，说不必害怕。不过，真要是有人谋杀了妈妈的话，凶手怎么会对家里剩下的这三个人一点儿兴趣也没有呢？警察真的可以这么有信心？这一点我想不通。管他呢，加文也没时间跟我讨论，不过他说了，葬礼他是会参加的。

"做傻事的凶手一般都在电影里。"我对派格说。

"现实生活中也一样。世界上有些最笨的坏蛋，就生活在我们周围。"

"那倒是。"我说。就在几个星期前，在伯灵顿附近的一家体育器材商店，一个和我年龄差不多的男子试图顺走两把没带鞘的猎刀。他把猎刀藏在自己的衬衫里，结果从店里跑出来的时候，摔了一跤，被猎刀刺穿了腹部，爬到停车场的时候，血都快流干了，还好没死。

"那你答应了上去说几句悼念妈妈的话？"

"不行，跟你说了，我说不来的，我……不行的。不过我答应你，看看哪些人会来，好吧？"我跟派格说，免得让她觉得我在敷衍她。

"我也会看看。"她点点头说，伸手拿起旁边的一条裙子，"穿这条吧。"那是一条黑色的套头连衣裙，比较长，可以遮住膝盖，上面是紧身的，有一圈绣花。穿这条连衣裙，我总觉得是要跳弗拉明戈舞。

"那条啊，我不知道，会不会太轻佻了一点儿？"那年秋天我真是状态不好，连穿什么衣服都要问妹妹。

"不会的，再说妈妈喜欢这件。"

"那倒是。"

葬礼之前，爸爸已经让人把妈妈的遗体——准确地说，是妈妈仅存的骸骨——送去火化了。葬礼结束后，妈妈的骨灰盒将被葬在巴特勒的公墓里。爸爸、派格和我专门选了山上阳光充足的一处位置，在公墓扩建区域内——老公墓1785年就在此落脚了，旁边刚好栽了一棵绣球。真是有意思的巧合，我们都很喜欢。

过道上传来外公的脚步声，听声音他是下楼去了。外公个子并不高，年纪也不是特别大，才七十六岁，可如今"白发人送黑发人"，无疑是世间最为沉痛的悲剧，所以那年秋天他比我们其他任何人都老得快。到这儿来以后，我有两次发现他在一个人悄悄地哭泣。相比之下，外婆通常是活在自己的世界中，这样也好，她心里不会难受，可是一旁的人看了，尤其是我，简直心都碎了。外婆那年七十四岁，满头银发一直垂到肩膀，外公每天早晚必定为她梳理。虽然这样，她在我眼里仍然非常漂亮。跟妈妈一样，她也是个子高挑，身材苗条，虽然思维不太清楚，一双会说话的眼睛却依然明亮清澈，年轻时一定是位标致的美人，妈妈身上那种魅力就是从她那儿遗传来的。

"葬礼上我会注意观察的。"我说，同时让派格放心。虽然并不期望会有多大收获，可是一看到派格，我心里还是不禁一阵刺痛，所以哪怕只是做个倾听者，我觉得也会让她好过一些。

出门之前，我把派格领到爸妈的卧室，郑重其事地指着妈妈的梳妆台以及上面的首饰，仿佛我自己成了《一千零一夜》中的那个妖怪，一眨眼便在沙漠中变出了小山一样多的珠宝。

"随便选，"我说，"葬礼上戴——以后就归你了。"

"不能拿妈妈的首饰。"派格说，一副吓坏了的样子。这跟她平时的表现可是天壤之别。

"为什么？反正爸爸最后也会分给我俩，而且真正值钱的几样都放银行的保险箱了。"见她半信半疑的样子，我拿起那串蓝色水晶手镯套在手腕上，说，"我觉得这是一种悼念。"

"我觉得这是在做贼。"

"哎呀，别这样嘛。"

派格看了看周围，仿佛是想确认房间里没别人，然后才拿起那串幸运手链："这是妈妈的，别人都会看出来的。"

"就是要这样。"

第一次戴手链，我还得帮派格搭上挂钩。不过，随后的几个星期里，派格很快学会了自己动手。其实，她也没什么重要的场合需要戴手链，但她就是喜欢把它带在身上的感觉，有时候把它放在游泳包里，有时候放在书包里，待在家里的时候就戴在手腕上，不仅作为一种装饰，也是对妈妈的怀念。

葬礼上我还算淡定，虽然跟派格一样，默默地流着泪。爸爸样子很帅，很平静，说话也很流畅。秋日的光华洒在教堂的彩色玻璃上，给人一种似真似幻的感觉。

尽管不抱什么希望，我还是把教堂里就座的客人浏览了一遍。当然了，我也明白，在场的每一个人——教堂本身不大，座无虚席——也是想来看看爸爸、派格和我，看看我们状态如何。准确地说，因为我们都坐在前排，人们也只是想看看我们的后脑勺而已，至于目光上的交流，我觉得倒不是大家的真心想法。不过，每次站起来准备合唱时，每次凯瑟琳·爱德华兹牧师邀请某个人——爸爸、玛丽莲·布莱斯、姨妈等——上台致辞的时候，我都会特地转过头，一排接一排地打量在场的客人。他们中有唐尼·亨普斯特德——妈妈和他会有那种关系吗？我觉得不会，不可能有什么关系。为什么呢？是因为旁边站着他的妻子艾琳吗？因为两夫妻贴得很近，还是因为艾琳的手指搭在他的胳膊上的样子——十根细长的手指，软软地搭在丈夫的胳膊上，指甲干净漂亮得挑不出一丝瑕疵？唐尼个子很高，跟我爸一样，栗色的头发又黑又密，胡须修剪得整整齐齐，而且跟教堂里的大多数男人不一样，身上还穿了件西装，红黄相间的领带很漂亮，里面是一件干净利落的白衬衫。还记得那天早上，唐尼和其他人一起，到各处去搜寻妈妈的踪迹。那时他的打扮可是很不同的——白色的T恤，牛仔裤，在门廊里陪着我和派格的时候，脸上的表情是既疲惫又担心。今天看到唐尼夫妇，让我想起了妈妈，想起妈妈和他们一道干活的情景，想起妈妈为他们设计的日光浴室。有时候，他们站在妈妈的办公室里，那是在米德尔伯里；有时候，他们围在厨房漂亮的吧台周围，眼睛看着图纸。恍惚中我似乎看到身穿泳衣的唐尼夫妇，大半个身子泡在浴缸的热水中；又仿佛看到妈妈和唐尼在浴缸里——她在梦游，唐尼在占她的便宜。

贾斯汀·布莱斯呢？还是不大可能，妈妈绝对不会辜负他的妻子玛丽莲，况且贾斯汀都在谢顶了——老实说，是已经谢顶了——这样的男人也会吸引妈妈？她在给爸爸写邮件时还拿此事开过玩笑呢，所以贾斯汀应该不是她喜欢的类型。唐尼·亨普斯特德估计也不行，因为他长着胡桃色的大胡子。如果连爸爸沃伦·阿赫博格都不是她喜欢的类型，那根据我的直觉，她喜欢的大概就只有加文·里克尔特了。想到这里，我心中不由得咯噔了一下——原来妈妈喜欢的类型多半也正是我喜欢的类型。

葬礼上爸爸的那些女性朋友也来了，都是英语系搞学术研究的。她们之中，哪些会有可能跟爸爸上床呢？我仔细打量了一番，推断出一个结论：这些人，要么是婚姻美满，要么就是无性恋，反正不是传说中参加"面包作家大会"的那些淫荡好色、性欲旺盛的诗人们①。当然了，我的判断也可能不正确。中年人的性生活我知道多少呢？还有一夫一妻、多角恋和婚外情，我又了解多少呢？

教堂后排还坐着我的朋友，有阿姆赫斯特学院的同学，包括艾丽卡，坐在靠边的座位上；还有一位是从马萨诸塞开车远道而来的——林赛·麦克迪，那位老一辈的魔术师——这让我心里一阵感动。

我偷偷地瞥了加文一眼：他正站在彩色玻璃窗的尽头和通向前厅的那又厚又重的大门之间。目光相遇时，他微微冲我点了点头，除了我自己，旁人不会注意到。

爸爸、姨妈和妈妈大学时期的室友依次上台致悼词，说起妈妈的往事。我一字不落地听着，在他们的语句中努力搜索着一切可疑的线索。

还是没有任何证据，没有任何线索。除了爸爸之外，其他人根本未提及梦游两个字。即使是爸爸，也是用诗歌的方式提及梦游的——希望妻子那不安分的灵魂如今可以安息——他说。没有一个人说起妈妈患过间歇性抑郁，更没有人提到佛蒙特州法医报告中那条骇人的记录。

安娜丽·阿赫博格独特的个性，她那出众的才华和非凡的

---

① 全名为"米德尔伯里面包作家大会"，1926年在佛蒙特州成立、一年一度召开的作家大会，因成立时在面包山脚下的面包旅店召开首届年会而得名。作为米德尔伯里学院的一个机构，大会曾吸纳美国历史上一些著名的诗人和文论家，如罗伯特·佛罗斯特、约翰·西卡迪和安妮·塞克斯顿等。

创造力，才是众人悼词中的重点。人们都赞美她，说她是天才的建筑师，更是一名心灵手巧的母亲。致辞的时候，她的朋友们面带微笑，看着我和派格说，安娜丽是多么喜欢扮演母亲这个角色啊。这一点我们倒是从未怀疑：万圣节我们穿的服装就是妈妈亲手做的，妈妈的满腔母爱都给了我们。台上的人叙述着妈妈的往事，有些是我们知道的，有些是我们亲身经历的。我们一边听一边点头，偶尔带着泪花跟着一起笑出声来。过去这么多年，我只在圣诞节和复活节才进教堂，来了也只听凯瑟琳·爱德华兹牧师布道。现在看来，我真是低估了牧师，也低估了宗教的力量。因为凯瑟琳，我打算以后每个周日都来教堂。

葬礼结束了，我走出教堂，悄悄问加文，会不会来家里吃晚饭。晚饭之前，全家——没有别人——会先去墓地，出席最后的告别仪式，看着安娜丽·阿赫博格装在红木盒子里的骨灰下葬。加文告诉我，他会先去我家，等我们半小时后回来。

爸爸曾经写过一首诗，把婚礼比作葬礼。读第一遍的时候，我误解了诗人的意思，错以为他是借此表达对婚姻的排斥（意料之中的事，不过口气却一反常态地矫情）。妈妈的葬礼让我忽然想起其中对仗颇为工整的几句话，这时我才恍然大悟，觉得爸爸真是观察敏锐，一语点破了婚礼与葬礼之间共同的实质——对于所牵涉的家人来说，婚礼和葬礼都意味着同一件事，那就是上苍极为吝啬，哪管你茫茫人海，他只让光阴似箭，岁月如梭。就拿此刻来说，周围有那么多客人、那么多前来吊唁的人，可是我又有多少时间呢？面对众人，我只能敷衍应付两句，说些空洞而不着边际的话语，内容却又毫无差别：

你妈妈真了不起。

是的,确实是。

你很坚强,她会为你感到骄傲的。

可能吧。

我很想念她。

是啊,我也是。

我一直想拨开人群,走到房子那头去找朋友艾丽卡。这段时间很想她,想跟她说说话,可是根本做不到,屋子里挤满了人,我呢,又是安娜丽的大女儿,大家都要过来跟我打招呼。

人们的对话也给人一种恍若隔世之感——世界原来是如此陌生,离我如此遥远,让我如何不吃惊,又如何不茫然?看,我那魔术师朋友,老林赛·麦克迪,居然一见如故地和唐尼·亨普斯特德聊起天来。两个人背对客厅的橱柜,手里端着一杯泛着白沫的啤酒。林赛脖子上系着一条孟加拉虎纹围巾,和唐尼脖子上那条红黄相间的领带可以说是相映成趣。我好不容易挤过人群,朝他们走去,却刚好听见唐尼对林赛说:"那次是索尼和雪儿[①]做嘉宾,是吧?我当时还是小孩儿,不过你现在一说,我倒是想起来了,我在电视上看到过你。我记得很清楚。"

林赛点点头:"其实我基本上是给雪儿作陪衬去的。记得我现场讲了许多笑话,说要变个魔术让索尼消失掉。"

关于那场表演,我也依稀记得一点儿,好像是出现在《苏利

[①] 20世纪60年代美国著名的夫妻合唱组合。雪儿同时也是美国著名的电影明星,曾以电影《月色撩人》获奥斯卡金像奖最佳女演员。

文剧场》①中间的一个节目,我出生之前电视上就在播放这个节目了。"他们居然让索尼和雪儿参加魔术表演?"听他们这么一说,我忍不住插了一句,"林赛,这事儿你可从来没跟我讲过!"

"我也就演了一下下,有点儿像喜剧表演,不太像综艺节目。"林赛说,"那天晚上就要了一点儿戏法,然后大家就站在那儿,看雪儿穿什么服装出场,看得大家一愣一愣的。"

唐尼伸出一根手指,冲着林赛晃了晃,说:"嗨,才不是呢,你当时非常厉害,像个催眠师一样,表演的魔术就叫'梦游者'。"

他猛地刹住话头,尴尬地愣住了,然后嗫嚅地说了句"对不起"。林赛也是一副懊悔的表情,样子就好像在背后说别人坏话被逮住了似的。

"没关系的。"我告诉唐尼。眼前这种局面,大家都不好意思,所以最好给他们一个台阶下,况且我对他们正在讲的内容也很好奇,于是对林赛说,"没想到你还是一个催眠师呢。那你当时制造了什么幻觉啊?"

"把一个女的升起来了。"林赛缓缓说道,话音很平淡。

"然后她就四处走动起来了吗?"

"开始时是四处走动的……就像睡着了一样。"

"有助手帮忙吗?"

"有,冒充观众的助手。"

"你还让她做了什么呢?"我问。

唐尼和林赛不太提得起精神,互相对视了一眼。看得出来,

---

①又名《小城名流》,1948年至1971年间哥伦比亚广播公司的一档综艺节目,由纽约娱乐专栏作家艾德·苏利文做主持人,收视率在美国国内多年名列前茅。

当时发生的事情唐尼是记得的,因为他赶忙低下头,盯着脚上那双擦得一尘不染的皮鞋。

"跟我说说吧。"我对林赛说。

"是一只玻璃缸,装满了水,我让雪儿悬浮在缸子上面。你肯定知道这个魔术。就是先让她睡在沙发上,用一条床单盖住她的身体,让她慢慢悬浮起来,离沙发有一定高度之后,继续引导她——脸朝下——让她朝水缸上方飘浮过去。观众这时候会觉得,如果雪儿醒过来,肯定会掉进水缸里。而且,不管是现场的观众还是电视机前面的观众,都会觉得接下来的场面有点儿香艳,因为雪儿很漂亮,栽进水里全身的衣服肯定湿透,会粘在身上。然而大家又有点儿不忍心——把人这样弄醒也太残忍了!可是别忘了,我可是'恶人罗兰'!结果怎么样呢?栽进水里的是索尼——水缸上方的平台上有个暗门,上面站着的是索尼。当我猛地揭开床单时,下面已经空无一人,因为我已经通过一个侧门把雪儿送回了舞台,就走在我旁边,而且还在睡觉——我还在用魔力控制着她。最后呢,我一声令下,雪儿就把索尼送进了水缸。"

这下我明白了,原来这个叫"梦游者"的魔术是把一个女人悬挂在水缸上方,难怪林赛和唐尼不愿意讲给我听,他们是怕我难受。不过,这样类似的场景——不管是妈妈梦游,还是走进盖尔河——这些天里我都不知道想象过多少次了,哪里还能刺激得到我?

"你真的可以给人催眠吗?"我问林赛。

"以前可以,现在不知道行不行了。"

"对了,"唐尼插了进来,显然是想转换一下话题,说点儿稍微轻松的内容,"安娜丽告诉过我,说她去年遇见你非常开心。"

今天听到的新鲜事可真多：先是林赛，居然做过催眠师；然后又是妈妈，居然告诉过唐尼，说她曾经在萨默维尔见过林赛！这些事我居然从没听说过！真是接触的人越多，了解妈妈的事越多，我越感到惊奇。

那天在家里，我总算有机会和加文说上了话，可是没想到，我自己竟然很紧张。一楼的人很多，可我总是觉得，在跟加文聊天的时候，爸爸，或者派格，甚至玛丽莲·布莱斯，说不定都在注视着我。不过这多半是我疑神疑鬼，因为自从妈妈失踪以后（我一直把8月25日看作是妈妈的失踪日，不是她的祭日。现在知道了，失踪和去世其实是在同一天），除了我自己，这满屋子里的人——客厅里，厨房里，还有书房里——没有一个知道我和加文说过话。我找加文问详细情况的时候，他手里正端着一杯咖啡，小口喝着，背靠在饭厅的餐柜上。柜子是用胡桃木做的，咖啡杯子上印了一幅莎士比亚的画像，那是许多年前我送给爸爸的圣诞礼物，记得当时放进了他的长袜子里。我问加文，警察加班加点，有什么发现吗？葬礼上有没有注意到什么可疑的人，会不会就是谋杀我妈妈的凶手？我忽然觉得自己跟派格很像，幼稚，天真，傻里傻气的。不过管它呢，该问的我还是问了，反正我历来认为妹妹比我聪明。

"在这里说？不是开玩笑吧？"加文的语气中带了一点儿惊讶。

"得了吧，我又没叫你和我在饭厅地板上做爱。"我说。

"反正这里不是讨论案子的地方，时间也不合适。晚一点儿你有空吗？我们可以找个地方再谈。"

"不行，我不能走，要陪家人，爸爸、妹妹，还有外公外婆。

你知道的，那么多人。"

"很好，有道理。那明天呢？"

"没问题。那你至少跟我说说，有没有看见谁是可疑人物，有点儿意思的那种？"

他冲着我笑了："你好像是警匪片看多了吧？"

"我从来不看警匪片。"

"不过大家都在追的，你也没落下啊。你懂我的意思。"

"那又怎么样？"

他叹了口气，说："好啦，我向你保证，这里面没有你想的那种人。"

"你怎么知道？"

"不为什么，反正我知道。"

"这么说你们真的一点儿新线索也没有？"

他摇了摇头，说："明天再说吧，到时我带你出去吃晚饭？"

"好吧，可以。"

"我来接你？"

"不行。"

"明白了，我还得做隐身人。"

"确实还不能说。你觉得怎么样，是高兴还是生气呢？"

"都不是。你有理由不告诉你爸，我呢，也有理由不告诉我的老板。"说完，加文突然走进客厅，和爸爸打了个招呼——真是个奇怪而又有点儿威胁性的举动。我打量了一圈周围，看见派格正和滑雪队的两个朋友在一起。这丫头，一定是在偷偷看我。

这个世界上有些男人，遇到自己的情人有性梦游的习惯时，非但不会介意，反而觉得这种习惯挺有意思——好像收获了一份意外之财，把这当作性生活中一种极好的调味品。有些男人则不同，他们会觉得，自己的情人性梦游是种威胁——想想看，一个男人半夜醒来，发现同床共枕的人要么正在自慰，要么正伸出手摸索他的阳具，那他是否会担心自己不够强壮，满足不了对方的性欲呢？还有一些男人可能会觉得很烦——凌晨一两点睡得正香，旁边性梦游的女人却把他吵醒了——这样一来，他能高兴吗？

女人的情况则不同。假如有这样一个女人，她的男性伴侣有性梦游的习惯，那么有时候——比如这个女人还比较年轻——她会觉得非常开心，像中了奖似的。

问题是，大多数男人在性梦游时，并不属于那种乐于付出的爱人。他们既不温柔，也缺乏敏感，只管粗暴地进入，完事就抽出，之后更是继续深度睡眠，哪里会在意伴侣舒不舒服、满不满足呢？（当然了，女人性梦游时也是一样，不过，当遇到有女人主动献身的时候，多数男人——尤其是年轻男人——都会欣然接受，苏格兰的那些男学生们就是很好的例子。）

还有，万一遭遇男方性梦游的女性之前曾经被性侵过呢？万一她曾经被强暴过，在儿童时期遭遇过性虐待呢？不管是男是女，性梦游的人从不轻易罢手。所以，对于这样的伴侣来说，性梦游始终是悲剧的源头。

第十三章

妈妈下葬的那天晚上,我躺在床上翻来覆去地睡不着。忽然,就在不经意间,我想起了多年前发生过的一件事,一件令人难以启齿的事。

本来,我和爸妈的卧室并没有挨在一起,和他们的卧室一墙之隔的,家里就只有客房了。不过,记得那年8月,我正好要上高一,妈妈和我一起,把我房间的天花板重新粉刷了一遍,贴上了新的墙纸。老的墙纸上印的是野马图案,我六岁时贴上去的,当时觉得完美无瑕,后来到了那年夏天,我们决定换一种,选择带印花的类型,因为这种墙纸颜色比较嫩,是桃红加橙黄的。由于贴了新的墙纸,我便睡到了客房里。一天晚上,正值三更半夜,我突然被爸爸的说话声吵醒。只听见他语气坚决,好像是在对一个倔强的孩子说话:"安娜丽,安娜丽,你给我住手。安娜丽!"

当时我正侧着身子睡觉,一下子便坐了起来,想听得更清楚一些。

"安娜丽,这样不行。这个姿势我不行。"

过了一会儿,爸妈的卧室门打开又关上了,门外传来爸爸下楼的脚步声。他去了书房。妈妈会追出去吗?我当时想。可是没有。等到爸爸回卧室的时候——其实我也不知道他回去没有——我已经又睡着了。

"这个姿势我不行。"过去的这些年里，这句话时常萦绕在我的脑海。它是在暗示我，爸爸在性生活方面有欠缺，无法满足妈妈的需求。每次想起这个，我就感到羞愧。尽管一直想把它忘掉，可结果还是没有成功。不仅如此，这件事显然也影响了我对爸爸的态度。

第二天，我在巴特勒小学的志愿者生活开始了。做志愿者是爸爸的建议，去之前我主动电话联系了小学的校长——校长没换，我读小学的时候，她就已经做了十几年了。我告诉校长说，我想去帮忙，一周去几个早上，随叫随到。小学规模不大，从幼儿园到五年级，每个年级都只有一个班，占用一间固定的教室，而且除了二年级以外，每个班最多二十个孩子。没有六年级，是因为上完五年级之后，巴特勒的小学生就都去区里的学校了。本来我是想去学校表演魔术的，可是校长说，她更想让我去带二年级的学生，因为他们人最多，有二十二个，是学校人数最多的年级。

我在走廊里碰到一些人，他们见了我，脸色都有些冷峻。看门的师傅很和善，头发已经发白，不过当年的模样我也还记得清楚。老师傅见了我，不知道该不该和我拥抱一下，犹豫了半天，最后只好僵硬地拍拍我的肩膀，小声说了句"节哀顺变"。有些我不认识的老师都是后来的，碰见我也只是一脸凝重地点点头，仿佛和我心照不宣似的。也有认识的老师，见了面对我说，我妈妈是如何如何特别，然后总会提出那个万无一失却又无法回答的问题："你怎么样了？"我呢，总是耸耸肩膀，用一句谎话应付过去——"我还好"。对,就是这句,"我还好"。都记不清那天说过多少次了。

除此之外,那天上午我多半是在帮孩子们用蜡纸保存落叶,办法还是老办法,用电熨斗。记得很多年前的一个下午,我和妈妈在厨房的吧台上也做过这个,可是这会儿和孩子们一起弄,心里却害怕得要命,生怕他们烫着——教室里有六个电熨斗,都是滚烫的,而且就我和孩子们的老师两个大人。那女老师要孩子们叫她海丽,她年龄不大,可能还不到三十,顶多比我大七八岁,经验却很丰富,知道怎么控制场面。教室里有一个她特地带过来的接线板,六个孔,大功率,四米多长的线,正好用来插电熨斗。海丽把六个熨斗放在长桌上,一字排开,称之为"熨烫站"。蜡纸也是她带过来的,头一天晚上就准备好了,有几百张,从很厚的一卷蜡纸上直接裁下来的。给落叶封蜡,整个过程就像流水线作业,没小朋友受伤。

学生中有个叫达科塔的女孩儿,长得小巧玲珑,从家里带了一根扇子似的白蜡树枝,亮黄色,细细的枝条上挂着七片叶子。其他孩子大多带的是枫叶——多得都数不清,褐色的、红色的,每片都闪着微弱的磷光——更显得达科塔的白蜡叶与众不同。封蜡之前,我和小姑娘小心翼翼地捏着叶柄,把叶子从叶柄与枝条相连接的地方轻轻掰下来,晾干了,夹在两张蜡纸中间,然后我坐下来,一张一张仔细对整齐、检查。最后一道工序是把叶子外围多余的蜡纸裁掉,用剪刀修剪。正忙活着,达科塔突然一下子坐进我的怀里,伸出一只胳膊搂住我的脖子,头靠在我的胸膛上。

"要是我妈妈也死了,我都不知道我该怎么办。"达科塔说。

我抬起头,海丽正睁大眼睛注视着我们——准确地说,是注视着我——看得出来有点儿担心。我冲她点点头，表示我没事，孩子的表现很温馨，让我很感激。

"就像你现在这样呀，"我告诉小姑娘，"拥抱别人啊，还有别人也拥抱你，你心里就很开心啦。"

周五，我和加文在伯灵顿的餐馆里吃过晚饭，去江边走一走。天明净得跟洗过一样，空气中有丝丝凉意。我扣上夹克衫，拉紧脖子上的围巾，觉得暖和多了。一路上加文牵着我的手，一直走到水边的栏杆时才放开。不远处的码头停着几艘船，阿迪朗达克山上挂着一弯金钩似的月亮。

"我爸妈的婚姻生活，我真应该多了解了解。"我对加文说。

他耸了耸肩膀："我知道，你妈妈爱你爸爸。我也知道，你爸是个很了不起的人，充满爱心，而且真的很有耐心。"

"那开始时你们还把他看作嫌疑人？"

"查案子嘛，是要彻底一点儿。"

"可他当时在爱荷华，怎么可能会有嫌疑？"

"《火车怪客》[①]记得吗？雇凶杀人呗，谁知道啊？只要有可能，我们都要查清楚。不过我倒从没真正怀疑过你爸，现在更不会了。"

"别的人呢，有没有真正怀疑过他？"

"可能有吧。"

"有时候，我觉得我爸真没用，一无是处。可有时候呢，我又怀疑他是不是在跟他的学生上床。这些学生跟我年龄一样大，中间有些人想做青年诗人呢。一想到这个我就很生他的气。"

"还是多关心关心他吧。"

[①]悬念大师希区柯克导演、1951年在北美公映的悬疑电影。

"我知道，可能是太担心他了。"

"教堂里他说的悼词我都听到了，应该没事的。"说着他用十个指头牢牢抓住面前的栏杆。

"假如妈妈的死真的跟性梦游有关，那是不是意味着那天晚上她真的是出去找人了呢？会是去找谁呢？"

"你的意思是说，她不是一般的梦游？有这个可能。我自己倒是好几次起床梦游去找……找某个人，不过从来没有特定的哪个对象。"

"她怕吗？"

"性梦游？有点儿怕，因为她知道自己会干出什么事来，不过总的来说是觉得很难堪，觉得丢脸。我们都有这种感觉。"

夜空中，一架客机飞过江面，慢慢降低高度朝伯灵顿机场飞去。灯光在机身上闪闪发亮，我和加文久久地凝视着。

"杀死她的会是谁呢？"我问加文。

"假定她是被杀的话。"加文纠正我。

"假定……"我重复着他的话。

"我不知道。"

"大致说一下，会是什么样的人呢？"

"用你的惯性思维推理一下。"他说，"人为什么会杀另一个人？因为愤怒、嫉妒、金钱，还有爱情。哦，还有那些变态狂，所谓的连环杀手们。"

"佛蒙特的情况呢？"

"家暴啊，人人都知道的小秘密，不对外人讲的家丑。佛蒙特州的杀人案中，大多数牵涉的都是家庭关系恶劣的女性。其他嘛，就只有吸毒了。"

"我妈妈和这些都搭不上边吧？"

"对。"

"谁也没觉得我爸、派格和我可能会有危险?"

"为什么要这么觉得呢?"

"我不知道,万一谁跟我们家有仇呢?"

加文伸出胳膊搂住我的肩膀,把我拉入怀中:"没人跟你们家有仇。"

"好吧……"

"还不相信是吧?不要多疑啦。"

"没有啊。"

"那就好。"

"可以再问你一件事吗,关于我爸的?我不知道这个跟我妈妈的死有没有关系,可是我一直在想,觉得好像有……有可能。"

"你尽管问好啦,不过能不能回答我可不敢保证。"

"好吧。夏天的时候,爸爸写了一封邮件给妈妈,发给她几篇关于流产方面的文章。这个事情你怎么看呢?"

"你是怀疑你妈妈的死跟她流产有关?"

"说实话,我也不知道什么意思。"

他叹了口气:"这个还在调查呢,丽安娜。"

"那就是说你还是不会告诉我了?"

加文摇了摇头,不回答。看来,这几个问题虽然问得含糊,逻辑上也有些牵强,但估计还是摸到了事情的要害。也许,就在不经意之间,我触及了某个痛处。

恍惚之中,已记不清到底哪一个是真哪一个是梦——是万般无奈与妈妈作最后的告别吗?也许吧。还是那一晚,加文用手搂住我的腰,那手心的力量和温度流入我的心田?抑或是我和他接吻时，手指触摸到他的双颊所带来的那种感觉？记忆中，他是那么温润、那么柔和，让我心中升起一股热流，这热流沿着脖颈传到面颊，传到腰际之下，唤醒了我身上的每个敏感部位，一种奇异而细腻的感觉油然升起。回到公寓，随手关上门，我和加文立即相拥倒在客厅的沙发上，褪去了衣服。月色如洗，洒在我们赤裸的身体上。加文双膝跪地，我张开双腿，热烈奔放地迎接着他，迎接他的嘴唇，他的舌头。那奇妙的感觉如同电流一样传开去，我的下身竟毫无保留地湿润起来。后来，我们上了床，加文进入我的身体，在我耳边细语，说他以前从未碰到过像我这样美丽的女子，从未像现在这样快乐。那一刻，周围的一切都消失了，世界只剩下我和加文。

舒适的床，暖暖的被子，我和加文仰面躺着，我把头枕在他的胸前，听他的心脏怦怦直跳。

"你回家吧，"加文说，"这样才最保险。"

"不，"我说，"我不回家。"

"那我就再睡一次客厅的沙发吧，"他说，"把你反锁在卧室里，这样也算安全了。"

"那不可以，"我说，"你就跟我待在卧室里，不要在这个时刻离开我。"

就这样，两个人还是留在了卧室。加文显得比我担心得多，过了很久两个人才睡着。我那时才二十一岁，人比他年轻，而且很好奇，老是看着他，看过来看过去，把他看得都不好意思了，于是再一次跟我做爱，不过最后我们还是都睡了过去。

那天加文一直睡到天亮，我也是，一次都没醒。感觉真是太好了。

那天晚上，我给爸爸打电话，告诉他我在海瑟·普莱斯考特的公寓过夜，就在佛蒙特校园外面。外公、外婆已经回家了，姨妈、姨父和两个表弟也已经回了曼哈顿。

第二天是周六，上午我开车回家，经过海瑟的公寓时我想，要不要顺便去看看她呢？家里那幢维多利亚式的房子现在有种奇怪的感觉，空荡荡的，让人难受，暂时还不想回去，不过得找个什么理由才好，而且跟海瑟知会一声，万一以后爸爸问起来，也好让她帮我挡一挡——在恋爱这种事情上，海瑟帮我撒个谎，一定是乐意的。可是我如果去她那里，她又刚好在家，也起床了，那肯定得问个究竟，让我说出昨晚跟谁在一起，是谁跟我好上了，等等。现在的问题是，我还不想跟她讨论加文。还有一点，海瑟很可能提议我俩一起吸大麻，一旦我拒绝，她会感到奇怪，到时候我又要费尽口舌替自己辩护，跟她解释为什么会突然反感起大麻来了。

所以最终我还是打消了这个念头，回了巴特勒。不过，路上我还是去了一个地方——玛丽莲·布莱斯的家。她还在自己的工作室，身上穿了一条牛仔裤，一件很旧的、沾满污渍的运动衫，脑后的头发高高盘成髻子，面前竖着一幅油画，足足有一张大床垫的尺寸，旁边一部手提式录音机里正播放着披头士乐队的歌曲。玛丽莲一边听，一边全神贯注地盯着画布，画布上五彩斑斓，画满了波浪似的彩色线条。本来以为屋子里会弥漫着大麻的味道——也真奇怪，上一个吸大麻的人没去见，结果还是来到了另一个吸大麻的人的地方——没想到空气中只有一点点臭鼬的气味。这会儿看玛丽莲如此专注地工作，真怀疑以前自己是不是太小看她了。

"到屋里喝杯茶去。"玛丽莲提议说。

"我只有几分钟时间呢。"我说。

角落里有两把摇摇晃晃的梯式靠背椅，上面溅满了颜料，玛丽莲招呼我在其中一把上坐下，自己在另一把上坐了下来。提起刚过去的葬礼，我说很感谢她在教堂里说的那些关于妈妈的话——她说的都是事实——然后话锋一转，把路上一直在想的问题提了出来，也就是来这儿找她的原因。

"妈妈跟你说起过她流产的事情吗？"

"当然说起过，可能不说吗？"

"那她怎么说的，有没有想过其中有什么道理呢？"

"什么道理？你是指流产对她生活和精神上的影响，还是指流产发生的生理原因？"

"我是说后者。"

"这个啊，她不是早知道了吗？她做过那么多检查。不是说跟你爸有关？"

"我不知道。"我撒了个谎，以便让她说下去。

"是跟他有关，"玛丽莲说，"你妈妈很确定。"

"那我爸呢？"

"这个嘛，他肯定也知道，对吧？如果原因不在你妈妈身上，那肯定就跟他有关了，是吧？"

我想起那天打开过的电子邮件，想起爸爸在学校办公室里跟我说的那些话，于是对玛丽莲说："我觉得要是我爸知道了，肯定会很难过，很不好过。"

"那是肯定的，不过自从生了派格以后，这些事就无所谓了嘛，是吧？"

"可是在生派格之前呢，那么多年？"

"什么意思？"

"就是对他们的婚姻有什么影响。"

"我觉得，就是让他们很有压力嘛。你想想，怎么会没有压力呢？不过亲爱的，你到底想说什么，心里在琢磨什么呢？"

"我也不知道。"

玛丽莲伸出手，揉了揉脸，目不转睛地看着我，然后坐直了背，上身向我前倾过来，说："你是不是担心派格，怎么说呢，担心派格不是你爸爸亲生的？如果这样想的话就太疯狂了，就是随便说说也荒唐得很。"

我怔住了，真是一语惊醒梦中人：玛丽莲说的，不正是这些天缠绕在我心头的疑问吗？就是这个念头，它活像内心深处潜伏的一只虫子，不断啃噬着我，骚扰着我，而在被玛丽莲点破之前，我对它竟然浑然不知！

"是的，我是有这个担心。"我坦白地告诉玛丽莲，语气出乎意料地平淡，"其他人这样想过吗？"

"没有！"

"你呢？"

"当然没有！只不过……"

"只不过什么？"我步步紧逼。

"好吧，我这样说吧。你、你爸爸和你妈妈的头发都是浅色的。拿你妈妈来说吧，我的天，纯粹就是一个瑞典模特。而且你们三个还都是蓝眼睛。派格呢？黑头发，眼睛又黑又亮，还是一个……一个标准的运动员。总之跟你们三个太不一样了。"

我心里暗暗说是，玛丽莲说的确实有道理。"可是尽管这样，你还是相信……"我顿了顿，想找个合适的词语表达自己，"相信她是我爸亲生的。"

"对。"

"而且你肯定周围没有什么类似的传闻?"

"完全肯定。你妈妈流产的事大家都不知道,就我一个人知道。"

"凯瑟琳·爱德华兹知道。"

"哦,也就一些人知道。不过传闻这个词有点儿过了,闲话也是,用笑话两个字可能好一点儿。我的意思是说,你妈妈以前经常拿这个开玩笑。"

"笑话?说派格不是我爸亲生的笑话?"

"对,她就是开开玩笑罢了——而且也是因为派格跟你长得太不像了,跟你爸也长得太不像了。"

"那她长得像谁?"

"谁有可能是她的父亲,你问的是这个吗?"

"差不多吧。"

"没有谁,只是开玩笑而已。派格是你亲妹妹,沃伦·阿赫博格是她的亲生父亲,也是你的亲生父亲。"

对了,刚才玛丽莲也说过,爸爸身上的染色体不正常,有可能正是造成妈妈流产的原因,这说明连其他人都怀疑过爸爸和派格之间的血缘关系,那爸爸自己呢?肯定也怀疑过。

"你看看啊,你妈妈虽然几次流产,毕竟有两次还是正常的。"玛丽莲继续说道,"两次哦,不能要求太高吧?"

"对了,你和我妈妈说起她流产的时候,她从来没提到过有情人什么的吗?"

"从来没有。"

"或者说,怎么说呢,精子库什么的?"

"当然没有!"

"派格怀疑过吗?"

"没什么好怀疑的,丽安娜。而且即便有的话,你不是比我更清楚吗?"

"可能吧。"

玛丽莲歪着头,脸上带着同情的微笑,说:"我知道,你很想弄明白那天晚上到底发生了什么。我们也想。可是我觉得弄不清楚的。很抱歉,亲爱的,真的很抱歉。"

离开玛丽莲的住处时,我心里依然是乱七八糟。自从妈妈去世,这个世界就变得混沌起来,许多事情让我疑惑不已。

下午,我翻出家里的相册,把姨妈、叔叔、外公外婆的照片看了个究竟,几个小时很快便过去了。妈妈这边的亲戚年轻时长什么样,我还真没想过。两个表弟嘛,头发是浅色的;姨妈呢,金发中略带了点儿红色。至于外公外婆,如今都已经是满头白发,之前是什么颜色我却不清楚。爸爸那边还有他的姑姑、叔叔等亲戚,四十年前他们会长什么样呢?在最老的一本相册里,我找到了几张全家福,里面还能看到亲戚们的模样。照片中的我才两三岁,每次不是在妈妈怀里,就是坐在爸爸腿上。那时我穿着一件粉红的印花连衣裙,带褶皱的,手里攥着一只毛绒玩具兔,兔子打扮得跟我差不多。我叫她娇娇,直到现在我还留着,这会儿正睡在我的床上,盖着一堆还没整理的被子和毯子呢。

照片上的人大多是北欧人的模样,头发是北欧人的颜色,颧骨也是典型的北欧人。不过也有例外。拍这张全家福的时候,我们正在外公外婆家,他们住在马萨诸塞州的康科德,所以照片中的人都是妈妈那边的亲戚,其中有一个——我可以非常确定地说——是妈妈的舅舅,叫阿尔维德,眼睛倒是蓝色的,可是头发却是可可的颜色。看到舅公的头发，我有种孟德尔式①的满足感，真是踏破铁鞋无觅处，总算找到了一点儿遗传学的证据，可以解释派格为什么会长着一头黑发了——虽然时间跨度有点儿大，可毕竟还是在妈妈的家族中啊。

　　接下来要看看爸妈的结婚相册了，阿赫博格家的亲戚就在里面。照片中的人有很多，有长着褐色头发的，也有长着黑色头发的，可是到底哪些是真正的亲戚，哪些只是参加婚礼的客人，我也看不出来。不过也有新发现：其中有些人长着黑色的眼睛，说明妹妹的基因在爸爸这边也是存在的。

　　看完照片，我到卧室里练习魔术，明天要为主日学校的一个小孩儿表演。正练习着，派格在外面没事干，觉得无聊，接连两次伸个脑袋进来看我在做什么。每次她进来，我都忍不住上前抱抱她。妹妹肯定觉得我疯了。

　　周六晚上，爸爸提议我们三个一起去米德尔伯里看场电影。那天上映的只有两部电影，一部是讲几个老宇航员的故事，另一部是关于拉拉队比赛的。最后我们选了宇航员那场。看之前我们先去一家意大利餐馆吃饭，要了一个包厢，派格想吃披萨，爸爸也可以喝上一杯威士忌。点好菜，我叫爸爸给我讲讲爷爷奶奶的事。奶奶两年前才去世，所以我比较了解，而且也很喜欢吃她做的瑞典肉丸，以及加了越橘和枫叶糖浆的瑞典煎饼。奶奶退休前在曼哈顿的一家保险公司做律师，那时经常带我去南公园大道上的餐馆吃豪华大餐，记忆中至少有两次是在我和妈妈去下百老汇采购完魔术用具之后。

---

①格雷戈·孟德尔（1822—1884），奥地利遗传学家，遗传学的奠基人，也是追溯连续生物生殖的第一人。

爷爷去世那年，我还在上幼儿园，而且爷爷死得很突然。生前他好像做过广告代理，不过具体是做什么的我不大清楚。

"哦，我爸妈啊，这个话题太大了吧。"爸爸回答说。他坐在我和派格对面，背靠在沙发上，双手交叉放在胸前，"你想知道哪方面的呢？"

"我也说不清，就说说你是怎么把妈妈介绍给爷爷奶奶的吧。当时怎么样？你有什么感觉？爷爷奶奶呢，反应怎么样？"

"这个嘛，当时印象很深刻，现在要讲就得慢慢回想才行了。好像人的每一个经历都这样，是吧？"爸爸回答说。

"很明显，丽安娜是打算把某个人带回家见你了，爸爸。"派格说，"这几周她都有两个晚上没回家过夜了。"

我瞪了她一眼："才不是呢，我是在伯灵顿和蒙彼利埃的朋友家睡的。"

爸爸好像没把派格的猜测放在心上，继续说道："我把你们的妈妈带回家那天，你们的奶奶正在厨房里吃脆饼干，上面放了一大勺鸡肝末儿。她刚下班回来，所以饿得要命，想在我们到家之前先吃点儿东西，也没听到我们进门的声音，所以吓了一跳。当时她就站在那儿，身上穿了一条蓝色绒面革的牧人牌长裙，一只手放在洗碗机台子上。因为刚咬了一大口饼干——很贪吃很有趣的样子，跟她平时不一样——嘴里塞满了，所以大概有半分钟的时间说不出话来，只好冲你们的妈妈挥了挥手。"

"那你们是不是很尴尬呀？"派格问，然后喝了一小口杯子里的苏打水，眉头皱了起来，"他们好像弄错了，给了我一杯没糖的汽水。"

爸爸点点头，转过身去找服务员，一边说："那天到底是怎样的，谁也说不清了。不过我印象中是这样的。"然后他顿了顿，说，"没有，派格，你奶奶从来没让我尴尬过。"

"她梦游吗？"我问。

"不梦游。"

"爷爷呢？"

爸爸抿了一口威士忌，摇了摇头，说："那你外公外婆呢，他们梦游吗？"真不愧是教授，把我下一个要问的问题说了出来，"这样问可能更有意思，更有价值吧？"

"那他们梦游吗？"

"也不。这个问题比答案有意思。很抱歉，丽安娜，为什么要问这些梦游的问题呢？最近你梦游过？"

"没有。"

"那就好。这事你俩真的不用操心，睡眠中心的医生很快就要跟你们见面了，她认为没什么好紧张的，所以你们也不用担心。"

派格抬起头，朝对面的小黑板望过去，看着上面写着的餐馆特色菜，耸了耸肩膀。真想告诉爸爸和派格，我根本不用去找亚吉尔医生——至少不应该以病人的身份去。不过想想还是忍住了。

"上午我在看爷爷奶奶和外公外婆的那些老照片。"我说，"还有好多聚会时照的全家福，婚礼的照片也在里头。我们家的人头发也太难看了吧，估计是地球上最难看的。"派格就坐在旁边，所以我说话尽量谨慎，拐弯抹角地扯到正题上，不知道她会不会听出来，"妈妈还好，其他人都是灰褐色的金发，头发又少。"

"好像就我一个人是黑头发。"派格有点儿厌恶地说。她这么一说，我马上后悔了，真不该开启这个话题。

"你的头发是最好的，"我说，"又浓又密，我要是有那样的头发啊，叫我去杀人我都愿意。"

"才不是呢。我这是鸡立鹤群，是异类，大家都知道的。"

"你比我们漂亮多了。"我尽力安慰她。

"以前我还觉得自己是你们收养的呢。"

爸爸似乎有些警觉了，问派格："你怎么会这样想？"

"因为我一点儿也不像你和妈妈，一点儿也不像这位'魔女丽安娜'。反正我跟你们所有人都不像。"

"你什么意思？"我问。

"我看过你滑雪，笨得要命。妈妈滑雪我也见过，说不上好，跟毕卡波·斯特里特[①]差远了。至于爸爸你嘛，你别生气啊，也进不了奥运会吧。"

"我才不生气呢。"爸爸笑着说，"因为第一，即便你是收养的也没关系，反正现在是我的女儿，也是你妈妈的女儿。第二，你也不是收养的。丽安娜和我都能证明，你妈妈当年真的怀上你了，你出生的时候我还在产房呢，生下来就是黑头发，小嘴红艳艳的。"

"那家族里谁跟我长得像呢？我最像谁？"

爸爸抽了抽鼻子开始想，想了半天，终于对派格说："我知道了，你妈妈的舅舅，阿尔维德。他是北欧一个优秀的滑雪运动员。"

"他的头发跟你一个颜色。"我想起了照片，觉得这个信息有用，于是补充道。

没想到爸爸纠正我说："不对，他的是褐色，不过比较浅，可能照片中显得深一些，反正不是派格你那种好看的纯黑色。"

"纯黑色？"派格重复了一句，"真的吗？大家认为我的头发是那种颜色？"

[①]美国滑雪队队员，获得过三块奥运滑雪金牌。

"滑雪界应该吸纳更多的哥特族选手①。"我开了个小玩笑,想让她安心。

"爸爸?"

"怎么啦,派格?"

"你觉得警察能找到杀害妈妈的凶手吗?"

"妈妈是被杀的吗?希望能找到吧。"

"那你觉得他们能找到吗?你相信吗?"

看得出来,爸爸并没什么信心,不过很明显的是,他想竭力安慰派格,所以一动不动地看着派格的眼睛,直到她低下头,把目光放在菜单上为止。"是的,亲爱的,"爸爸说,"我相信。"

派格仍然低着头:"然后呢?接下来怎么办?"

"接下来会有更多的新闻报道,然后就由州里来的律师——也就是我们的代理人——和被告的律师见面讨论了,之后可能会有一个妥协认罪,凶手可能会主动认罪,也可能会否认,然后才走法庭程序,就是审判。如果要审判,就会有更多的新闻报道,媒体都会关注,报纸啊,电视啊,事情就会成为一个热点,到时你们会觉得在翻旧账,揭旧伤疤,不过其实也是疗伤,因为是还给我们一个公道。"

"不管谁是凶手,都会坐牢吗?"

"对,不管是谁,都会坐牢。"

派格不再说话,专注地看着菜单上一长串披萨和沙拉菜名。事情真要像爸爸说的那样发展下去,她会觉得好过吗?从她的表情上我看不出来,反正我不会好过,具体为什么,过段时间以后我才会了解。

---

① 指奉行和追求哥特文化,尤其是哥特音乐的人群。哥特族追求黑暗、死亡和宗教美学,其艺术大多充斥着悲伤和抑郁情调。

真想找个人，把心里的话一股脑儿倒出来。

可惜这样想的，只是那个表面的我；真实的我，还是不愿承认事实，不愿把真相大声宣布出来，不愿意把我认为曾经看到过的、曾经记得的，跟别人分享。

有时候，我劝自己，凡事不要尽往坏处想——你在睡梦中能干什么，难道说你自己都不知道吗？多少日子里，连续几个小时，我在网上查啊查啊，查这种事发生的概率到底有多高。岁月一天天过去，我也一天天长大，网上的资料也一天天丰富起来。

然后，终于有一天，现实仍旧无可逃避，真相终究要面对。

的确，梦游的人通常记不起什么。可不幸的是，我不是大多数，好多东西我都记得。

第十四章

　　妈妈的尸体找到之前，周围的人议论纷纷，认为这是一桩离奇的失踪案。后来，一只活蹦乱跳的狗和它的主人——一位凡事拿定主意就绝不回头的摄影师——发现了妈妈的尸体，大家的注意力随即转移到她的死因上来。有人甚至猜想，这会不会是一件神秘的谋杀案，妈妈可能是被人杀害的。再后来，由于州警方无法找到任何线索——没有嫌疑人，没有杀人动机，毒理学报告中没有任何疑点，甚至没有人担心爸爸、派格和我会有任何危险——人们便逐渐失去了兴趣，这事便有点儿不了了之的味道了，连新闻媒体和警察们也慢慢淡忘了此事。斗转星移，秋意渐浓，树上已飘下最后一片落叶，雨水开始多了起来，干旱的夏季也只在茶余饭后偶尔被提起。家门口那窄窄的林荫道上，再也没有载着打井设备的大型卡车轰隆开过；街坊邻居的闲谈之中，也再没有人担忧地预测说，山上滑雪场的蓄水池里，今年冬天怕是没有足够的水可以造雪了。至于我妹妹，也能按时返回滑雪场训练了。

　　到了10月份的第三个星期，爸爸、派格和我又恢复了正常的生活——至少表面上恢复了正常——大小事情又都按部就班进行着了：每天早上，我先送派格上学，再送爸爸上班，回来收拾屋子，打扫清洁，然后准备晚饭。派格想到哪儿去，我就送她到哪儿。我自己呢，有时也去佛蒙特看朋友，或者给阿姆赫斯特学院的朋友打电话。至于春季要不要回学校上课，我还没拿定主意，不过也应该作决定了，否则时间来不及——最迟是在 11 月。这个事情爸爸也许知道，可他从来没提过。现在回想起来，我倒愿意相信，他一定是认为我肯定要回学校的；如果他不这样想，那就等于是希望我一直留在巴特勒的家里了——这样一来，他不就是一个自私、不讨人喜欢的爸爸了吗？爸爸可不是这样的人，我对自己说，他只是还没放下，还在为妈妈的死悲痛伤心。仅此而已，没别的。

还有一件事，是我的秘密，背地里的举动。每隔两三天，我便出去和加文幽会。他是一名警察，比我大十二岁。周五或周六的时候，只要他不上班，我就去他的公寓过夜。至于性梦游，一次也没有。不过加文总是对我说，总有发生的可能，时间早晚而已。"知道你上了什么船吗？到时候你能理解吗？"他很担心。

"没问题的，我不怕。"我安慰他说。我已经爱上他了。

再过一个星期就是万圣节，我在帮派格填申请表，还剩几项就可以完成了。派格要去智利参加滑雪冬令营，需要办签证。爸爸已经在表格上签了字，填好了定金支票。晚上，9 点刚过，我走到派格的卧室门口，告诉她，表格上还有两个问题，需要她简单回答一下，然后就全部填好了。派格穿着睡衣躺在床上，手里拿着她的游戏机。

"我不想去了。"她说。

我吃了一惊。每天我都开车送她去大学校园里游泳，不想去智利了，路上怎么没跟我讲过？

"为什么不想去了？"我问她。

"不想去就是不想去呗。"她看也不看我,眼睛只盯着游戏机的屏幕。

"你总得给我个理由啊。"

"我要上学啊,要呼吸啊……"她说,一边还夸张地做了个大口喘气的动作,"而且我也用不着去智利。"

我走到她的书桌跟前,在椅子上坐了下来:"为什么要改变主意呢?"

"不为什么。"

"是不是和同行的小孩儿吵架了,比如说露西?还是跟诺格尔教练闹翻了?"

她把游戏机往床上一扔,翻了个身,把脸对着墙壁,说:"没有。我要是不去,露西会很失望,教练会气得发疯。"

"是突然之间对滑雪比赛失去兴趣了?"

"不知道。"

这丫头!真想吼她一顿:对滑雪比赛居然没兴趣了,亏我还每天开车送你去游泳!有什么用啊?不过我还是忍住了。平心而论,反正我也不忙,不送她送谁?

"不对,我还是喜欢比赛的。"派格又说,"还是想参加的。"

"是不是因为在外面要待一个月有点儿害怕呢?我是说,的确时间那么长,智利又那么远。要不只去两个星期?"

"得了吧,你自己好像也不是很勇敢嘛,学校都不敢回。"

"那可不一样。"我说,"你跟我说,是不是因为离开家的时间太长了?"今天要是不说这个,我还真没想到,派格其实从来没去参加过夏令营、冬令营什么的,不像我,还参加过童子军。

"改天再谈这个好吗?申请表也不是明天就截止。"

"好吧。"我说,"这样也好。"

"谢谢。"

"作业写好了？"我问。

"写好了。"

"要上床睡觉了？"

"我不是已经上床了吗？"

"我是说，马上要睡了吗？"

"差不多吧。"

"很好。"

"你知道我想要什么吗？"派格突然问。

我不回答，等着她说下去。

"我想做一只猫，这样就不用考虑学习成绩，不用想要不要去智利，更不用去想爸爸会不会好起来了。"

"学习成绩？你什么时候因为成绩失眠过？劲儿都不用使就全优。"我只挑她的学习成绩出来说，因为她操心的这几件事中，唯有学习讨论起来方便，其他两样要么比较棘手，要么操心得毫无道理。这样做，算不算避重就轻呢？应该是吧。

"你知道什么啊？"她小声咕哝了一句。

"我怎么不知道？我知道你聪明，做事效率又高，对吧？你可比我聪明多了。我可不是拍你马屁才这样说的啊。别傻了，自寻烦恼有什么意思呢？"

她翻身过来朝着我，脸上有泪水，原来刚才在哭呢。我走过去，想安慰她，她不让，跟平时一样，伸出手打我的胳膊，把我推开。"我没什么。"她说，抽着鼻子，用手背擦去脸上的泪水，"没事，我要睡觉了。"说着把游戏机扔在地板上，伸手关掉床前的落地台灯，剩下我一个人无助地坐在床边。

那天晚上，我给海瑟·普莱斯考特打电话说妹妹的事情。"派格一直就不按常理出牌。"她说。海瑟是我多年的朋友，看着派格长大。

"什么意思？"我问。

"你想想滑雪，急速下坡的时候什么感觉？一个女孩子，搞滑雪运动的，不野行吗？还有，你看你妈妈不见以后，8、9月份里，派格一定要去把她找回来那种执拗劲儿。你不是跟我说过，她一天到晚都出去找线索吗？扎克以前总是跟我说，小学时他们一起玩皮球，踢足球，你妹妹那个野哦，没哪个女孩儿像她那样。比如规定不准铲球，你家派格根本不睬那一套。"海瑟家里三姐弟，扎克是最小的一个，和派格上同一个年级。

"哦，这样子啊。那你听听这个，看看像不像派格——她说不想去智利了。"

"她是跟你学。你不是也待在家里不想上学吗？她也不想吧。说实话，我觉得你们两个都没错。"

"她也这么说。"

"这就对了嘛。"

"可是去智利参加冬令营是她自己提出来的呀，也就两个星期前。"

"是她的教练提出来的吧？"

"你的意思是我不应该冒火啰？"

"对，你不应该冒火。我的意思是，你至少不要对派格发火，周围已经有那么多事情足够让你冒火的了——自从你妈妈不见了那天开始。"

"不见了。"——说得多好听啊，不就是"死了"的意思吗？可要是说"死了"，那得有多难听啊。"不见了"和"死了"，它们之间应该还有一个词,就是"离开了"。对,"离开了"。三个词构成了一条直线波谱,"不见了"在这头,"死了"在那头。我心里这样想着,嘴巴上还是没说出来。别人也是好意,海瑟更是好意。她可是我的好朋友。

"好吧。"我还是顺从地说,"我能问你个问题吗,可能有点儿随意?"

"问吧。"

"你觉得我爸会不会有外遇?"

"干吗问这个?"

"我也不知道,反正最近老在想这个问题。我爸周围的诱惑很多的。"

"就因为他是大学教授?"

"对。"

海瑟笑了起来:"那你有没有想过跟某个教授上床呢?"

"没有。"

"我也没有。那些做教授的,觉得我们都是些辣妹,可在我们眼里,教授们可没那么性感。我的意思是,跟教授睡觉的女生不是没有,有些女生是喜欢大叔型的男人,可我是没什么兴趣的。你呢?"

我想到了加文,没回答海瑟的问题。不过还好,加文也只比我大十二岁,不是爸爸那个年龄的。

"你问这个,是不是怀疑你爸爸和你妈妈失踪有关系?"海瑟继续说。

"不是失踪,"我纠正她的话,"是死了。现在所知道的,是有人杀害了她。"

"天哪,你这样说是要吓死你自己啊?你知道吗,这件事之后我爸妈居然买了一套防盗报警系统装在家里,以前他们可是经常门都不锁的。还有艾伦的妈妈,我猜她晚上都不会再出门了。"

有这种事情?我想。"每个人都告诉我们,说没什么好害怕的。"我说。加文也这样安慰过我。

"可是你妈妈出门的时候,是在梦游对吗?"

"对。"我说。可是话刚一出口,脑子里突然一个激灵。真的吗?真的是在梦游?我们怎么知道的?自始至终,唯一能确定的只是她穿着睡衣出了门而已。

"所以说嘛,一定是半夜三更在外面发生了什么意外。"海瑟继续说,"如果她不是梦游,那肯定活下来了。"

说到这里,一个念头突然冒了出来,一个模模糊糊的念头,在周围的空气中飘忽不定,我想抓住它,可是抓不到。我飞快地挂断电话,拨通了"秘密男友"的手机。第二天吃早饭,我和他见面了。

"公司的名字是刘易斯 – 福勒 – 德格罗。"我告诉加文。早饭是在沃特伯里的一个小餐馆吃的,离加文的办公室很近。因为想吃枫叶糖浆,我和他都点了份华夫饼。之前加文提醒我,这里的华夫饼味道像糨糊,没想到果真如此。

"我知道的。"他说,"我们去调查过,她在那儿工作时认识的客户我们也问过话了,没有任何迹象表明有人想害她。"

"我也猜到你们会去调查的,不过我想问的不是这个,对不起。"

"没关系,不用说对不起。"

"我希望你去调查一下的是这个。派格今年十二岁,她的生日是3月18日,1988年3月18日出生,但我妈当时是早产了,提前了一个月——本来应该是 4 月中旬。这样算来她应该是头一年的 6 月怀派格,那时还在刘易斯 – 福勒 – 德格罗上班。所以我想了解的是,那一年的春末夏初她有没有去外地出差过。"

"你怀疑派格不是你爸亲生的?"

"也许是亲生的,"我说,"也有可能不是亲生的——记得我跟你说过他染色体有异常的事吗?我的意思是,你想想,这事也太巧了,我妈十年之中不断地流产,然后突然又怀上了,还从公司辞了职,从此再没出过远门。"

"所以你认为派格的父亲是她出差的时候碰见的某个男人?"

"我只是说可能。说不定我妈住酒店的时候梦游了,跟某个男人发生了性关系,然后怀上了派格。这个你调查过吗?"

"这个倒是没有。"

我笑了:"可以给新手记一分了。"

"那这事和你妈妈的死有什么关系呢?"

"被杀的那天晚上,我妈会不会是出去和派格的亲生父亲见面呢?"

"那么说她不是在梦游啰?"

"对。"

加文把胳膊肘放在桌子上,两手合拢,手指摆成金字塔状,头靠在两只手上:"按你的说法,你妈妈半夜光着脚出了门,身上穿着睡衣,就是为了去见一个男人,一个十三年前她在远方的酒店里性梦游邂逅的男人,然后这个男人杀了她,还把她的尸体扔进了河里?"

"你这样大声说出来,当然觉得荒谬了。"

"对不起。"他看着我腕上戴着的银手镯,说,"新买的?"

"不是,是妈妈的。"幸好,妈妈没在他面前戴过这个镯子。

"很漂亮，蓝色很配你的眼睛。"

"你告诉我，"我说，生怕他转换话题，"我妈有没有跟你说过派格和性梦游的事？从时间上推断确实很巧，而且我妈也告诉过玛丽莲·布莱斯，说她觉得自己出差住酒店的时候好像至少有过一次性梦游。"

"好吧，我要泼你冷水了，不过我可不是想打击你。原谅我，你的确很可爱，不过我觉得你真的想多了，是太闲了的缘故吧？"

"你还没回答我的问题呢。"

"案子还没结，我不可以回答你。另外这些都是隐私——是我们在互助小组里你妈妈告诉我的——跟你讲就是对你妈妈不公平。"

"不过你还是会告诉我的。"我笑着说。

加文把手分开，上身往后靠在椅子背上，说："不，不会告诉你。"

"那这个事你会去调查吗？"

"调查派格是不是性梦游宝宝？"

"天哪，你别用这个名称好不好？"

"每一样东西都有一个名称。比如说你，你是沃伦·阿赫博格的女儿，那是你的名称。你知，我知，大家都知道。"

"那派格呢，也是他的女儿吗？"

"那当然，这个和 DNA 是否一致没关系。"

"你在暗示什么？"

"没暗示什么，真的，我保证。就算是 1987 年的时候你妈妈住过酒店，不管她做过什么，有没有做，都和她的死没有丝毫关系。什么关系都没有。"

"你就这么有把握?"我问,脸上开始发烫。

"我就是有把握。"

"为什么?凭什么?"

他深深地吸了一口气,仍然跟以前一样目不转睛地看着我,说:"放手吧,丽安娜。再这样追问下去你会不开心的,对你心理上也没什么好处。这一行我干了这么多年,案子已经进了死胡同,肯定没办法了。求求你,别再去想了。"

正在这时,餐馆的女招待走过来,一不小心打翻了我俩的咖啡。时间很短,也就十几秒钟,可要不是因为这个小小的插曲,我和加文一定会爆发一场激烈争吵。女招待收拾好东西走开时,两个人还有些气鼓鼓的,不过加文还是主动提议,说周五晚上去看场电影吧。我说行。至于沃伦·阿赫博格是不是妹妹的亲生父亲,我也暂时不去考虑,那天早上也没有再提。

周末和加文一起去看电影,本来可以再提此事,不过见到他心里一高兴,就把这事给忘了。第二天早上呢?还是没提。为什么呢?因为就在那天晚上,我终于等来了加文睡梦中的那头怪兽。

更糟糕的却在后头——我发现了他的第一个谎言。

"你的事情我知道。别人不知道的,我都知道。"

"我知道你做过什么。"

"你是一个懦夫,一个可怜虫,我讨厌你。这一路你做过的坏事、伤害过的人,我都知道。"

一段时间以来,我总是这样开始新的一天——盯着镜子中的自己,大声地说出上面那几段话。

第十五章

那天夜里,我睡在加文身旁,背对着他。半夜时分,我突然醒来,发现背后伸过来一双手,用力掰着我的脸,我身上穿的那件警察的长T恤——在加文公寓过夜时我都穿加文的上衣——已经被拉到了腰上。是加文,真的是他。房间里很黑,迷迷糊糊之中,我以为他醒了,轻轻叫了他一声。他没回答,喉咙里发出一阵粗糙的"沙沙"声,看来对外界的刺激没有反应。我一下子便明白了,这就是另一个加文,梦游中的加文。

我又叫了他一声,这次提高了嗓门,想把他唤醒。(现在回想起来,那时自己在性生活方面真是不负责任。因为一直在吃避孕药,也不担心会怀孕,所以根本没有想过,应该让加文——还有在学校里结交的那些男友——戴避孕套。)可是转念一想,不如静观其变,看他究竟会干什么。这该是怎样的一种体验呢?你不是一直很好奇吗?我对自己说。那就大胆地尝试一次呗。况且面前的人是加文,有什么好害怕的呢?他要是动作过于粗暴,大不了我下床就是,让他自己解决好了,看他那副样子,以前也是自己对付过去的。可是万一他不罢休怎么办,像他以前警告过我的那样?不过这也只是万一而已,他以前说过,到底会怎么样连他自己也不清楚,而且也不是他能控制的。另外,不管怎么样,我还有最后一招，就是把他给弄醒。这样也不是不可以，我想。不过现实倒是对我有些不利——加文比我壮多了，万一他把我按住怎么办？要是真的唤不醒他，那受伤害的可能就是我了。

还好，他并没有伤害我。

不过他也算不上温柔，完全没有把我当成一个活生生的人来对待。第一次碰到这样的事，我很兴奋，下面湿润了起来，他便轻轻松松进入了，甚至没拉我翻过身去面对他。不过，他可不在乎我是不是舒服，只是双手抓住我的大腿，不停地、一次一次地往我的身体用力冲刺着。（如果说有疼痛感，也只是皮肤上他用双手使劲儿捏着的地方。本来想用力把他的手掰开，可是他抓得实在是太牢了。早上起床一看，大腿上已经留下了两道圆形的指印。）总之，动作说不上激烈，可也说不上温柔，但还是……还是从头到尾地发生了。过了一会儿，他的身体微微一震，接着便拔了出来，一头倒在枕头上不动了，呼吸声也安静了许多。一股精液顺着我的大腿流了下来，流到了被子上。

真奇怪——整个过程中，我竟然没有多少受侵犯的感觉，反而觉得加文这样做真的是在作践他自己。当然了，我自己也没被他当作一个真正的性伴侣——或者说，一个真正的女人——平常他没睡着的时候，跟我做起爱来可是天壤之别。我的直觉也告诉我，既然他这个毛病已经好多年了，那么今天晚上应该算是比较温柔的。估计下一次他会粗暴很多。

明天早上醒来，他会知道自己做过什么吗？下次他再这样的时候——他一定会的——我又该怎么办呢？

早上，加文还在睡，我起了床，想去冲个澡。经过他的小书桌时，看到上面摆着他的钱包、钥匙串儿和一本袖珍日历。袖珍日历他总是揣在夹克口袋里，以前见他拿出来过一两次，当时没去细想，这会儿感到很奇怪，怎么今天把日历随便扔这儿了呢？大概是因为刚经历了一场性梦游吧，我突然好奇起来——这本日历会不会和妈妈有关呢？妈妈和他之间的电子邮件，他俩的电脑和抽屉等，我都翻看过，现在来看看日历，说不定会有什么新发现。我打开日历本，往回翻到8月25日，周五，妈妈失踪的那天，那个神秘的日子。那天他会做什么呢？去理发，和其他警察开会，还是和朋友出去吃饭？很好，找到了，就是这个星期，开头的那天是8月20日，星期天。

上面清清楚楚地写着：安娜丽，面包店。

安娜丽，妈妈的名字，就写在23——星期三对应的阿拉伯数字上。8月23日，妈妈被杀两天前，加文见过她——或者说至少要去见她——和她一起吃午饭。时间是12：30。这下我想起来了，妈妈那天不是说过，她要去伯灵顿见一个未来的客户，这个人想在湖边造一幢房子吗？现在看来，妈妈多半是撒了谎。她要见的根本不是什么客户，而是加文。

合上日历本，我不由得向后退了一步。即便那天加文没有见过安娜丽·阿赫博格——也许因为某种原因，妈妈，也或者是他，取消了行程，然后妈妈下午去了别的地方，做了别的事情——即便是这样，日历上写着的那一行字还是说明，妈妈和他的确还在联系。可他不是一再说好几年没妈妈的消息了吗？谎言，彻头彻尾的谎言。

还有一点。一个人只要撒过一次谎，就有第二次、第三次，没完没了。第一次撒谎最难，以后撒起谎来就轻松多了。自从我和加文约会以来，我对这个可是有切身感受的。

我转过身来，看着还在熟睡的加文，想起昨晚发生的事，想起他跟我说的那些往事,到底哪些是真哪些是假?突然,一个念头从脑海里冒了出来:妈妈会不会是他的情人?想起这个我有点儿恶心。可是这还不是最可怕的,验尸官不是说过吗,妈妈的死因是硬脑膜下血肿,脑部遭受猛烈撞击。

不用害怕,我对自己说,自从认识加文以来,不是和他单独相处过很多次了吗?可是说不怕是假的,因为我真的是害怕了。我走进浴室,准备冲个澡,希望借此清醒一下大脑,同时考虑要不要把这个事跟他当面对质。我关上门,把自己反锁在浴室里。

我在浴室里穿好衣服,出来的时候,加文已经进了厨房,正在煮咖啡。咖啡味道很好,香飘四溢。他身上穿着一件橄榄球上衣,旧的,是他很喜欢的一件;下身穿了一条又宽又大的运动短裤。听见我的脚步声,他转过身来,有些怯生生地看着我。窗外,天空是一片无边无际的深青灰色,湖面波澜起伏。

"我醒了,然后……"他说,有些结巴,声音越来越小,"晚上是不是发生什么事了?"

我点了点头。

他把手中的塑料勺子放回咖啡罐,走过来,伸出手搂住我的腰,把我拉进怀里。我没挣扎,但是有些漠然。他觉察出来了,不过一定以为是自己性梦游造成的。

"对不起。"他轻轻地说,"很可怕吗?"

"没有,就是怪怪的。你有点儿粗暴。"

"就一点儿吗?"

"比一点儿多一点点。"

"你跟我说实话,我弄疼你了没有?"

我想起冲澡时看到大腿上的那两块淤青,回答说:"没有,没怎么弄疼。"

"可以跟我说说吗？我想知道自己做过什么，还想知道你到底有多难受。"

"为什么？"

"哦，因为我在乎你啊，我不想失去你。"

我推开他，向后退了一步。

"现在，假设你别无选择，必须在法庭上宣誓作证。"事关重大，我一字一顿地对他说，"你能否坦白地说，在这几年中你有没有见过我妈妈？"

"见没见她和昨天晚上的事有什么关系？"

"没有关系。"

"那是怎么回事？难道我还说过梦话？梦里说起过她？"

"没有，你只是发出呻吟而已。"

"那好，那我可以放心了。那你为什么一脸厌恶的样子？你真的是一脸的厌恶呢。"

"你把你的日历本放外面了。"我告诉他。

起初，他脸上一片茫然，好像不太明白我的意思。过了一会儿，他靠在灶台上，摇着头，看样子生我气了——我在讲什么，我看见了什么，看来他已经明白了。他终于开口："你是有乱翻别人东西的习惯吧？我的钱包是不是也翻过了？"

"没有。"

"这是侵犯隐私，知不知道？"

"你在撒谎，知不知道？"

"知道。"

"你知道我说的是什么吗？"

"知道，不就是你妈妈失踪的两天前我见过她吗？案子中有记录的，这个事应该知道的人都知道了，我告诉过他们的。"

"可是没告诉我。"

"没有。"

"为什么？你给我解释解释。我跟你都这么久了，难道没有权利知道？"

"什么权利不权利的，又不是拿来作为奖励或者酬劳，说的好像跟在大学里通过了某个考试一样。"

都到了这个时候，我还需要跟他讲道理吗？世界上有吵架的时候还讲道理的人吗？也许有，但我不是。换了心平气和的时候，我还可以告诉他，不就是翻翻他的东西吗，有什么大不了的？我跟他是恋人，这不是在约会吗？或者干脆跟他说，我只不过是对案子的进展感兴趣罢了，所以私自翻了一下他的东西。现在要是真把他惹怒了，说不定会有什么生命危险呢。可是当时我哪管这么多啊。我那么爱妈妈，加文却对我撒谎，让我不由得怒火中烧，以至于所有的理智，所有的冷静，顷刻间都荡然无存。

"那你呢？晚上也没经过我同意就和我发生关系！"我声音嘶哑地朝他吼起来。

"看看，回到正题上来了吧？要拿同意不同意说事了？接下来要说我强奸你了是不是？那你来说说，闹成这样，到底是因为什么？是昨天晚上的事呢，还是我没跟你讲你妈妈死之前我见过她的事？你跟我说清楚！"他气急败坏地说。

"那好，你为什么跟我撒谎？"

"因为案子还在调查，你又不是警察，这件事我只告诉相关人员。我和你，丽安娜，我们又不是搭档，我干吗要告诉你？说句不好听的话，这件事跟你毫无关系！"

"怎么没关系？难道说你也和她发生过关系？难道说你跟她

同属一个变态的性梦游俱乐部？还'面包店'呢，我看其实就是跟她发生关系吧！"

"这种话你也说得出来？"

"我偏要说，很色情是吧？谁让你对我撒谎，气死我了！"

他走过来，向我伸出胳膊，我"啪"的一声打在他手上。他不死心，第二次伸出手来。我猛地推开他。"离我远点儿！"我厉声说，"别碰我！"

他伸出胳膊，手心朝上。"看，我手上没东西。"他说，尽量想平息我的怒气。

"老实说，为什么要撒谎！"

"对，我是撒谎了，可是跟你没关系。"

"我不是这个意思。为什么她在失踪前要跟你见面，就是星期三那天？"

"因为她给我打电话，说想谈谈。"

"谈什么？"

"好吧，算你赢。是因为你爸爸，他不是要出差吗？你妈妈很害怕，担心晚上会扛不住。"

"所以你还是去面包店见她了？"

"对。"

"这几年里你见过她多少次？说实话。"

加文转身就往卧室里走。要不要跟着他呢？我正在犹豫着，他已经回来了，把手里的袖珍日历本往我旁边的灶台上一扔："就那一次。不信你自己翻日历本。好好翻翻，翻到你满意为止。"

"你在糊弄我？"

"你翻了就知道了。翻啊。"

我还真就翻了——他在一旁继续煮咖啡。的确，日历本里，妈妈的名字就出现过一次。看我放下日历本，他说："现在可以回过头来说说晚上发生的事了吗？"

"那天见面我妈跟你说过什么？"

他深吸了一口气，把事情告诉我。我妈当时很焦虑，他说，因为我爸要出门，她很担心，怕起来梦游，半夜里伸手乱摸，摸不到人就会离开卧室，然后走出家门。不过她也反复说了，这么多年都没梦游过，可是这次不同，沃伦没有睡在旁边，也不知道会出什么事。

"她走的时候，我建议她告诉你爸，让你爸不要出差。"加文说，"我跟她说了，你爸应该取消会议，因为我们这种人根本是治不好的——昨天晚上的事情就是证明。我告诉她，要她跟你爸说清楚，说得明明白白，叫他'别走'。不过从后来的情况看，你妈妈要么是觉得没什么好担心的，要么就是没向你爸提过不要走的话。"

"到底是什么？"

"不知道，不过一定要我来猜的话，我想应该是后者。总之，我是觉得她肯定没跟你爸提出过请求。我也不太确定，但是根据口供看来，你爸爸确实没提到你妈妈向他开口的事。"

一旁的咖啡机汩汩作响，里边的液体正一滴滴往下坠。

"我应该走了。"我说。

"你不想谈谈昨晚的事？"

"不想，现在不想。"

"可以打电话给你吗？"

我摇摇头，把靴子穿上，回家去了。

那天晚上，我梦见了妈妈。自从她死后，我还是第一次在梦里见到她。在梦里，她没有向我透露任何信息，也未提及她做过什么、发生过什么事,好让我的心得到一点点慰藉。梦中我和她正在超市买东西——这在潜意识中说明了什么呢——超市货架上有泳鳍、新鲜豌豆和胡萝卜,还有悦爱鲜果汁和魔术道具。妈妈下身穿着一条天蓝色紧身窄裙,那是我们去曼哈顿时她最喜欢穿的,上身穿着一件白衬衫,脚上一双黑色的细高跟鞋。在佛蒙特的乡村超市里穿这么一身显然有点儿过于讲究,不过没关系,在虚幻的梦境中,她的这身打扮竟然相当合适,旁边的人也没有侧目观看,反正我是没觉得有什么好奇怪的,心里只是开心——又见到妈妈了,又回到往日的正常生活,心里真高兴。至于她已经死了的事,我没提起,妈妈也根本没说,因为在梦里,我俩都记不得这事了。

后来我哭醒了,独自一人躺在床上,想起8月认识加文的时候,他在巡逻车里跟我讲过的话,觉得天底下最糟糕的事,莫过于一觉醒来,发现刚才那样愉快的经历不过是一场美梦而已。妈妈死了,我自己呢,仍然过得乱七八糟。世上还有什么比这个更让人伤心的呢?

到底是谁,生出了这双眼睛?为何它们既不像我,又不像死去的妻子?又是谁,生出了这么个运动健将?我可没什么体育天赋,妻子也没有——每当爸爸看着面前的派格,是否会产生这些疑问呢?他会不会无数次地问自己这些问题?

不会的,爸爸这么聪明的人,一定不会自寻烦恼。可是我就不同了。那年秋天,这些疑问始终在我脑海里盘旋着,逗留着,挥之不去,一直到了万圣节,到了11月1日冬天的第一场雪飘落在空中的时候,我依然在想;妹妹的滑雪教练打来电话的时候,我在想;听加文·里克尔特的电话留言时,我在想——想这些问题，想那些睡眠，以及怀孕生孩子背后隐藏的秘密。什么时候我才能不想了呢？

万圣节的晚上，我和派格站在门廊上，给孩子们发糖。跟往年不同，今年门廊上没挂南瓜灯笼，气氛怪怪的。（妈妈要是还在，肯定不会让我们这样打发了事。）派格也没出去参加"不给糖就捣蛋"的游戏；朋友中有没有人开派对，她连半个字都没提。（七年级的同学们，她说，谁也没有化装成艾伯特·戈尔或者小布什之类的政坛风云人物，不过倒是有一组女生，一身黑色长衣，鼻梁上戴副墨镜，装扮成《黑客帝国》中的角色。）

11月1日是我通知学校是否复学的最后期限。我没打电话，也不打算回校，至少1月份不想。

后来，派格的教练打电话来，说想问问爸爸，为什么派格突然改变主意，突然不想去智利了。"您可以劝劝她吗？"教练说，"想想办法，让她重拾对滑雪运动的兴趣好吗？"

我还是想加文。自从上次分手后，电话里有他的许多留言，我一个都没回，只是听着他的声音，感到既惆怅又向往。问题是，我还能相信他吗？内心中，我已经对他产生了几分恐惧。

"给学校教务处打个电话吧，"艾丽卡不停地求我，"时间还不算晚。""给我回个电话好吗？求你了。"加文也不停地在电话里说，"你一定是想多了，别这样反应过度好吗？"爸爸呢？他什么都没说。日子一天天过去，我依然为他们做饭，开车送妹妹上山——山上正在造雪，学校的游泳池也就不去了——给爸爸买威士忌，给妹妹的游戏机准备好电池，之后独自一人洗扑克牌，自言自语，权当练习台词。大选开始了，我生平第一次参加了投票，用铅笔在选票上画了圈，把它放进一个三面围起来的木头做的投票亭里——我们住在佛蒙特的一个小镇，投票机用不上。偶尔，妈妈的朋友或者牧师会打电话来关心一下，每次我总会撒谎，说家里挺好，没什么事。有时候，我自己的朋友也会联系我，请我一起看场电影，出去喝一杯，或者干脆爽一下。朋友们想跟我聊大选，聊佛罗里达，聊今年的总统大选如何演变成了一场灾难——每次我都找借口一一推掉。一个星期又一个星期过去，我大多是待在家里，要么看看书，要么躺在火炉边的地板上打盹儿。家里那只宠物猫乔就趴在我旁边，有时候趴累了，便站起身来，慢悠悠爬上去，钻进客房里——那里放着妈妈的绘图桌和电脑，还有她留在书柜上的手提包和围巾——一会儿嗅嗅这个，一会儿嗅嗅那个，然后蜷缩起身子，在妈妈的椅子上睡下了。猫咪也想念她。我的心都碎了。

过了些日子,我对自己说:"原谅你自己吧。至于其他人,他们也会原谅你,一定会的。"

可是我没有,也不能。原谅自己跟很多事情一样——比如减肥、做事有耐心、实施新年计划等——说起来容易,做起来难。

第十六章

还有两周就到感恩节了，爸爸告诉我们，今年外公要请我们去康科特过节。在我们这个大家庭里，感恩节一直是在三个地方轮流庆祝的：这次在佛蒙特我们家，下次就在曼哈顿的姨妈家，再下次就去马萨诸塞州的外公家。他在那儿有一幢殖民时期留下来的房子，外面看倒是气派，只是太中规中矩了些。按规矩，今年亲戚们本来应该到我家过节，可是家里出了事，举办这样一个家族聚会自然指望不上了。还有，外公年事已高，照顾不了外婆，所以姨妈和姨父决定，不如把外婆送到专业的疗养院，那里有人专门照料早老性痴呆症患者。日子已经选好，大概就在圣诞节之前。这样一来，今年算是大家最后一次在一起过感恩节了——想起来挺难过的，这几个月坏事都凑成一堆了。虽然这样，我和派格还是安慰爸爸，最后一个感恩节能在外公外婆家过，又能见到其他亲人，不是挺好的吗？我们三个可以提前一天开车过去，到波士顿的郊区住上几天。爸爸说，过完感恩节就是黑色星期五，要不一家人都去波士顿城里，到纽斯伯利街上凑凑热闹。那里人挤人，搞的活动可疯狂了。派格肯定会反对，我心想，因为第二天是周六，她要去滑雪。没想到听完爸爸的提议，她居然一声不吭，滑雪的事情提都没提。那些日子里，派格和我就像大海里被打翻的一叶扁舟，在水中慢慢下沉，跟妈妈一样。下沉的速度虽然缓慢，未来的方向可是非常清晰，因为总会有那么一天，我和派格都会触底，坠落至生命的最低谷。

"我们又见面了。"辛迪·亚吉尔医生笑着说，"想不想再来和我分享一根麦片棒？"

记得上次跟她谈话，是在她的办公室，这次我们换了个地方，选在了检查室，就在大厅对面，和办公室相隔了几个房间。检查室很像我小时候见过的儿科诊室，跟我长大后见过的家庭诊所也颇为相似，屋子中间都摆放着一张带软垫的台子，上面铺了一层薄纸。我呢，此刻就坐在台子上。逼仄的房间消过毒，墙上挂着执业证书和一幅健康宣传画——主题自然是养成正确的睡眠习惯：一幅蜡笔画，星光点点的夜空下有一群绵羊，还有一张有四个帐杆的床——也不知出自谁家小孩儿的手笔。跟我以前去过的诊室相比，这里最大的不同是它在医院大楼的四层，所以跟睡眠中心的接待处一样，有一扇窗户可以望出去，看得见远处的尚普兰湖和阿迪朗达克山脉。从这个角度拍张照，做成旅游明信片，绝对可以胜过亚吉尔（还有她的那些同行）能想到的、用来装点中心的任何艺术品。说话的时候，我身上还穿着牛仔裤和运动衫，旁边放着一件叠好的薄薄的罩衫，那是给我准备的。

"哦，不用了。"我尽量用愉快的声调回答说。爸爸和派格在候诊室等着。进来之前，我和妹妹用抛硬币的方式决定谁先检查，结果我输了。

"检查不会复杂的。"亚吉尔背靠在我对面的柜台上，"连抽血都不用，主要就是想了解一下你的既往病史。"

"我小时候梦游过，我妈妈告诉过你吗？"

"说过一点儿。等下我也想问问你爸爸,看他对你的病史有多少了解。不过要经过你的同意。"

"没关系的。我的意思是说,小时候梦游也没做什么,就是半夜起来过两次,然后不认识爸爸妈妈了。这个很普遍的,是吧?"

亚吉尔手里握着笔记板,像个盾牌似的压在胸前,纠正我说:"不止两次,远远不止,你自己知道的。"

我明白了,妈妈肯定告诉过亚吉尔,我曾经梦游去了卫生间,刚好碰到妈妈流产的事情。不过她为什么要说得那么严重呢?吓了我一跳。

"卫生间那次,还有芭比娃娃屋那次。"我说。

"是的。还有你爸爸跟我说过,你上幼儿园的时候,晚上起来把衣柜里的东西全部拿了出来,第二天早上地板上都是你的衣服。"

我吃了一惊,这个事倒从来没听说过。"这种事嘛,"我开玩笑地说,"我没睡觉的时候也做的——约会之前。"

"还有一次,你梦游中下了楼,把壁炉边上的木柴重新堆了一遍。"

我挺直了背——这个也是头一次听说——心里不由得警觉起来,可又不想让她看破:"谁告诉你的?我爸还是我妈?跟你说了什么?"

她耸耸肩膀:"说你把炉子旁边的木头堆积起来,给地毯上的塑料小马搭了一个围栏。"

"也没什么大不了的嘛。"我替自己辩白了一句,真希望能回忆起那天晚上的事情,应该挺有意思的。

"好了丽安娜,现在是不是该我来问你几个问题了?"

"我再问一个好吗?"

"好啊。"

"我真的要戴着电线睡一晚上吗?如果要的话,什么时候呢?"

"你问了两个问题。"她抬起一道眉毛,乐呵呵地说,"也不见得,看情况吧。如果要做的话,估计就在一个月以内吧,具体要看我这边的日程安排。"

"派格也要吗?"

"对。"

"这样的话,我们两个都是12月做?"

"基本上是这样。"

"还是去酒店做睡眠研究?"

"是的。"

"我一点儿也不喜欢,"我告诉她,"身上到处都是线。妈妈说眼睛上都要接线。"

"你妈妈睡着了的呀,你也不会有问题的。"

"如果实在要做的话。"我还抱着一丝侥幸。

她点点头,一副信心十足的模样。

"我觉得她人挺好的。"回家的路上,派格说起她对辛迪·亚吉尔的印象。今天是爸爸开车,派格坐后排,我坐副驾驶位子。

"那我就放心了。"爸爸说。夜幕笼罩下,我看不清他的脸。

"不过还是希望做测试的时候我跟丽安娜在一个房间,这样就跟度假一样了。"以前一家人出去度假,每次都是爸妈住一起,我和派格住另一个房间。

"有点儿像。"我附和了一句。不过测试的时候,我跟她肯定要睡不同的屋子,而且那种体验跟在喜来登酒店里住一晚上完全是两回事。这一点派格心里肯定明白。

"然后第二天起来吃顿饭店的早餐,想想都很爽。"派格继续说道。

"对,还有华夫饼呢。"爸爸轻轻地说,他知道这种点心妹妹特别喜欢吃,"我就爱冬天里吃华夫饼的那种感觉,冬天里吃这个太美了。"

"爸爸!"派格沉默了一会儿,突然叫道。

爸爸往后视镜瞄了一眼:"什么事,宝贝?"

"妈妈做睡眠检查的时候你在哪儿呢?"

"在家里,陪你们姐妹啊。"

"那第二天早上呢?是不是把我们送去上学了再去接妈妈?"

"哦,没有,你们妈妈自己从酒店开车回家的。两次都是。"

"检查了两次?"

"哦,也不是。是她早上醒来后有点儿迷糊,把眼镜忘在酒店的房间里了。那天她都开出了八九千米,突然意识到眼前很模糊,这才想起没戴眼镜。"

"那是有点儿危险。"我说,"我们呢,做了测试以后也会迷糊吗?"

"不大可能,你们的妈妈很多方面都跟常人不一样。"

"别担心。"派格对我说,"你还想回家后在壁炉旁给你的那些马搭一个围栏啊?这种事情不会再发生了。"

"早知道不该告诉你这个。"我说。

"是不该。"派格回答,然后继续问爸爸,"我们在酒店做测试,你也会在那儿住下来吧?"

"那当然了,不过你们真的不用担心,没什么好担心的。"

"可能吧。"

"面对现实吧。"我接着爸爸的话说,"你基本上都是一觉睡到天亮的。"

派格交叉手臂抱在胸前,说:"你是拣我的话来说的吧?我觉得你可比我担心多了。"

这个说法可不对,派格的确比较焦虑,我看得出来。不过她说的也没错,对那个夜晚我确实充满了恐惧,正如我向辛迪·亚吉尔坦白的那样。

我和派格在睡眠中心检查完的第二天,加文上门来了。那天是周五,快到中午了,家里就我一个人——这是那段时间家里的常态。门铃响了,看清楚是加文,我原本不想开门,可是又忍不住,一颗心怦怦直跳。冷静想想我也知道,一旦给他开了门,就等于再次向他敞开了生活的大门。没事,我对自己说,看看他来干吗,然后就打发他走。话是这样说,可是我心底里明白,到时候肯定欲罢不能。这会儿他过来,一定不是因为妈妈的事情有了什么新的线索——案子即便有什么意外突破,那他也应该先和爸爸联系——况且他手里还拿着花呢,明摆着是冲着我一个人来的。

"看上去你好像在等人。"加文摘下墨镜笑着说。那天早上起来,我头发倒是梳过,不过家里除了宠物猫乔,没有别人,所以我连衣服都没换,身上还穿着睡裤,还有一件上大学时穿过的特别旧的连帽衫。

"你想干什么?"

他把手里的花束往我面前一伸,像个大男孩儿似的抬了抬眉毛。我接过花,一言不发地把他让进屋里。他跪在地上,开始解鞋带。"不用脱了。"我说。

"意思是我一会儿就得走吗?"他问。

"意思是我今天没扫地,你的鞋也不太脏。"

"屋里看起来很干净啊。上次人那么多,我都没看清房子原来设计得这么好——又明亮又宽敞,佛蒙特的房子能设计出这种感觉不容易啊,况且还是维多利亚式的。"

"我妈是做建筑设计的,忘了吗?"我从饭厅的餐柜里取出一只花瓶,又到厨房抽屉里拿了一把剪刀。以前,妈妈总是先剪去鲜花的茎干,然后才把它们插进水里。加文拿来的有百合、鸢尾花和雏菊,我把所有的花摆放在厨房吧台上,准备重新整理一番,顺手把他放在吧台上的墨镜推到了刀架旁。

"要是我爸在家怎么办?我告诉过你的,不想让我爸知道我俩的事。你自己大概也不想让他知道吧。"我对他说,态度还算客气,不过也没掩饰自己的厌恶。

"他的车不在,还有——顺便告诉你——他周五上午有课。"

"我们家的事你还有什么没调查过?知道你刚才说话的语气有多恐怖吗?"我说,心里感到一阵恼怒——阿赫博格家的事他也知道得太多了,连我们的日常安排也了如指掌。

"我这么说吧。第一,你们的事还有很多我根本不了解;第二,你爸周五早上有课,而且是上当代美国诗歌,这是你和你爸亲口告诉我的,只不过告诉我的时间、地点不一样而已。我可没有跟踪你们。"

"那你的道德底线呢,有吗?"

他耸了耸肩膀:"这是灰色地带,有些警察比我过分多了。"

我摇了摇头。"知道吗?以前我还担心你跟我妈是情人,现在嘛,我都怀疑她是不是你杀的了。真的,我真的很怀疑。"我半开玩笑地说,心底里还是不大相信他。

"可是你还是让我进了屋。"

我指了指一旁的刀架,冲他竖起眉毛,顺便用力捏了捏手里的剪刀。剪刀"咔擦"一声,很是刺耳。

"干吗老是把事情往谋杀案方面想?"他问,"把它看得浪漫一点儿不是更好吗?"

"以前我倒是这么想的,比如那天去蒙特利尔的路上。"

"那天你不是玩得很开心吗,那个晚上?"他张开双臂,近乎顽皮地咧嘴笑了,"你就不能把我看成你的达西先生①吗?或者说,你的布兰登上校②,如果觉得我年龄太大了的话?"

"简·奥斯汀的小说你也读过?"

"没有,不过我不是有个妹妹吗?"

"那好,我跟你可不是活在奥斯汀的小说里。"

"有道理,可是这个也不是希区柯克的世界啊,丽安娜。"他柔声地说,"你妈妈的事确实很悲剧,很可怕,对你打击很大,可是你总不能一天到晚都去想啊,生活还有其他很多方面,还有你和我。没必要这样的。"

"她是被人杀害的。"

"你别这么想。"

"为什么?你知道多少?"

"我知道的。"

"就因为你和你的那些警察同行破不了案?其实你们什么都不知道!"我心里沮丧极了,忍不住冲他嚷嚷起来,"反正又不是你妈妈被人谋杀了!"

---

① 英国女作家简·奥斯汀的小说《傲慢与偏见》中的人物。
② 简·奥斯汀的小说《理智与情感》中的人物。

"你妈妈是不是被谋杀的我们根本不知道！"

"当然是被谋杀的！"

"不对，我们不知道，你也不知道。目前知道的只是她的头部受了伤，然后掉进了河里。就这些。"

"然后呢？你说说啊，她究竟出了什么事？难道说她是在我们发现睡衣的地方自己走进河里的？绝对不会！"

"一定要我说？"

"说！"

他把手交叉抱在胸前，身体靠在餐具室的门上。我不言语，等着他回答。

"好吧。她确实没自己走进河里，她是从桥上跳进河里的，头撞在一块石头上。"

"那她这样就是溺水而死的，你应该知道。"

"她从桥上跳了下去，头撞到了石头，然后可能是想办法浮出了水面，也有可能是抱住了石头，或者说游到了岸边，但是因为身体已经很虚弱，又受了伤，没能爬上岸，所以在那儿断了气，被水流冲了回去。"

我呆呆地站立着，想象加文描绘的画面。曾经想过这个可能性，只是比较粗略罢了，细节性的东西还真没想到。真的有这两个可能吗——冰冷的河水，加上头部受了撞击，妈妈这才醒过来，拼命抱住先前那块石头，可是到了最后仍然昏迷过去。或者说，妈妈总算游到了岸边，企图从盖尔河里爬上岸，可惜伤势太重，或者身体太虚弱，坚持了一段时间之后，仍旧被冲走了？真是这样的话，我都能想象出她当时的呼救声。当然了，也许她根本没有呼救——万一当时她已经迷糊了呢？万一她根本喊不出来呢？不管怎样，反正她是一个人孤独地死了，不是在河面上，就是在河岸边。

吧台的圆凳就在旁边，我坐了下来——应该说是瘫软下来——头有点儿晕，跟平时弯腰或下蹲后突然站起来的感觉一样。我伸出手，捂住头，加文站在原地没动，直直地看着我，脸上是凝重的表情。"天哪……"我低声念着。

"记住，你妈妈也是我的朋友。如果真是有人杀了她，难道说我不会竭尽全力去追查凶手吗？你觉得呢？"

"这么说你也认为她又去了桥上？"

"除了这个，我想不出还有什么可能性。"

"那为什么树枝上留下了一片睡衣布？"

他耸了耸肩："那里刚好在你们家和桥之间，树枝距离小路又很近。"

"还有呢？"我问。

"什么意思？还有什么？"

"你还想到了什么可能性？"

"别再折磨自己了，求你了，为了你，也为了我，好不好？"

"我爸知道这个可能性吗？"

"应该知道吧。"

"应该知道？"

"我们也没讨论过……细节性的东西。"

"哦。"

"你有点儿太情绪化了，丽安娜。"

"我知道，爸爸已经放弃了。"

"你这么说太消极了。他也失去了妻子啊，他也很伤心。"

"那我呢，我失去了妈妈。"

"每个人都有自己的难处。"

我叹了口气，振作了一下精神："可能吧。"

"你会好起来的吧？"

"会的。"

"真的吗？"

"真的。"

"那就好。能告诉你一件事吗？"

"当然了。"我看着他的脸，等候着。他笑了，眼里荡漾着一丝顽皮。

"你穿着睡裤真可爱。"

"真是的，我都不知道为什么要放你进来！"我说。

"因为都快中午了，你还没换衣服。看来我是你今天一天中的亮点哦。"加文从吧台对面绕过来，站在我身后，说，"既然你我都知道，你不会告诉你爸和派格那些花是我送的，那我建议你撒个谎，就说是你自己买的，目的是让自己高兴起来。"

"你看你，真是个大骗子！"我咕哝了一句，随即便感觉到，他已经在亲吻我的脖子了。此时此刻，我已经无力也无心抗拒他了。

秋天一到，世界大多地方便沉寂下来。不过相比之下，佛蒙特的 11 月更显颓丧，加上白日丝毫不减缩短的势头，简直就是死气沉沉，了无生气。电视上，记者们在佛罗里达长篇累牍地报道着大选的新闻——两位候选人为了争抢白宫那把交椅，如今正打了个平手——我呢，也通过电视享受到了佛州的阳光和蓝天白云。点燃屋子里的炉火，看着南方人的温暖生活，日子也就一天天过去了。

这个季节，新英格兰北部的气候就是这样无趣。不过，恰恰也是在这灰暗的天气里，山上的冰雪运动倒是让我振作了一些。说起滑雪，我永远也比不上派格，可是当我坐着缆车从山坡上一路下来时，放眼望去，周围的世界竟然是如此迥异！缆车走到半路，暂停片刻，好使我驻足观光。只见远处松柏林立，银装素裹，让我感叹真是恍若隔世。

周六上午，加文来过后的第二天，我去观看派格和滑雪队里的其他成员训练。队员们从黑色钻石道①上滑下，越过一个又一个雪坡，速度快，动作又准又好看，让我惊叹不已。看了一会儿，我忍不住也套上滑雪板，选择中级道滑了起来——我这水平，也只能在中级道上活动活动了。那天早上，湛蓝的天空上没有一丝云彩——灰色的季节里真是难得的惊喜——我在自己呼出的团团雾气里，看到假期已经离我们不远了。

"你在上面挺不错嘛。"下午回家的路上，我一边开车，一边对派格说。

"我看你戴的护目镜一定是给雾气弄模糊了吧？要不就是光线太亮根本没看清。我滑得很烂的。"

我有点儿吃惊："你滑得不烂啊。"

"星期二我会好一点儿。"她说，意思是队里的下一次集训。随后马上问我，"那些花儿到底是谁送你的？"没想到她突然提起花的事情，让我有点儿猝不及防。派格就是这样，脑筋转得够灵活。

"我不是跟你说过吗？"我说，语气很平淡，"我买来犒劳自

---

①指滑雪道的等级。国际上通常把常规滑雪道按难度分为练习道、初级道、中级道和高级道四类。每类雪道上有道标，用不同的颜色和形状标记各个类别，如绿色圆圈代表初级道，黑色钻石代表高级道。

己的,也是犒劳大家的。"

"不会吧?那把太阳镜落在我们家的人又是谁呢?不会就是那个送花的人吧?雷朋牌的太阳镜,现在还放在妈妈的菜刀旁边呢。"

我心里顿时一阵慌乱:这下该如何辩解才好?要不随便编个名字糊弄过去?然而情急之中,我的大脑竟然一片空白,所以只好沉默不语,眼睛也干脆只盯着前方那弯弯曲曲的盘山公路,这样也好回避派格那咄咄逼人的目光。

"编不出谎话来了,是吧?"派格说,随后笑了起来,"露馅儿了?"

"差不多吧。"

"跟我讲讲不行吗?"

"我不知道。"

"讲讲嘛。"

看到我好像动摇了,派格关掉了收音机。

"好吧,"我说,"不过你不要告诉爸爸。"

"我不告诉他。"

"给我送花的是一个警察,是调查妈妈案子的,在刑侦处……"

"刑侦处?"

"刑事侦查处,州警察局的一个部门。"

"是州里的警察?"

"算是吧。"

"昨天到过我们家?"

"对。"我说。派格有点儿吃惊,不知道是因为听说我在和一名警察约会呢,还是因为听说警察刚到过我们家。不过,接下来她说话的声调倒是提高了不少，想来应该是因为后者。

"为什么？他来干吗？是不是有新消息了？"她连珠炮似的发问。

"不是，他过来送花给我。"

"就为了这个？"

"难道说这个就不值得开车跑一趟了？"

"你跟他约会多长时间了？"

"其实我也有一段时间没见他了，本来以为跟他已经完了，没想到他居然又抱着花冒了出来，所以应该还没完。"

"叫什么名字？"

"加文。"

"加文什么？"

"加文·里克尔特。"

"是个老家伙吧？"

"不是。"我说。虽然没看她的脸，可是我知道她肯定在坏笑，"妈妈失踪那天你跟他说过话。"

"那天跟我说话的人多了去了。"

"我知道。我不也是吗？"我附和道。

"他来参加过葬礼，是不是？"听她说话的语气，应该是在努力回忆中。

"是。"

"为什么不想让爸爸知道呢？"

"我也不清楚，反正我跟他约会总有点儿怪怪的。这种事应该也算正常，可是他和妈妈也是朋友……算是朋友吧。"

"朋友……"她嘀咕了一句，好像在玩味着这个词语，"哪种类型的朋友？"

"这个有点儿复杂,他俩原本是……"

"哎呀,也太恶心了吧。"她打断我的话,说,"你不会是要告诉我,妈妈在搞婚外情,而你在跟她的情人约会吧?同一个男的?你开玩笑吧?这种事都做得出来,你是要做史上最倒胃口的人吗?"

"事情可不是你想的那样。"

"那是什么样?你倒是说说看啊。"

"第一,妈妈和他没有搞过婚外情。"我告诉派格,"懂吗?妈妈很爱爸爸。"

"说下去。"

"第二,他们是在睡眠中心认识的朋友。"

"他也有梦游症?"

"对。"

"那你说的'朋友'是什么意思?"

"朋友就是朋友,也就是在一起喝过几次咖啡,一起讨论过各自的梦游情况。"

"那好吧,可是你这个事还是倒胃口,只不过不是史上最倒胃口的罢了。"

"干吗这么说?"我问她。

"天哪,周围梦游的人你还嫌少吗?"

"梦游又不是他的标签,跟妈妈一样。"

派格抬起双脚,把两个后跟搁在座位上,双臂环抱身上的滑雪裤:"那他有没有跟你说过调查的进展呢?肯定说过吧。"

我们已经到了山脚,还没抵达有停车标志的地方,路上便开始堵了起来——每年到了11月,总会出现这番景象:排成长队的汽车周身撒满盐,车顶架子上放着雪橇和滑雪板。"说是说过,"

我承认,"不过也没什么重要的东西,你可别抱太大希望。"

"你说说看嘛。"

"他觉得妈妈可能是自己从桥上跳了下去。先是跳桥,然后脑袋撞在石头上,但是没有马上死,所以解剖发现她不是溺水死的。"

本来以为派格马上会提出一点儿看法,没想到她什么也没说。我转过脸,看到她正呆呆地盯着前方,一脸冷峻。

"你说的对,的确没什么价值。"派格等了一会儿,终于说话了,声音柔和却有些嘶哑,"但是很可怕,真的……很可怕。"

那天我开的妈妈的车。前面的人往前开了几步,不动了,我也把车向前挪了挪,等候着。

"你没事吧?"我问派格。

"嗯,我没事。"派格顿了顿,继续说道,"我是说,这个可能我俩都猜到过,就是死得太惨了。"

"是啊。"

"这么说,妈妈不是被谋杀的。他们都是这么讲的?"

"这个嘛,他们什么也没讲,只是其中一个警察这么猜测的。"

她叹了口气,转过头盯着窗外。道路转弯的地方有一家木头搭成的小饭馆,以及一家卖三明治的小店,都是专门做滑雪者们的生意的。

"想吃点儿什么吗?"我问派格,"喝杯热巧克力?"

她摇摇头。

"那来点儿爆米花什么的?"

"不——要。"她一边打哈欠,一边说,两个字之间拖得很长,"就想回家。"然后身体往头垫上一靠,闭上了眼睛。

其实，无论是派格还是我，即使我们把加文的事告诉爸爸，结局又会有何分别呢？

那时候我常常在想，我自己，或者派格，若是真的走出这一步，会是出于何种考虑，又会有什么后果呢？我们这个三口之家会分崩离析吗？夜深人静，翻来覆去难以入睡的时候，我会问自己，假设我或是派格出于某种原因将此事告诉了爸爸，那么以后的日子里，我和妹妹会不会走上不同的道路？像爸爸那样的成年人——那年我才二十一，再怎么样他也比我更成年啊——一旦听说了这种事，肯定会有所行动的。

真的有这种可能吗？躺在床上，窗外是一望无际的夜空，头上是黑压压的屋顶，我看不到生活会有什么不同。冥冥中已经注定的事，早说晚说——更别谈提前说、急着说了——又有何分别？想来想去，心中竟然隐约有了些加尔文式①的确定性了，觉得若是把此事告诉爸爸，不但于事无补，反而会加快宿命的脚步。毕竟，该发生的始终会发生，凡事都有定数。

---

①约翰·加尔文（1509—1564），法国著名的宗教改革家、神学家，基督教新教的重要派别加尔文教的创始人。

面对黑暗和死亡,我选择谈判,选择交涉,这是库伯勒－罗斯①的第三阶段。我会对它们说,即便我性梦游也没关系,只要我不下床就行。我还会祈祷,行行好吧上帝,不管我干什么,千万别让我走出这间卧室。

　　为什么?道理很简单,凡是我能制造的伤害、我能带来的痛苦,都发生在我起床以后,发生在我离开卧室以后。电影镜头里,有不少一到晚上就性欲高涨的角色,可是我能干出来的事,他们永远拍不到——除非摄影机一路跟着我,走入茫茫黑夜。

---

① 伊丽莎白·库伯勒－罗斯(1924—2004),美国女作家、心理学家,曾提出"悲剧五阶段"理论,认为人在面临诸如死亡之类的悲剧时,心理上会经历"否认、愤怒、谈判、抑郁、接受"五个阶段。

第十七章

感恩节到了。我们一家三口去了康科特的外公外婆家。晚上,我和派格搜出一沓家庭录像带看了起来。录像带是去年来这里过感恩节时,妈妈专门带过来和外公外婆分享的。感恩节是周四,晚饭早就吃过了,其他人——姨妈、姨父以及两个表弟——都进了各自的卧室,有的在看书,有的上床睡觉,只剩我和派格在看录像。录像都很短,大部分都是爸爸拍的,所以屏幕上只有我、派格和妈妈:有在我们家后院拍的,蓝色的儿童水池边上,妈妈正抱着我往水里放;有在迪士尼世界的小飞侠天空奇遇面前拍的,阿赫博格家的三个女人都在镜头内,头顶上挂着维多利亚风格的灯笼,身后盘踞着那只巨大的鳄鱼,鳄鱼张着血盆大口,露出两排匕首似的利齿(爸爸调整摄像机,把镜头朝鳄鱼拉近,嘴里同时模仿着鳄鱼那经典的"嗒——嗒——"声);有爬驼峰山的时候拍的,还有爬蛇山的时候拍的;有大家滑雪时拍的,还有我上初中时在文艺晚会上表演魔术时拍的——观众中我挑选了一对父母,先给他们一人一个保龄球瓶,装在大罐子里举着,然后施展魔术,保龄球瓶不见了,一转眼的工夫,又在两个人脚下的盒子里出现了。

看到最后,我和派格实在太难受了——跟照片比起来,录像更让人心痛难忍；听着妈妈说话的声音，看着她的面容，我和派格的心都要碎了。刚开始看的时候还好——我俩一边回忆往日的时光，一边连说带笑地点评录像上爸妈或者我俩身上穿的衣服。一段录像放完了，总有一个人主动站起来，取出带子，把下一盘放进机器。后来，我俩不再对视，只沉浸在各自对妈妈的怀想和渴望之中——仿佛多日未吃饭的人渴望食物一样。那天晚上，我躺在床上哭了。妹妹呢，也多半是哭了。

第二天是黑色星期五。吃完早饭，我和爸爸收拾厨房，把餐具放进外公外婆的洗碗机里。

"还有两周你身上就要接线头了，是不是还感到紧张啊？"爸爸问我。他指的是睡眠中心的检查。

厨房里没别人，我正弯着腰，把一个个碟子放进洗碗机的底层。听他这么一问，我直起腰来，说："是啊，我觉得我不喜欢这个，到时肯定很难受。"

"不难受。我跟你说啊，连你妈妈都睡着了。"爸爸一边擦平底锅一边说，姨妈刚才拿它煎过鸡蛋。然后，过了好一会儿，他又说，"你妈妈死的那天晚上……"

我等他说完。

"我跟你讲过我俩打过的最后一次电话吗？"他问。

"没有。"

"她跟你讲过吗？"

"你是说她那天睡觉前？"

他点了点头。

"没讲过。"我回答说，"我猜你们那天晚上也通过话，可是妈妈什么都没跟我说。"

"很好。"

"很好？"

"我当时在忙开会的事，第二天有一个重要的报告要做，是我的论文——日程是这么安排的，所以晚上在和几个人碰头。现在回想起我和你妈的最后一次谈话，真后悔当时随便两三句就把她打发了。"

我有些感动，原来爸爸是有心事要吐露，而且选择的对象是我——这样再好不过，他有什么话就应该说出来，否则会遗憾一辈子。可是与此同时，一股怒火也直往上蹿，他怎么可以——用他的话来说——随便就把妈妈给打发了呢？感动与怒气交织在一起，我都不知道该对他说什么好了。没等我说话，爸爸接连又问了两个问题，让我心里更是五味杂陈。

"那她没跟你讲过那天晚上我们都说了些什么吧？"

"没有。"

"你也没跟警察提过？"

"没有，"我说，"没什么可以说的啊。怎么啦？"

他叹了口气："也没什么，真的。他们已经对我很有看法了，我不想火上浇油。"他顿了一下，又说，"老生常谈本来是我最讨厌的，真的。可是还是那句老话，有时候我觉得，我们都应该对别人好一点儿，把每一次见面都当成生离死别才行。"

那天下午，我们和外公在波士顿市里逛。经过纽斯伯利和费尔菲德路口的一家画廊门口时，外公指着橱窗里的一幅油画，笑着对我说："我的天，要是你妈生的都是儿子，她可怎么办哪？"老人家这是有感而发，因为油画里正好画了个三十出头模样的女子，周围簇拥着三个儿子。

"那她会有办法的。"我想也没想,回答说,心里很为妈妈骄傲,"你了解你女儿的,她即便生的是儿子也能带得很好。"

今天感觉不错,街上的人大多迈着轻快的步子,空气中洋溢着路人们对未来的期望。本来外公没打算和我们一家进城来,多亏了姨妈和姨父,主动留在康科特照顾外婆,让我非常开心,因为一路走下来,还真有点儿过节的感觉。要不是出来走走,爸爸和我们姐妹俩又得像平常那样,在无聊和痛苦中消磨时间。

"说的对,"外公说,"确实是这样。你看她把派格带得多好!"外公说这话当然是在开玩笑,指的无非是派格的体育特长——那是事实,说起运动,妹妹在我们家绝对算得上是鹤立鸡群。除此以外还会有什么意思呢?难道他是说派格太男孩子气了?我想不是。外公也就随口一说,大概是觉得自己的外孙女有点儿疯疯癫癫罢了。换了别的场合,我可能也就一笑而过,爸爸也跟我一样。可是那天不同。

"女孩儿就是女孩儿,一定要男孩子气才擅长运动吗,外公?"我说,"您可是有点儿性别歧视哦。"说着我伸出胳膊搂住派格的肩膀,把手插进她大衣的绒里。没别的意思,只想表示一下,我跟派格是站在一起的。

"说的对!"外公说,"你看我都老糊涂了。对不起啊,派格。"

可是派格的反应让我吃了一惊,也让大家都吃了一惊。只见她一弯腰,从我胳膊下钻了过去,闪到一边,背对画廊的橱窗站着。"用不着你替我说话!"她说,语气尖锐,紧绷着下巴,一副倔强的模样,"您也用不着说对不起,外公。反正用不着,妈妈……"

"妈妈怎么啦?"我问。所有的人——外公,爸爸,还有我,都等着她说下去。

"妈妈才最了解我。"她说,然后摇摇头,一副讨厌我们的样子,"我也最了解妈妈。"说着伸出手,把被风吹得凌乱的黑发捋到耳朵后,一双眼睛瞪着我们,头微微低着。看着她那副表情,我都想说,你生气的时候可真漂亮——确实是的——不过我还是一个字都没敢说。

周五下午,爸爸和妹妹回了康科特,我留在波士顿,去找大学的朋友艾丽卡,她家住在布鲁克莱恩。艾丽卡那天坐地铁过来,不过她答应我,说我俩先去喝一杯,到时候开车送我回外公外婆家。她现在也二十一岁了,到了可以跟我上酒吧的年龄,这让我很有成年人的感觉。到了酒吧,我跟她一人要了一杯红酒。艾丽卡跟我不大一样,大麻虽然吸得少,在学校里喝的桶装啤酒却比我多得多。自从5月份放假以后,我跟她就只见过一次,而且还是在妈妈的葬礼上,那天她上午从学校开车过来,下午就回去了,所以也没顾得上和她多说几句。

我们约好了,5点半在酒吧碰头,结果两个人几乎在同一时间到达。到了酒吧,站在门口往里一瞅,屋里灯火通明,圣诞节的灯都点亮了,二三十岁的男男女女你挤我我挤你,叽里呱啦热闹极了。这地方太吵,哪有好好说话的可能,而且连座位也没有,即便是站着,来来往往的那些年轻人,要么是股票经纪,要么是广告代理,也会接二连三撞到我俩身上。看来酒吧这种场所,绝对不是我和艾丽卡好好聚聚的地方。于是两个人退步出来,漫无目的地沿着博伊尔斯顿大街走了下去。大街那头是图书馆和卡普利广场,夜幕降临,华灯初上,很美的街景。感觉是要下雪了。

很奇怪，艾丽卡那天似乎不愿谈学校的事，我一提起校园生活，她就巧妙地绕开，多半是因为下学期我不回校的缘故吧——她仿佛觉得，这样一来我跟她就不能同步、不能一起前进了。我问她论文写得怎么样了，朋友们过得可好，没想到她话锋一转，提起了我妈的事。我让她别谈这个，昨天晚上看了那么久的录像带，今天一整天又是和家人在一起，让我缓口气好吗？听我这么说，她换了个话题，假装饶有兴趣地问起我在儿童派对上表演魔术的事情，好像这是我出了家门以后唯一可以做的事——她为什么就不问我加文的事，还有我在附近小学帮忙的事，还有滑雪的事？我奇怪地看着她："魔术？现在还跟我提魔术？太荒唐了。'魔女丽安娜'？也是荒唐得很。"

"我是怀念以前看你练习魔术的那些时候嘛！"艾丽卡咬着不放。是啊，过去曾有多少日子，我在演练变戏法，艾丽卡在一旁观看，看我如何让彩盒里的丝巾神奇地消失，或者在空玻璃花瓶里神奇地变出纸花来。想到这儿，我不由得挺直了背脊，可刹那又泄了气，整个人好像马上要瘫软似的。这时候，要是加文在身边该多好——每次要和他见面，心里总会充满渴望——真恨不得立即扑进他的怀抱！

"我妹妹要是再听见我说魔术的事，估计都要中风了。"我说。奇怪，自己的声音怎么听起来如此遥远？

艾丽卡没说话——也是，我俩之间还有什么好说的呢？今夜，就在这条博伊尔斯顿大街上，我俩的友谊说不定就灰飞烟灭了。我们虽然近在咫尺，可现实中却是天壤之别——我在这头，她在那头，距离还越来越远。心中正悲哀着，不觉来到了路口，红灯亮了，一辆空出租车正好停在面前。艾丽卡拉开车门，猛地把我拽了上去。

"去哪儿？"我问。

"我的一个高中朋友在剑桥有一套公寓，今晚她开派对。"

"真的？可是我不认识啊。"

"没关系，我们去吧，对你有好处，对我们俩都有好处。"

出租车里有股啤酒味，比酒吧的味道还浓。我低下头一看，马上明白了味道的源头：脚垫上躺着一只喜力啤酒瓶，瓶子是空的，里面的酒全流到了垫子上。绿灯亮了，司机一踩油门，啤酒瓶骨碌碌滚向座位，哐啷哐啷地给撞了几个来回，仿佛庆祝节日发出的欢呼声。司机听到动静，嘴里不干不净骂了一句，具体什么意思我却没听懂。很快到了下一个红灯，司机把车停住，下了车，走过来呼的一声拉开后门，一把抓起酒瓶，活像一位护子心切的妈妈，看见孩子在街上乱跑，情急之中闯入川流不息的街道，把孩子一把扯了出来。看样子，司机这会儿火气不小，只见他"砰"的一声把后门关上，走到转角的地方，把酒瓶扔进了一个金属垃圾箱——不，准确地说，是把它砸进了垃圾箱，因为只听酒瓶"哗啦"一声碎了，我和艾丽卡坐在车里都能听见。扔完瓶子，司机回到车里，转过头来，一对愤怒的黑眼珠狠狠地瞪着我们，说："我这是出租车，不是酒吧。你俩给我搞清楚，车内不准喝酒！"

"不是我扔的啤酒瓶。"我辩解说。一旁的艾丽卡气坏了，怒容满面地瞪着司机。

"我知道，那是刚才那几个白痴扔下的，被我给踢出去了！"

说完发动汽车，继续往前开。也不知道是因为啤酒的气味呢，还是因为那个火冒三丈的司机，开起车来走走停停的，总之我感到手心发凉，胃里一阵翻腾，接着实在忍不住，低下头"哇"的一声吐了出来。这样一来，车里更是臭气熏天了。

"天哪,不要啊!你怎么这样?!"司机嚷嚷起来,"你太过分了!"

"对不起。"我呻吟着道歉,"可以停车吗?求你了,停一下车好吗?"

艾丽卡从手提包里找到一包纸巾,不过太少了,简直是杯水车薪。司机把车靠路边停下,离斯塔诺大道还有几个路口。我弯下腰,把脚垫和面前的椅子背擦了一遍。(我心里又羞又愧。这种恶心的事,没让艾丽卡帮忙。)包里刚好有一小瓶香水,我把它拿出来,往后座上喷了一些,也没告诉司机,他还在怒气冲天呢。艾丽卡付了车钱,又给了他一笔可观的小费,算是对他的补偿。

"真对不起。"我说,深吸了一口气,"现在怎么办?"

她目不转睛地看着我,问:"你在跟谁约会吧?怀孕了吗?"

"没有,我在吃药的。"我告诉她,然后马上又补充道,"不是这个问题,我没在跟谁约会,也就是……"

"跟我说吧。"

"我都觉得自己快要垮掉了。"

艾丽卡伸出胳膊搂住我,我们在街道上慢慢往前走。街道两边矗立着一幢幢高大气派的建筑,都是赤褐色砂石材料的,有的外面已装上圣诞节的灯饰,一派节日的气氛。其中一幢房子的飘窗后,一家人正在修剪圣诞树,人影在窗玻璃上摇曳,中间一个应该是那家子的父亲,身上竟然还穿着件老式毛背心。看着看着,那几人的身影恍惚中变成了我爸妈——甚至是外公外婆——童年时的样子。

"这夜里的空气挺清新,我们就散散步吧,这样你也可以呼吸点儿新鲜空气。"艾丽卡说。旁边走过去一名女子,手里拉着两条身材极小、脚上套着黑色小靴子的宠物狗。接着又走过去一对老夫妇，身上穿着优雅的巴宝利双排扣风衣，脖子上戴着围巾。艾丽卡一个也不认识，但还是愉快地向他们挥挥手。走过四个路口后，我感觉好些了。刚才我仿佛做梦一样，担心和艾丽卡的友谊会烟消云散，现在觉得自己真是想得太多了。尽管这样，我还是再次向她道歉。

"别这样，你已经够惨的了。"

"应该是吧。"

"我见过你妈妈，一年级家长会的时候。"

我点点头。搬进寝室那天，爸妈帮我安顿好，当天就回家了。艾丽卡和她的父母后来才到校，所以没见着他们。

"我觉得她好洋气好漂亮啊，"艾丽卡继续说，"一点儿也不像你，从佛蒙特乡下来的土包子。"

我明白艾丽卡的意思，心里丝毫没有生气："是吗？确实是这样。"

"而且走路很快，"艾丽卡点点头，说，"步子迈得那么大。那个周末看到她的时候，她穿着一双长靴，好看极了。"

妈妈走路的确很快，以前爸爸也总是拿这个打趣她。派格小时候跟她出门，要蹦蹦跳跳才能跟上。（派格倒是喜欢这样。跟妈妈一样，她也是个好动的人。）"我也记得那双靴子。"我说。

"我是说，你妈妈是个沉得住气的人。记得吗？那天下午有个烦人的客户，疯子一样打电话给你妈妈，被你妈妈几句话就打发掉了。她可真厉害，一副领导的派头。"

"家长会那次，是周五。"我轻轻说了一句。

"她好冷静，简直就像冰雪女王一样。而且那个人，也不知道是谁，好像……好像很绝望的样子。记得吗？"

本来已经忘了这件事，艾丽卡这么一说，我倒记起来了。像艾丽卡这样的年轻人，第一次见到这么漂亮、这么苗条高挑的妈妈，肯定是崇拜得不得了。那天我们两家人穿过学校的小院子，去强生小教堂——19世纪建造的一座红砖房子——听校长讲话。路上妈妈的手机响了——那时候还是翻盖的。她接了电话，放慢脚步走在我们后面，大概是不想让别人听到。一会儿的工夫，教堂门口便到了，妈妈还在草地上打电话，距离我们二十来米。爸爸一副漫不经心的样子，可是我有点儿心急，想快点儿进去，找个好位子坐下。艾丽卡和家人也这么想。所以我便折回去找妈妈，艾丽卡不知为什么也跟着我去了。

"我告诉你，你要放松，睡个好觉，就别去想了。可是很明显你就是听不进去。"妈妈背对着我们，秋日的阳光洒落在她的头发上，"而且坦白地说，这时候在电话里讲这个不合适。很抱歉，可是我说的是实话，我真的帮不了你，我自己都没办法。明白吗？我连自己都帮不了。"说着她转过头，看到我和艾丽卡招呼她。她看了我们一眼，继续告诉电话那头的人，语气很坚决，"对不起，我想你应该另外找一位设计师。"说完"啪"的一声合上手机，对我们说，"看吧，我刚才炒掉了一个客户。"语调很平淡，既没生气也没难过，反倒如释重负一般。

那是三年前的事了。现在和艾丽卡一起走在波士顿的街上，我突然想起，加文的电脑里不是有一封邮件吗？那是妈妈发给他的最后一封，告诉他要取消会面的那封，理由是女儿的第一次家长会。妈妈在邮件中告诉他，周五要和爸爸以及派格一起开车去马萨诸塞。

原来如此！那天在强生小教堂外面的院子里，给妈妈打电话的根本不是什么客户，而是加文！还说什么"炒掉"某人，原来被妈妈"炒掉"的（有点儿用词不当，不过当时她的确用的是这个词语），竟然就是加文！

每一对年轻的父母都会看着自己的孩子入睡。他们会站在床边——小床起初是带护栏的，后来换成不带护栏的——看着孩子进入纯真而又梦幻的甜美梦乡，微笑总会浮现在他们脸上。看见睡梦中的孩子伸直十个小手指，偶尔蹬蹬两只小脚，他们会不由得问，小家伙在梦中看到了什么呢？孩子软软的头发上还散发着宝宝洗发液或草莓洗发精的香味。年轻的父母伸出手，为孩子扯一扯被子角；弯下腰，亲亲孩子的额头或小脸；走出房间之前，还得再看一眼暖气上的温度计。

许多年过去了，距离妈妈失踪的那个夏天已经非常遥远，而我，每日里必做的，便是上面这些寻常父母所做之事。

有一点不同的是，我也在时刻观察着我的孩子，看他们是不是有任何异睡症的迹象，看他们是否受到唤醒障碍的困扰，以及是否会做噩梦，是否会梦游。将来，等到我的孩子进了小学，我觉得我会比其他所有孩子的父母都更有可能遭遇所谓的"睡眠期变换强迫症"——这是一个让许多做了丈夫的男人（我自己的丈夫则是例外）难以理解的专业术语。

还好，到目前为止，孩子们——两个孩子——都还没有任何异常，没有什么异睡症出现。一切暂时安好。每天，我都在祈祷——用一种我自创的、饱含童真的方式祈祷，那是我二十一岁那年日复一日地在我们那所红色的老式房子里走过去走过来的时候学会的方式——祈祷上帝，请求他放过我的两个孩子，让他们不再受家族遗传的困扰。未来仍然没有定数，不安和恐惧仍将伴我一生。

是的，我的两个孩子，一个儿子，一个女儿，都长着跟外婆一模一样的眼睛，长着跟外婆一样浓密的秀发。几年以后，他们将长成一对绝美的少男少女。

还是那年的感恩节，周六上午，派格还在熟睡——我跟她一起睡外公外婆家的客房——爸爸已经起床，正在批改学生的论文。我也早早起了床，开着车去了萨默维尔，和"恶人罗兰"吃早饭。原本约他去老式的早餐店或面包坊，可罗兰一定要我上他家。这样也好，我便有幸走进他家那间复古式的厨房，在那儿享用了一顿愉快的早餐——饭厅倒是有一个，可都被各式各样的陈旧魔术道具给占满了。厨房非常舒服，虽然坐在里头的时候，我总觉得自己好像身处一部20世纪50年代的黑白情景喜剧之中。家用电器都是艾森豪威尔时代的产品，有一次见我不相信，罗兰甚至拿出一沓保修单给我看，言谈中充满了自豪。电器上镶着铬做的把手和按钮，看上去仿佛取自低成本科幻片里的宇宙飞船。煤气炉和冰箱边缘已有不少地方被蹭掉，看上去颇为陈旧。罗兰做魔术师的这大半生里，可以说是云游四海，人在外面时住二流酒店，享受二流服务，没想到居然还是个不错的厨师。那天早上，他轻轻松松便为我做出了一份荷包蛋，外加两个英式松饼，用一只他母亲传下来的玫瑰红瓷碗装了招待我，一边吃一边还给我讲述他以前的那些糗事，说自己变戏法时如何搞砸了，表演幻象魔术时如何穿帮了，他在台上又是如何应付的，等等，把我逗得笑个不停。我有一种直觉，他说这些一定是在逗我玩儿：要真是这样连寻常的戏法都搞砸的话，罗兰怎么可能会有今天的地位，怎么可能经常上黄金档电视节目？

"再跟我说说'梦游者'那个魔术吧，就是你上次说过的，让索尼和雪儿参加的那次。"我说。嘴巴上好像还有荷兰辣酱油，我拿起餐巾擦了擦，"催眠这个魔术你是不是特别在行？可不可以不用观众中的托儿就成功呢？"

他把胳膊交叉放在胸前，身体往后一靠，翘起椅子的前面两条腿，晃悠着说："本来我是想表演把一个人催眠，引导她走到台上，然后让她走进水缸里的。不过一般情况下我们还是做那种悬浮表演，就是把一个女人悬浮在空中。这个你知道，帮手肯定少不了。另外还需要一张网，跟这个女的身形一样，就放在她的床单下面，还有沙发椅上要有个暗门，这样她才可以顺利地从台上消失。"

幻象魔术后面的机关我确实知道，不过听他这么一说，心里还真有些哀伤。催眠术那么神奇，舞台上的机关却那么简单，真希望前者真的存在。

"可你不是把它叫作'梦游者'吗？"我问他。

"是啊。"

"为什么？"

他耸了耸肩，依然翘着椅子的两条腿："因为这样叫让人们想起了梦，想起一种失控感，想起了僵尸、吸血鬼和鬼魂。当然，许多魔术师只是把旁边的助手给悬浮起来。可是这有什么意思？观众一看就知道那是骗人的把戏。把观众中的一个人悬浮起来就不一样了，那有趣得多。当然了，有些人肯定明白，这个嘉宾其实就是个托儿，另外一些人也怀疑她是个托儿。不过再怎么说，看到观众中的一个人像木偶一样，让我摆弄过去摆弄过来，是不是很有趣啊？"

"嗯，不过那天晚上你是让雪儿把索尼扔到水里了。一般情况下是怎么收尾的呢？好像平常你不大用配角。"

"是的。一般情况下，我就是掀开床单，然后下面的人就不见了，消失了，观众这下就傻眼了。等过一会儿，'哗啦'一声，那女子从水箱里冒出来，然后我就英雄救美，把她拉出来。"

记得几年前，我跟罗兰讲过妈妈梦游的事，说起她那次梦游到大桥上，我把她带回家的事情。"那当然，我想要是一个人真的在水下睡醒过来，那他可能会淹死吧？肯定会呛进去一大口水，然后结果就惨了。"我说。

"是的，要不然怎么叫幻象魔术呢？你想想，要真是把一个女的锯成了两半，场面可不大好看啊。"

他说的没错。"上次要谢谢你啊，来参加我妈的葬礼。"我说。

"你已经谢过我了，不用反复谢。"

"好吧，反正见到你挺开心的。"

"你今天来我也很高兴啊。"

"现在要是偶尔开心一下我都会觉得良心不安呢。"

"良心不安才好呢，你妈妈就想要你这样。"他说，"她就是要你不想活下去，想让你一辈子受苦，一辈子给她守孝。"

要不是因为罗兰年纪大了——要是他跟我一样大——我一定会抓起一把辣酱朝他脸上扔过去。话虽这么说，我只是笑着冲他摇了摇头。在罗兰心目中，妈妈从来都没离开过。

周六下午，我、爸爸和派格一起，开车从康科特出发回家，中途走到大概是新罕布什尔州的华纳市后，停下来加油。这次出来，我们开的是妈妈那辆日产探路者。它比爸爸那辆本田雅阁宽敞，坐着也更舒服。回来是爸爸开车，我坐副驾驶。加油站在州际高速出口的东侧，旁边还有一个便利店。爸爸把车停稳，和派格下去上卫生间，然后进了便利店买零食，留下我给车子加油。

头天晚上这里下过雪，雪不大，树冠上积了薄薄的一层，地上枯黄的草叶也没被完全遮盖住。路上没堵车，这会儿太阳也露出脸来，让我想起了家那边的滑雪场。这么好的天气，正是滑雪的最佳时机，可惜队里少了派格。

加完油，放好油枪，我准备回到座位上。经过车头的时候，突然注意到有点儿不对劲儿：车头上有一道不大不小的凹痕，像道褶子似的，就在保险杠上，车的右前灯旁边。仔细一瞧，约莫再往上二十厘米的地方，在中网和车灯之间——也就是机盖的正下方——也有一道凹痕，里边大约有小指头大小的一块油漆已经脱落了，露出白白的里层，与周围的蓝色主调明显区分开来。怎么会这样？莫非是最近在停车场被某个倒车的人撞到了，而我居然没注意到？如果不是，会不会早就有了，是妈妈开车的时候弄出来的？凹痕的位置不大显眼，况且这段时间我心神不宁，根本无暇注意。这种小凹痕，本来我也没放在心上，可就在这时，爸爸刚好从便利店里走了出来，一边走一边戴上他那双黑色的皮手套，眼睛还不时地看看头顶上的蓝天，看样子十分享受洒落在他脸上的阳光，却没注意到我在干什么。等到走近了一些，见我弯着腰检查车前灯，爸爸赶忙跑了过来。

"瞧，这儿有道小凹痕。"我指着车头上那个地方说，"那儿还有一道。"

"我弄的。"他说。

我一下子挺直了身子："你弄的？什么时候？"

"哦，几个月以前了，春天的时候。那天开车去学校上班，靠街灯太近了弄的，是图书馆旁边那块地上的路灯。"

"我都没注意到。"

他笑了，做出一副既神秘又滑稽的表情，说："幸好，你妈妈也没有。"

"你没告诉她?"

他抬起手,把食指放在嘴唇边,做了一个让我别出声的假动作。大概是想逗我笑一笑吧,我想。

很多时候，我在想她的眼睛。那双眼睛啊，是睁着的。

第十八章

周六,一家人从波士顿回来已经是傍晚了。晚上,我去找加文,见面就问他:"你是不是有什么事瞒着我?"

两天前,也就是感恩节那天,一名毒贩在伯灵顿老城北的公寓里被人用枪打死了。毒贩年纪很轻,住的小公寓是自己的,又脏又臭。为了调查这件案子,加文已经连轴转了两天,现在总算和我在沙发上坐了下来,吃点儿烤肉串当晚饭,这是他从公寓旁一家饭馆买回来的。我和他没喝酒,改喝果汁,一是怕他晚上性梦游,二是因为我头天晚上在波士顿的出租车上呕吐过,现在一想到酒精就反胃。加文虽然眼袋都熬了出来,不过心情很好,因为当天下午已经抓到了一名嫌疑犯。电视机开着,声音调得很低。屏幕上,佛罗里达州传来消息,说布罗瓦尔德县已经完成总统选举的手工计票。听着新闻,我觉得自己又长大了许多,只不过还有点儿怪怪的。派格知道我和加文在一起——用她的话来说,他是我的"超级警察",一边说还一边翻白眼——至于爸爸,还以为我又到海瑟·普莱斯考特的住处过夜去了。

"我有事瞒着你?我怎么不知道啊?"加文说,一边用纸巾擦着手指。

"你撒谎。"

"真的。"

"你就真的不告诉我吗?"真想对他发一通火,可这会儿跟他在一起,我觉得实在是太满足了,怎么也生不起气来。这次去波士顿,无意中知晓了他的一个秘密,可是自从妈妈去世以来,跟他在一起却是最让我开心的事。

加文紧皱眉头看着我,脸上却带着笑:"我真的不知道有什么事瞒着你。"

"是不是每次都要等我知道了事情的真相,然后再来跟你对质,你才跟我坦白?"

"你说的是就像上次,你妈妈死之前我见过她那种事?"

"对呀,"我尽量把话说得严肃一些,免得让他认为我在说着玩儿,"差不多吧。"

他拿起遥控器,把电视机调成了静音,然后定定地看着我,说:"你不是跟我和好了吗?"

"我是跟你和好了。"我说,脑海里又浮现出三年前在阿姆赫斯特学院的院子里,妈妈在开家长会之前接的那个电话,"你还记得吗,1997年10月,你和我妈妈通过电话?那天应该是星期五,下午。妈妈本来要跟你见面,不过她取消了计划,因为那天是我们学校的第一个家长开放日。"

"记得。"

"你当时干吗那么十万火急的,而且好像还很……自私?你到底说了什么,气得我妈挂了电话?"

"哇,十万火急?!还自私?好像都不是吧?当然也可能是,看你怎么说了。我是因为头天晚上发作了一次,女朋友再也无法忍受,所以嘛,你如果一定要知道的话,我跟她就分手了。还有就是因为我那段时间在服药——跟你妈妈吃一样的药——但是我同时又在吃抗组胺剂,所以就想问你妈妈,看她是不是也出现了药物之间的相互作用。"

"在吃抗组胺剂?"

"对。"

"那这个秋天在吃吗?"

"吃过两次,但每次见你之前就停掉了。风险太大,而且我今年也不大过敏,可能是干旱的缘故吧。"

"如果只是因为苯海拉明这种抗组胺剂的事情,那我妈为什么对你……对你凶成那个样子?"

"她没有凶啊。"

"她不是说'我帮不了你,我连自己都帮不了'吗?我亲耳听到的。"

"她只是实话实说而已。也有可能是听到我头天晚上的事以后,她觉得心里很难受,太难受了,难受得近乎绝望,觉得我们这种毛病简直是无可救药。吃氯硝安定这种药也只是让我们不起床活动而已,其他的问题依然没法解决,这个你比任何人都要清楚。所以,你妈妈跟我来往可能更让她难受,这个所谓的互助小组,我也不知道该怎么说,反正对你妈妈来说已经受不了了,让她太痛苦。"加文一动不动地看着我,说,"我来问你一个问题好吗?"

"问吧。"

"在某种意义上,你是不是把我看作了解你妈妈的一种途径了?有这个可能吗?"

"你是说我在利用你?因为你知道得多,了解真相,而我什么都不知道?"我替他把问题解释了一遍。

"对,就是这个意思。"

我抬起手捋了捋头发，摸到头上戴的马蹄形发箍。爸爸讲课的时候，每次讲到重点，手里不是经常拿个物品当作道具吗？想到这里，我把发箍取下来，拿在手里指着加文，一板一眼、语气坚决地告诉他："我没在利用你。"

"那你跟你爸说过我吗？"

"我以为你不想让我说。"

"你的那些朋友呢，说过吗？"

"没有，可是这并不意味着我在瞒着他们。在伯灵顿要是碰见我的朋友，我一定会把你介绍给他们。"

他把我手里的发箍拿了过去，轻轻别在我的头上。"然后呢，"他温柔地说，"你会告诉他们，别跟你爸说起我。"

"你嘴巴里好大的肉串味儿。"我没有反驳他的话，因为我俩都知道，他说的是真的。

"你也是。"他低声说，然后开始吻我。

半夜，我突然醒了，还没听到他发出的声音，就已经感觉到他的手正在摸我。睁开眼定睛一瞧，他正朝我这边睡着，下面已经勃起了，伸出双手摸索着在找我。其实这次发作我俩早该料到的——连续工作了好几天以后，加文已经极度疲劳了。

我身上的T恤已经被拉到了肚脐以上，再看他的双手，正在抚摸着——应该说是在胡乱地摸索——我的乳房。平常他醒着的时候，哪里会这样摸我啊？那是我熟悉的加文，我想要的加文。多想跟他共度时光啊，不仅是今天，还有明天、后天，乃至今生今世。可是如何才能做到呢？为今之计，恐怕只有驯服他身体里的那头怪兽了。不仅如此，兴许我还得爱上这头在深夜里、在黑暗中挣脱缰绳出来作乱的怪兽才行。想到这里，我使劲儿掰开他的十个手指，再用力一推，让他翻身仰面躺在床上。整个过程费了我不少劲儿，虽然不容易，但比我想象的却轻松多了。万籁俱静中——整个城市，整个公寓，还有加文自己，都变得静悄悄的——我爬起来，骑到加文身上，把他的两个手腕死死按在床垫上，然后深吸一口气，感觉自己已经兴奋起来，随即往下一冲刺，他便进入了我的身体。

完事以后，我去卫生间冲了个澡，打算让自己清爽后再回去睡觉。浴室里没有干净的浴巾了，我打开洗脸台下的柜子开始寻找。半夜时分，我的脑子有点儿迷糊，柜子里什么也没找到。我抬起头，看见顶上还有一排吊柜。浴室的灯光太亮了，晃得我眼睛不舒服，加文安装的是小夜灯就好了。

打开吊柜的门，里面放着若干卷新的卫生纸，几支没拆封的牙膏，还有几瓶瓷砖清洗剂。蓦然，一件不同寻常的物品映入我的眼帘。那物品就放在柜子的最里头，靠墙的地方。对，就是它，加文的双肩皮包。自从第一次见到他以后，这个包好像就再也没出现过了。背包很帅气，地道的真皮，铜做的搭扣，虽然只见过一次，但样子我一直记得。初次见加文是在 8 月，也就是妈妈失踪的那天早上，他把背包松松地挎在一个肩膀上，从我家的车库走出来。那天爸妈的车都停在车库里。

看到背包，我顿时明白了，什么都明白了。

我开始发疯似的抓住背包往外拉。柜子里的卫生纸和清洗剂被撞倒了，其中几只滚落下来，掉在洗脸台的支架上。奇怪，包拎在手里，竟然沉甸甸的，这自然也印证了我的猜想。解开搭扣，我朝包里看了一眼——的确是它：派格游泳时用过的毛巾，上面印着海滩和贝壳的那条，现在卷成一筒塞在包里。我把毛巾从包里抽出来,紧紧地搂在胸前,就跟小时候把心爱的毛绒玩具搂在怀里一样,头有些发晕,心里既害怕又难受——不过主要是难受。过了好一阵儿,我定下神来,强迫自己把毛巾展开——看个究竟吧,一定要看个究竟。毛巾展开了,我觉得自己几乎要昏厥过去:原本洁白的海滩上,如今却血迹斑斑;那分明是妈妈的血,已经凝固、干涸。点点血迹散落在毛巾上,构成了一幅令人眩晕的罗夏墨迹图①。

早上,加文走出卧室时,我还坐在沙发上,身上穿着他的T恤。看我一副失魂落魄、可怜巴巴的样子,他一定以为是因为昨晚他又在睡梦中做了那件不该做的事情。随后,他注意到了我怀里的毛巾,还有我身旁的背包,立刻便明白发生了什么。他伸手抓过背包,一把扔到咖啡桌旁边的地毯上,然后在我身旁坐了下来。

"我本来是打算烧掉它的,"他说,"本来打算烧掉背包和毛巾。"

"到哪儿去烧?"

"到我姨妈和姨父打猎的营地去烧。他们在佛蒙特的'东北王国'有一幢小房子。"

"为什么没烧?"

"一直没找到机会,要么是那儿有人,要么是我工作太忙,而且也……也下不了决心。感情上做不到。"

"做不到。"我的脑海里回响着这句话。

"是这样,背包是我大学毕业时父母送我的。"他继续说,"你知道的,我那时要多烂有多烂,我上次也跟你讲过。所以顺利毕

---

① 由瑞士精神科医生、精神病学家赫尔曼·罗夏创立的一种人格测验。

业相当于总算干成了一件大事，父母很看重。至于毛巾，要烧掉也很困难，倒不是因为个人原因，而是因为我是个警察。做警察的不会烧掉证据，至少好的警察不会，反正我觉得烧掉毛巾是犯了大忌。也可能是我在找借口吧，总之我没去姨妈家的营地，没去把这事办了。"

"你是在我妈的车里找到毛巾的？"

他点了点头："在后座上找到的。我用它擦了擦汽车的中网和保险杠，之后又擦了一遍挡风玻璃的上面部分，挨着车顶那块。"

"我爸知道这个事情，对不对？"

"一个做父亲的，"他幽幽地说："是不会把这种事情告诉警察的。同样，一个做警察的也不会把这些事情告诉一个父亲。请原谅，我知道的事，或者说，我相信的事，不能告诉你爸爸，不过我还是建议过他，很强烈地建议，让他带你妹妹去诊所看看。"

"可是我那天跟他说，派格怀疑自己在梦游，他好像不怎么担心。"

"可能是不想让你紧张吧，可能也不想让派格紧张。但其实他是很担心的，即便你不告诉他，他也会找个借口把派格带到睡眠中心去。他跟我说过，已经在中心给你们姐妹俩预约好了，而且是在你告诉他之前预约的。"

"为什么要让我也去呢？"

"这不是障眼法吗？你是魔术师，应该懂的。"

"所以我去诊所检查其实是走过场吗？"

"也不是走过场，你只不过不梦游罢了。"

"可是派格呢？万一她又梦游去开车怎么办？"

"你爸爸在给她吃氯硝安定，那是你妈妈的药。"

"他在给她下药？"

"是在给她服药,丽安娜。下药和服药是两回事。"

"派格不知道?"

"不知道。每次半片,放在牛奶里,有时放在果汁里,或者其他什么食物中。"

我想起来了。怪不得那天晚上派格抱怨说,牛奶变质了。其他类似的细节,之后的那段日子里我也慢慢想了起来。"我妈的DNA在里面吗?"我指着地板上的背包问加文,"毛巾上有吗?"

"有。"

窗外,天已经渐渐亮了起来,远处传来垃圾车的哔哔声,单调得让人心烦,那是它倒车的声音。天空上缀着一道美丽而深远的紫色条纹,仿佛被撕裂的伤口一样。

"我爸说车上的凹痕是在街边的路灯上撞的,说他在学校里停车时不小心。"我说,声音小得跟蚊子叫似的。说起来我自己都不相信。

"你觉得他的话可信吗?"

我摇了摇头:"傻子才信。"

"当时你就明白了吗?"

我叹了口气:"那天晚上他根本没开过车,我知道,他人还在爱荷华呢。而且我也没动过车,如果我没记错的话。"

"所以就只有派格动过了。"

"小的时候她就喜欢摆弄车,喜欢把车从车库里开出来再开进去,还喜欢在门口的路上来回开。发现凹痕的时候我就在想,那天晚上会不会是她把车开出去的呢?不过仔细一想,又觉得不可能,这样怀疑太疯狂了点儿。"跟加文说起这些,简直就像做梦一般。即便到了今天,每当回忆起那天我俩的对话——内容关乎这一生中最为特别、最为恐怖的经历,语调却如此平静、如此镇定——我仍然会觉得心潮起伏，感慨万千。

"要是派格开的不是越野车该多好，你妈妈就不会被撞出那么远了。"加文说，"车子重心很高，她的身体撞在了中网上，头部肯定刚好撞在挡风玻璃和车顶交界的地方。"

"派格车速很快吗？"

"这个嘛，反正是挺快的，快得……快得足以把你妈妈撞下河岸。我这样说很抱歉。"

"不关你的事，"我低低地说，"是我自己问你的。"派格是个什么样的女孩儿，我太清楚了。她是运动员，滑雪高手，风风火火，做事从来都利索得很。"有没有人怀疑过，我妈的死可能是一起交通肇事逃逸？你们调查过吗？"

"我们调查过几家修车厂，看它们是否接待过可疑车辆，比如说车有损伤，但车主说是因为撞上了动物之类的。总之都没查出什么结果，白费力气。"

过了许久，我放开毛巾，把它轻轻地放在背包上，仿佛背包是一具灵柩，毛巾是覆盖在上面的丧服。"你上次跟我说，我妈死之前见过你，还说当时她告诉你，说我爸不在家，她担心自己会梦游。"我对加文说，"你没说实话，是不是？其实她见你是因为很担心我妹妹，对吧？"

"对。"他说，上身往前倾斜着，双手放在脸颊上，眼睛注视着窗外，"派格是不是感觉不对了？觉得这事可能跟她有关？"

"没有吧。"我说。仔细一想，猛然记起上次派格放弃暑假去智利集训的事，当时她是那么突然，而且那么坚决。还有她跟我讲过的那个梦——梦见她和宠物猫乔跟在妈妈身后，沿着房子后面的道路走下去——难道她是在暗示什么，是想跟我说点儿什么？

还有，那些天她不是没完没了地在河岸上走，没完没了地搜索吗？难道是在找什么东西？

"你告诉我，事故发生的时候我妈在梦游吗？"我问加文。

"卧室里没有她的眼镜。"

"什么意思？"

"她很可能戴着它，因为我们始终没找到。"

"对呀，梦游的时候是绝对不会戴眼镜的。"

"这个我们不知道，我是说很可能。说不定哪天它会从厨房里、卧室里，甚至她的车的座位下面冒出来呢。"

虽然我没纠正他，但其实我们都知道，真的知道，妈妈当时根本没有梦游。派格是什么时候发现眼镜的？我想我也是知道的。那是一副天蓝色的框架眼镜，非常漂亮，妈妈没戴隐形眼镜的时候总是戴着它。也不知道派格是在哪个灌木丛、哪片草丛里找到眼镜的。总之，在河边那条小路上，妹妹日复一日、没完没了地走啊走，看啊看，终于把眼镜给找到了。

那天晚上，派格和妈妈会不会同时都在梦游呢？不可能。安娜丽·阿赫博格根本没睡着。她清醒得很。

回想起来，那真是一个莫大的讽刺，一个残忍无比的讽刺。

尾　声

　　最终，我还是告诉了爸爸，我和加文在谈恋爱。真是造化弄人。如今我们三个人都心知肚明，三个人都知道事情的真相，可是谁也没有挑明。每当派格在旁边的时候——这种时候越来越多，特别是2001年的前八个月里，以及我大学毕业以后、和加文结婚以前的那一年，那段时间我一直住在家里——家里常常笼罩着一种心领神会似的沉默。那是一种日渐尴尬的沉默，一种令人不安的沉默。

　　派格上中学那几年，我留在家里会不会更好呢？应该是吧，特别是考虑到她深夜里起来梦游的次数越来越多，行为也越来越危险，我要是不离开家，情况应该会好一些。不过，即使我不在，爸爸也不是一个人在战斗，他还有睡眠中心帮忙。派格的治疗方案和妈妈的相似，效果也差不多，好的坏的都没什么分别。唯一不同的是，派格梦游的次数愈多，她就愈加清醒地认识到，自己的的确确是妈妈的女儿。爸爸呢，她也是爸爸的女儿吗？当然是，毫无疑问。至于她是不是爸爸亲生的，这个问题我早就已经不去想了。想起妈妈失踪、去世的那年秋天，我因为伤心难过，被苦涩的泪水蒙蔽了心灵，竟然怀疑爸爸对派格的父爱，真是荒唐至极，至今回忆起来我还是觉得又羞又愧。真是往事如梦啊!

哦,还有,派格梦游的次数愈多,她就应该愈加清楚,原来自己就是杀死妈妈的凶手。在经历了一次又一次的梦游之后,8月的那个夜晚大概会在她眼前更加清晰,她那潜意识中的记忆也会更加明朗,真相会更加触手可及。我仿佛看到,派格把妈妈的眼镜小心翼翼地藏在了某个抽屉里,或是某个首饰盒里,它已经成为派格想要忘却可又难以割舍的一件器物,一把开启痛苦往事的钥匙。

后来,派格去了一所遥远的大学念书。她要远离所有认识她、了解她并已经开始怀疑她的人们。大学毕业以后,她成了一名空姐,这样一来她便可以四处旅行,以酒店为家。航空公司的总部设在洛杉矶。至于身体里的那头野兽,她在一次喝醉后告诉我,这些年她一直在伺候它、放纵它——在睡梦中,她说,自己就像一头永远吃不饱的怪物。圣诞节的时候,派格会回来探亲,不过一年中也就仅此一次。她从来不让我和爸爸去看她。

二十六岁那年,派格也失踪了。不是妈妈那种失踪。用她自己的话来说,是下线了,隐身了。为什么?因为她再也无法忍受每年独自回到巴特勒,回到尚在人世的爸爸身边,回到盖尔河边的那幢老式维多利亚房子里。除了这些,还有爸爸、加文和我。在派格心里,我们看她的眼神是怜悯的,甚至是责怪的。这一切,她如何承受得起呢?

后来那些年,她告诉我和爸爸,说她还活着,只是不要去找她。去年,爸爸生日那天,她寄来几张波士顿红袜队比赛的球票;圣诞节,她给外甥、外甥女寄来一些小玩意儿和几本书。不用担心她的安全,她安慰大家说,因为她知道,自杀会带给家人无尽的痛苦,活着才能帮助她赎罪。派格就是这样一个人。有时候，我会在社交平台上给她留言，那是一些只有我和她才能看懂的话语，希望她能看到，能明白我和爸爸多么想念她，明白往事完全是不可抗力。我知道，派格一定在暗中注视着自己的家人，留意着我们的动向。她怎么可能真的抛下我们？

　　隐身之前，派格给我寄来了她的日记本。我读了一遍又一遍，然后找到一个礼品盒，把盒子里的运动服拿出来，把日记本放了进去。我把盒子藏进了我和加文在伯灵顿的家中，就在阁楼上那几个大纸箱里，纸箱里还收留着那些我一直舍不得扔掉的魔术道具。我始终没把日记本给爸爸或加文看。日记中没有任何线索可以帮助我们找到派格。

　　实际上，加文也提醒过我，说派格根本不想被我们找到，至少现在不想。哪天她想通了，心理上准备好了，加文说，她会回家的。"你不是魔术师吗（虽然已经退休了）？"他说，"应该比别人都清楚，看似消失的一个人，其实不过是藏匿起来罢了。"

　　或许他说的对。世界无奇不有，恐怖的事，悲哀的事，一切皆有可能。也许真有那么一天，清早起来，我拉开窗帘，抬眼望去，发现派格正站在门口，脸上带着微笑，骨碌碌转动着漆黑的眼珠，看着我。

　　然后，一切都不再是一场梦。

是的，丽安娜，是的。既然你那么想知道，可又一直不敢问我，那我就告诉你吧。你要挺住，我也要挺住。
　　那天，妈妈没有梦游。妈妈是出来找我的。